과학 스토리 단편선

상실의 이해

과학 스토리 단편선

상실의 이해

전현규

최석규

이지효

양진

이지은

온정

송동호

토마토

*
과학소재 우수스토리 발굴을 위한
'제8회 과학소재 장르문학 단편소설 공모전' 수상작 7편을 모아
펴낸 책입니다.

차례

대상
상실의 이해 6
전현규

최우수상
하이퍼 점프를 위한 단계적 절차 44
최석규

최우수상
오토마티즘 80
이지효

우수상
814만의 1 148
양진

우수상
눈 내리는 사막에서 웃는 방법 212
이지은

우수상
지구가 될 순 없어 264
온정

우수상
잉태 206 306
송동호

과학 스토리 단편선
대상

상실의 이해

전현규

사람을 이해하려는 노력에서 글이 시작된다고 믿는다. 한 줌의 위안이 되는 글을 써내기 위해 애쓰고 있다.

여자가 주름이 자글자글한 손을 내밀었다.

"자기도 이제 놀러 다녀. 우리 나이에 무슨 부귀영화를 누리겠다고 나이 들어서 죽자 살자 돈을 벌어? 지금까지 자식 뒷바라지, 남편 뒷바라지했으면 할 만큼 했지. 남은 인생은 재미있게 살아야 할 거 아냐."

내민 손을 지문인식기에 엄지부터 하나씩 인식시켰다. 다섯 손가락 전부 인식이 끝나자 '로딩 중'이라는 글자 밑으로 나타난 직사각형의 공간을 여자의 정보로 잠식해 나가는 시간이 필요했다. 최신 기기들은 곧바로 나온다던데, 그 기기에 적응할 시간과 사람들을 만나 로딩을 기다리는 시간을 비교하면 얼추 비슷할 것 같아 시도조차 하지 않았다. 제일 큰 문제는 역시 돈이었지만.

나는 적당한 눈웃음으로 시선을 맞추며 로딩 중의 무료한 시간을 보내야 했다.

"알잖아. 집에만 있으니 좀이 쑤셔서. 그래 봐야 고작 3년이야. 그 뒤에는 자식 덕 좀 봐야지."

쉰일곱의 나이. 삼십 년 가까이 사회생활 하지 않은 여자가 할 수 있는 일이라곤 보험설계사뿐이었다. 말이 좋아 설계사지. 인맥이 넓지도 않고, 모르는 이들에게 넉살 좋게 다가가지도 못하는 내가 할 수 있는 거라곤 지인팔이뿐이었다. 그나마도 몸이 아픈 남편이 아니었다면 남에게 아쉬운 얘기는 꺼내지도 않았을 터였다.

"동민이는 잘 있고? 요새 뭐 해? 슬슬 결혼할 때 되지 않았나?"

왼쪽 동공에 담긴 날카로운 호기심과 오른쪽 동공에 담긴 뭉툭한 걱정. 연민의 부모들. 애써 무시한다.

"나도 몰라. 통 연락이 없으니 원. 전화해도 받지도 않고. 망할 놈의 새끼."

진심이 담뿍 담긴 말이지만 말끝에 진심인 듯 아닌 듯 웃음을 섞어 대꾸한다. 어차피 여자한테는 자식에 관한 건 다 얘기한 터였다. 숨기고 말 것도 없었다. 얘깃거리가 떨어지면 여자가 자신을 만날 이유도 없으니까. 이렇게 가끔 던져 줘야 한다. 그래야 궁금증에 못 이겨 연락하곤 한다. 예상대로 여자는 웃는 대신 미간을 잔뜩 찡그렸다. 몸을 앞으로 바짝 끌어당겨 목소리를 낮춰 말한다.

"그렇게 대충 넘길 게 아니야."

이번엔 얼마나 심각한 얘기를 하려고 저러나. 가만히 입꼬리를 내렸다. 여자는 가끔 별것 아닌 것도 뻥튀기처럼 부풀려 얘기하곤 했다.

"요새 젊은 사람들 결혼 안 한다는 얘기 들었지?"

"그거야 예전부터 워낙 많이 나왔던 얘기잖아. 나도 강요하고 싶은 마음 없고. 본인 뜻대로 해야지."

"어머, 이이 봐?"

동그랗게 눈을 뜬 여자가 전한 얘기는 마냥 웃으며 들을 만한 성질의 것은 아니었다. 메타버스, 알아듣기 쉽게 가상 공간이라고 정의한 그곳에서 사람을 만나고 취미를 즐기는 것뿐만 아니라 일과 결혼까지 한다는 것이었다.

"가상 공간에서 결혼? 그것도 그냥 젊은 애들이 장난하는 거겠지."

"결혼에서 그쳤으면 내가 얘기도 안 꺼냈어. 요새는 애도 만든대."

남자와 여자의 이목구비 디자인을 조합해 가상의 2세를 만드는 것. 그것이 메타버스 속 산부인과 의사의 역할이라고 했다. 현실에서는 이성 간의 결혼에서만 가능했던 2세의 탄생을 메타버스에서는 동성 간은 물론이고 여러 성 지향성을 가진 이들도 가능하게 만들어 준다는 점에서 수요가 높다고 했다.

말이 되는 얘긴가. 처음 든 생각이었다.

실현 가능한 것인지 의문이 든다기보다는 사람들이 익숙한 듯 사용하는 것이 놀라웠다. 기술을 부정할 순 없었다. 하루가 멀다고 새로운 기술이 쏟아져 나온다는 건

길거리만 지나다녀 봐도 알 수 있었으니까. 다만 젊은 사람들처럼 기술을 활용해서 삶에 적용하는 건 애당초 포기한 지 오래였다. 그들이 사용하는 것보다 한참 뒤떨어진 것들이어도 조금이나마 편리하게 만들어 주곤 했으니까. 과학이 접근할 수 있는 건 그만큼이었다. 그렇다고 생각했다. 소설이나 영화에서 단골 소재로 등장하는 인공 자궁도 받아들이기 힘든 상황에서 가상 공간에서 진행되는 결혼과 출산이라니.

"그건 말 그대로 가상에 불과하잖아, 가짜. 혹시 애를 못 낳는 상황이면 모를까."

자식을 낳아 본 부모라면 아이가 탄생하던 순간을 잊을 수 있을까? 단언컨대 불가능하다고 생각한다. 무엇으로도 표현할 수 없고 어떤 것으로도 대체할 수 없는 순간이다. 그 순간 직감으로 느끼게 된다. 아이와 덩굴처럼 지독하게 얽힐 거라는 걸. 아이란, 생명이란 그런 존재다. 쉽게 만들 수도, 없앨 수도 없는 것.

아이가 자궁문을 열고 나오던 순간, 머리가 핑 도는 동시에 든 생각은 하나였다. 신이 인간의 탄생을 어렵게 만든 이유는 한 인간의 귀중함을 나타내기 위해서라고. 구구절절 설명할 필요는 없었다. 이미 여자는 손주까지 있었으니까.

"난들 아니. 요새 젊은 애들이 그렇다니까 얘기해 주는 거지."

"언니, 그것도 다 한때야. 그게 얼마나 가겠

어. 그리고 우리 동민이는 그런 거 잘 몰라."

"동민이야 그렇겠지. 동민이가 만나는 사람이 가상 공간에 빠져서 설득하면 어쩌려고?"

에이 설마. 여자에게 눈을 흘기던 찰나 지문인식기의 로딩이 끝났고 신원 확인이 완료되었다. 지문만으로 현재 병증과 과거 병력, 직업과 주소까지 확인되는 것이 놀라우면서도 조금은 두려웠다. 꼬박 3년을 채워서 일을 다닐 수 있을까. 마음 같아서는 환갑 이후에도 일하고 싶었지만, 회사에서 써 줄지 의문이었다. 처음 고용됐을 때도 긴가민가했으니 말이다.

신원 확인이 된 이후는 간단했다. 여자가 원하는 보험과 납입 금액, 기간을 정하고 의무사항에 대해 알리는 것으로 계약은 성사된다.

여자는 보험 계약이 끝나자 자신의 자식에 관해 이야기를 털어 낸다. 매번 같은 레퍼토리였다. 동민이 얘기를 꺼낸 뒤에는 얼마 전 아이를 출산한 자식 얘기. 본인 보험은 물론이고 남편과 자식, 며느리까지 보험을 들어 줬으니 이 정도쯤은 가뿐하다.

남은 석류차를 숟가락으로 휘저어 알맹이 몇 개를 건져 먹을 때쯤 여자는 요새 썼다던 시를 몇 편 읊어 줬다. 다섯 편이 넘어서자 여자에게 전화가 걸려 왔고, 다음에는 밥 한번 먹자는 말로 헤어진다.

남의 입에서 요새 젊은 애들 얘기를 듣자니 자식이 궁금하지 않으려야 않을 수 없다. 사실 동민이는 젊은 나이라기엔 애매한 삼십 대 중반이었지만, 여자가 얘기한 젊은이들은-특히 가상 공간에서 만나 결혼하고 출산한다는-스무 살 초중반의 어린 나이이길 바랐다. 주머니에서 핸드폰을 꺼내 만지작거리다 끝내 궁금증을 참지 못하고 전화를 건다.

[지금은 고객님이 전화를 받을 수 없어 소리 샘으로…….]

혹시나 했지만, 역시나였다.

*

보험설계사 일을 시작하고 사무실에 들어간 적은 많지 않다. 필요한 서류도 고객의 메일로 보내 주면 그만이었고, 지문인식기와 연결된 스캐너로 화면에 뜬 약관을 읽어 주며 설명하면 끝나는 일이라 일주일에 한 번 넘게 방문하면 많이 가는 축에 들었다.

메일을 매번 확인하는 것도 아니고, 팀장이 부른 일도 많지 않아 갑작스레 호출한 줄은 몰랐다. 수정의 전화가 아니었다면 아마 병원으로 가고 있었을 거다.

"언니!"

카랑카랑한 목소리, 수정이었다.

"어제도 메일 안 봤죠? 일 마무리하고 메일 확인하라니까요."

"너도 이 나이 돼 봐. 그 조그마한 글씨 보는 것도 일이야. 무슨 일이길래 아침부터 이렇게 어수선해?"

사무실이 이렇게 북적북적한 것은 처음 겪는 일이었다. 좁은 복도에 사람들이 내쉬는 한숨만큼 끈적이고 무거운 공기가 가득했다.

"지금 난리 났어요."

그제야 각자 발걸음을 하는 이들의 표정이 심상치 않음을 눈치챈다. 평상시와 달리 수정의 얼굴에도 엷은 그늘이 드리워져 있었다. 혹시나.

"무슨 일이길래 그래? 위에서 우리 다 퇴사하래?"

일말의 끈적거리는 상황을 털어 내려 부러 가장 최악의 상황을 뱉어 낸다.

"공식적으로 발표된 건 아닌데, 맞는 것 같아요. 다들 쉬쉬하고 있고요. 어차피 팀장한테 얘기 들으면 확실해지겠지만."

꼭 이런 것만 잘 맞는다.

*

팀장은 무거운 분위기로 말을 전했다.

간단하게 정리하자면 메타버스 플랫폼 중 하나인 '플루토'와 협약하여 서비스를 추진 중이며 인공 지능이 보험 서비스 가입하는 것을 도울 예정이므로 실제 거리를 돌아다니는 사람들은 필요가 없어졌다는 말이다.

울상인 얼굴들에서 제각기 탄식이 터져 나왔다.

다들 적게나마 생활비에 보탬이 되고자 하는 사람들이었고, 개중에는 가장 노릇을 하는 이들도 있었다.

"몇 명이 해고되는 거예요? 남는 사람들은 있어요?"

수정의 말에 팀장이 고개를 살짝 끄덕였다.

"기준은 뭔데요? 팀장님이 정하는 거예요?"

내가 질문을 던지자마자 일제히 팀장에게 시선이 쏟아졌다. 팀장이 부담스러워할 거라는 건 아쉽게도 내 착각이었다. 그녀는 짧게 잘라 묶은 머리처럼 생각 이상으로 단호한 사람이었다. 나는 그녀의 시선을 오롯이 받아 내야만 했다.

"아직 아무것도 정해진 건 없습니다만, 여러 가지를 고려할 겁니다."

제각기 자리로 돌아온 후 다들 제일 먼저 하는 일이 있었다.

메타버스 플랫폼에 가입하는 것. 이미 가입한 사람도 몇 있었지만, 호기심에 들어갔다가 되려 나이가 듦을 자연스럽게 받아들이는 수단으로 전락하기 일쑤였다.

수정의 탄식을 들으며 플랫폼 앱을 내려받긴 했는데, 가입하기부터 쉽지 않았다. 아이디를 만드는 것부터 머리가 지끈거렸다.

팀장이 고려한다는 여러 가지 중 제일 중요한 것은 메타버스 플랫폼을 자유자재로 이용할 수 있느냐는 것이었다. 처음부터 전적으로 인공 지능을 도입하는 것은 회사에서도 무리라고 판단한 모양이었다. 언젠가는 그 몇 명마저 사라질지 모르지만, 당장 몇 달 만이라도 살아남기 위해 아등바등해야만 했다.

간신히 아이디를 생성하고 캐릭터를 만들려

던 그때, 한쪽에서 들리는 탄성.

"가상 현실 고글이 있어야 더 생생하게 움직일 수 있다는데요. 이거 회사에서 지원해 주는 거예요?"

팀장은 자리를 비웠고, 대답해 줄 사람은 아무도 없었다.

수정이 어깨를 톡톡 건드려 돌아보니 내게 스마트폰 화면을 보여 주었다.

낮은 가격대도 물론 존재했지만, 그건 간단한 게임용이었고, 메타버스를 이용하려면 가격대가 꽤 있는 것을 사용하는 편이 좋은 모양이었다. 수지 타산이 맞는 건가. 몇 달이나 일할 줄 알고.

"그냥 때려치울까요. 더러워서 못 해 먹겠네."

수정의 툴툴거림을 낮은 웃음으로 받아 주고는 있지만, 걱정이 이만저만이 아니었다. 십시일반 돈을 모아서 산 다음에 각자 번갈아 끼며 적응해야 하나 싶은 찰나, 스마트폰 알림음이 울렸다.

[입금 2,000,000원, 이동민]

스마트폰을 확인하자 계좌에 돈이 들어왔다는 알림이 떠 있다.

아들은 매달 25일에 돈을 보내기 시작했다. 전화를 걸어도 받지 않았다. 그저 용돈이라며 먹고 싶은 거 사 먹고 사고 싶은 거 사라는 문자만 올 뿐이었다. 하지만 자식이 어렵게 번 돈을 쉽게 쓰고 싶지는 않았다. 나중에 결혼할 때 보태 주려고 따로 적금을 붓고 있었고, 월급도 최소한의 생활비를 제외하고는 나머지를 전부 모으기 시작했다. 돈이 제법 모였을 즈음엔 남편이 암 판정을 받았다. 췌장암 2기였다. 가상 공간에서 출산은 가능하지만, 현실의 사람 몸은 완벽하게 고칠 수 없는 것이 현대 과학 기술이었다.

보험금과 노후 준비로 모아 놓은 돈을 다 날리면서 수술을 진행했지만, 예후가 좋지 않았다. 의사는 어려운 말을 써 가며 위로했지만, 오래 살기 힘들다는 걸 알 수 있었다. 직접 통증을 겪는 남편 역시 체념한 듯 이를 악물며 참다가, 수술 후에는 아프다고 고래고래 소리를 질러 댔다. 모든 사람이 남편에게 질렸고, 아들은 그제야 핼쑥해진 모습을 드러냈다.

남편은 오랜만에 아들을 보고도 아프다는 말밖에 하지 못했으며, 잠시 통증이 진정됐을 때는 눈물만 흘릴 뿐이었다. 부전자전인 모양으로 아들 역시 아무런 말이 없었다. 제 아버지가 아니라 남 대하듯 할 뿐이었다. 나는 남편에게 통증을 참아 보라고 말할 수 없었고, 아들에게 좀 더 살갑게 바라보라고 얘기할 수 없었다.

"벌써 가려고? 집에 반찬 해 놓은 거 있어. 좀 가져가. 싸 줄게."

"괜찮아요."

"대체 무슨 일을 하길래 살이 이렇게 많이 빠졌어?"

흡사 병을 앓는 남편과 닮아 보일 정도로 살이 빠진 아들의 모습에 덜컥 겁이 났다.

"전 괜찮으니까 아버지나 잘 챙겨 주세요."

그리고 뭔가를 잊었다는 듯이 빤히 바라보며 덧붙였다.

"돈, 더 보내 드릴까요?"

아들은 '돈'에 강세를 주었다.

아들은 끝내 혼자 사는 집이 어딘지 알려 주지 않았다. 이유는 알 수 없었지만, 굳이 알고 싶진 않았다. 상처받을까 봐서였다. 이유를 듣고 나면 영영 아들을 못 볼 것만 같았다. 못 해 준 게 너무 많은 아들이라, 늦게까지 취직도 못 하고, 이러다 결혼도 못 하는 것 아닐까 속으론 전전긍긍했다. 그러던 아들이 몇 달 전부터 돈을 보내기 시작했다. 처음엔 놀라우면서도 기뻤지만, 돈을 더 보내 준다는 말을 듣자 걱정이 앞섰다. 불법적인 일을 해서 돈을 버는 것 아닐까. 불안했지만, 여태 꾸준히 돈을 보내는 것에 안심했다.

아들의 번호가 찍힌 전화 너머로 다른 남자의 목소리가 들리기 전까지는 분명 그랬다.

*

"손해영 씨 되십니까?"
"네, 그런데요."
"이동민 씨 어머님 맞으시죠?"

직감이었다. 과학으로는 도무지 설명할 도리가 없는,

부모의 직감. 엄마의 직감. 아들에게 무슨 일이 벌어졌다.

남자는 자신이 경찰이며 어디 소속인지 직위까지도 얘기했다. 다만 잘 와닿지 않을 뿐이었다.

"우리 아들인데, 무슨 일 때문에 그러시죠?"

"혹시 플루토 아십니까?"

"메타버슨지 뭔지 그거잖아요. 그게 왜요?"

"지금 사용할 수 있으십니까?"

"아니요. 가입도 안 되어 있어서요. 무슨 일이시냐니까요?"

짧지 않은 침묵이 흘렀다.

"그럼 시간 괜찮으시면 이동민 씨 집으로 와 주시겠습니까? 지금 바로 오시면 됩니다만."

"거기가 어딘가요?"

"이동민 씨 자택입니다."

"이상하게 들릴 거 아는데, 제가 아들 집주소를 몰라서요. 얘기를 안 했거든요."

남자는 천천히 주소를 불러 주었다. 문자로도 보내 주겠다 했다. 보험사와 그리 먼 곳은 아니었다.

"어? 언니 어디 가시게요? 이건 포기했어요?"

둘러댈 말이 없어 아무 말이나 떠오르는 대로 뱉었다.

"좀 걸릴 것 같아."

나는 순간 입을 틀어막았다. 차라리 악담을 해라, 이년아.

"이것보다는 영업왕이 적성에 맞는 것 같아. 설마, 영업왕을 자르진 않겠지."

"언니, 나도 같이 가요."

수정의 말에 모두 우르르 움직이는 소리가 들렸다. 멈춰 선 엘리베이터에서 팀장이 내렸다. 그녀는 의아한 듯한 표정으로 나를 바라봤지만 대답할 겨를이 없었다. 마음을 틀어쥐어도 끝내 새어 나오는 불길한 마음을 주체할 수가 없었다. 그녀가 내리기도 전에 서둘러 엘리베이터에 올라타 닫힘 버튼을 눌렀다. 그제야 팀장은 화들짝 놀라 서둘러 내리며 노려보는 것 같았지만, 문이 닫힌 뒤였다.

*

경찰이 문자로 보내 준 주소를 택시 기사에게 들이밀며 서둘러 가 달라고 했다. 택시 기사는 자율주행 자동차가 나오며 택시 기사들이 많이 잘려 나갔지만, 자신은 실력으로 여전히 운행하고 있다고 얘기했다. 자율주행 자동차가 나오며 우려의 말들이 있었지만, 시범운행은 성공적이었고, 현재는 반 이상이 자율주행으로 운행된다는 얘기를 들었다. 잠시 안심이 되었다. 금방 교체될 거라는 말에 불안에 떨고 있는 것이 꼭 좀 전의 자신과 동료들 같았다. 어쩌면 그렇게 금방 교체되진 않을지도 몰라. 그럼 가상 현실 고글을 사도 되지 않을까. 쓸 만큼 쓰고 필요 없어지면 중고로 팔아 버리면 그만이다.

택시 기사가 주저리 대던 말을 들으며 잠시 아들의 일

을 잊으려 했으나 잊으려 한 만큼 불안은 더욱 크게 부풀어 있었다.

　우리도 그들도 언젠가는 전부 교체될 것이다. 이미 교체된 인간들은 어디로 갔을까. 어디서 뭘 하고 있을까. 우리는 무엇을 해야 할까.

　동민이에게 무슨 일이 벌어진 걸까.

　나는 무엇을 해야 할까.

　생각을 가지런히 정리할 수 없었다.

　다시금 스마트폰의 문자를 확인했다. 304호.

　불안에 적셔진 몸뚱이는 더 이상 내 것이 아니었다. 엘리베이터가 없는 건물이라 난간을 붙잡고 기다시피 올라갔다. 304호 주변에 험상궂게 생긴 남자들 몇이 서성거리며 대화를 나누고 있었다. 무슨 일이냐고 묻는 남자들 사이에서 혹시 이동민 씨 어머님 되시냐는 질문이 툭 찌르듯 들어왔다. 그렇다고 대답하자 남자는 가상 현실 고글을 내밀었다. 갈피를 잡지 못하는 내 시선을 눈치챈 건지, 남자는 착용 방법을 일러 주며 신경 써 준다.

　"이걸로 뭘 하는 건데요? 왜 다짜고짜 사람을……."

　남자가 고글 측면에 있는 버튼을 누르자 작동이 되었다. [GUEST LOG IN]이라는 녹색 화면이 조용히 빛을 발하다가 사방으로 뻗어나가며 일정한 모습을 갖추기 시작했다.

　소설과 잡지 등으로 꽉 찬 책장과 책상, 매트

리스, 옷을 걸어 둔 2단 행거, 티브이와 에어컨 등이 벽에 착 붙어 배치되어 있었다. 고글 안쪽 화면에 비친 304호는 1인이 거주하기에 딱 알맞은 공간이었다. 누군가를 들일 수도, 무엇을 가져올 수도 없는 공간이었다. 더할 수도 뺄 수도 없는 공간. 그곳이 아들이 살던 공간, 304호였다.

그리고 한 남자가 보였다. 얼핏 봐도 모를 수 없는, 아들이었다. 벽에 등을 기댄 채 축 늘어진 모습이 유독 희미하게 보였다. 짧지 않은 비명이 입에서 터져 나왔다.

"무슨 일이에요. 지금 우리 애 어디 있어요?"

형사는 아무 말도 없었다. 말을 하는 사람이 없었다. 나와 고글 속의 아들뿐이었다. 아들을 만지려 손을 뻗었지만, 만져질 리가 없었다. 아들을 붙잡으려 애쓰며 형사들에게 말을 걸었다.

"누가 좀 설명을 해 보라니까요!"

아들은 자리에서 일어나 여기저기를 바삐 돌아다녔다. 빨리 감기라도 해 놓은 것 같았다. 그러더니 주방 선반에서 얇은 끈을 꺼내 처음처럼 쓰러지듯이 벽에 기댔다. 이후엔 똑같은 장면의 반복이었다.

내가 덩굴처럼 휘감긴 고글을 벗으려고 애쓰자 두꺼운 손이 도와주었다. 고글을 준 형사였다.

"그래서 내 아들은 지금 어디 있는데요?"

"문화병원 안치실에 있습니다."

"지금 내 아들이 자살했다는 건가요? 죽었다고?"

"고글을 통해 보셨겠지만, 사건 혐의점도 없고 목 부근을 제외하면 뚜렷한 외상도 없습니다. 과학수사대에서 이동민 씨와 주변 현장 상황을 고려해 재현해 놓은 것이 방금 보신 것이고요."

실제로 본 304호는 텅 비어 있었다.

아들은 물론, 책이 쌓여 있던 책장도, 책상도, 행거도 티브이와 매트리스도 없었다. 벽지도 이미 뜯어낸 상황이었고, 바닥 장판도 마찬가지였다. 아들의 흔적이라고는 아무것도 찾을 수 없었다.

밖으로 나가 304호임을 다시 확인했다. 양옆으로 303호와 305호가 있었지만 믿을 수 없었다. 아들은 집주소를 얘기한 적이 없으니까. 아들에게 직접 들은 적이 없으니까.

"언제 그랬는데요?"

"과수대 소견으로는 어제 아침으로 보고 있습니다. 날이 더웠지만, 에어컨이 틀어져 있어서 신원 파악에 어려움이 없었습니다."

"문화병원에 있다고 했죠? 저 좀 태워다 주세요. 직접 봐야겠어요."

형사는 그러겠다고 했다. 병원까지 가는 길은 꽤 멀었다. 아들을 만나기 위해 지옥으로 향하는 것 같았다. 어두운 지옥의 끝자락, 수많은 이들의 죽음이 머무는 안치실에서 창백한 얼굴의 아들을 확인했다. 병원에 아버지를 만나러 왔을 때와 비슷한 모습이었지만, 수염이 조금 더 자라 있었고, 피부가 거칠었다.

도대체 왜. 이유를 알 수 없는 물음은 제쳐 둔 채, 스마트폰으로 은행 앱을 열어 형사에게 보여 주었다.

"어제 죽었다면서요. 우리 아들 어제 아침에 죽었다면서요, 형사님."

형사는 마구잡이로 흔드는 내 손을 잡고 스마트폰을 빼내 자세히 확인하기 시작했다.

"어머님도 아시겠지만, 자동이체가 가능하니까요."

"자동이체로 매달 돈을 보내는 아들이 갑자기 자살할 이유가 뭐가 있어요? 네?"

"죄송합니다."

형사 옆에 서 있던 까무잡잡한 남자가 다가와 작은 상자를 내밀었다.

"아드님의 물건입니다. 책과 옷, 가구 등은 저희 측에서 보관 중이고, 주소를 말씀해 주시면 댁으로 보내 드리겠습니다."

작은 상자에 담긴 물건은 스마트폰과 가상 현실 고글, 작은 피규어, 수첩 등이 전부였다.

머리로도, 가슴으로도 아들의 죽음을 받아들일 수 없었다. 살아 있는 남편이 입원해 있는 병원보다 죽은 아들이 누워 있는 안치실을 더 자주 방문했다. 형사들을 괴롭혀 아들이 사는 빌라의 CCTV를 날마다 몇 번씩 확인했다. 가상 현실 고글을 값비싼 것으로 구매해 생전 아들이 목숨을 끊었던 현장을 재현한 곳에서 아들이 마지막 숨을 내쉬었을 자리에 내내 앉아 있곤 했다. 지칠 겨를도 없었다.

일종의 죄책감이었다.

자식이 커 갈수록 잘 안다고 자신하는 마음이 반비례

해 줄어들었지만, 그래도 부모니까, 자식의 행동을 접했을 때 이해할 수 있을 줄 알았다. 이해의 폭이 생각의 크기를 넘어선 순간 낯설게 느껴졌다. CCTV로 보는 아들은, 스마트폰의 지인들과 대화 목록으로 접한 아들은 내가 모르는 사람이었다.

아들의 죽음을 억지로나마 받아들일 수 있게 된 건 남편마저 아들의 곁으로 갔을 때였다.

*

"왜 보험금이 안 나온다는 건데요?"

"생명 보험엔 자살 면책 조항이 존재하고, 손해 보험 같은 경우엔 자기도 잘 알 거 아냐. 응?"

팀장은 달래듯 말했지만, 눈빛이 에일 듯이 차가웠다. 남편이 죽은 것도, 아들이 자살한 것도 모두 내 잘못이라는 듯이. 그래 놓고 어떻게 뻔뻔스럽게 보험금을 요구하냐는 것 같았다.

남편의 사망 후 보험금은 쉽게 받을 수 있었다. 하지만 아들의 사망 후 보험금 지급을 보험사에선 거부했다. 팀장의 말은 틀린 것이 하나도 없었다. 알고말고. 너무나 잘 알고 있다.

사망 직전의 심신 상태를 확인해야 한다는 것. 이에 대한 증명 책임은 보험사가 아닌 유족에게 있다는 것까지 잘 알고 있다. 이를 증명해야 재해사망보험금을 받을 수 있다. 정상적인 심리 상태가 보인다면 보험금 청구가 어렵다.

두 사람의 장례식이 끝난 후 나는 주변 사람들의 만류에도 불구하고 곧바로 출근했다. 며칠 더 쉬는 게 어떻겠냐는 말에, 괜찮다는 말로 답했다. 할 수 있는 말이라곤 그 말밖에 생각나지 않았다. 차라리 사람들을 만나는 것이 나았다. 휑한 집에서 혼자 누워 있자니 정신을 놓을 것만 같았다.

며칠 만에 출근한 회사에서는 팀장의 말대로 몇 사람을 제외하고는 모두 해고되었다. 우리 팀에서 남은 사람은 나와 수정이, 미경이, 인혜, 팀장이 전부였다. 나이가 제일 많은 나를 아직도 쓰는 이유는 간단했다. 메타버스에 제일 잘 적응했기 때문이었다. 실제 사람들을 만나서 보험 영업을 해야 했다면, 실적이 변변찮았을 것이다. 울상의 설계사와 계약을 하려는 이는 아무도 없을 테니. 회사에서도 그 점을 고려해 준 것 같았다. 어찌 보면 메타버스가 훌륭한 도피처가 되어 준 셈이었다. 아들의 죽음으로 고용이 보장되다니. 몹쓸 엄마가 틀림없다.

그날도 다른 날과 크게 다르지 않았다.

잠이 오지 않아도 일찍 잠자리에 들려 애썼고, 식단을 챙기며 꾸준히 수영과 등산으로 건강관리에 힘쓰며 간신히 습관으로 자리 잡으려던 때였다.

[입금 2,000,000원, 이동민]

사무실로 출근할 일이 있어 현관을 나선 순간이었다.

맑은 알림음, 아들이 보내던 액수와 아들의 이름. 다시금 그날로 돌아간 기분이었다. 아들의 죽음을 통보받았던 그날. 해고될 수 있다는 통지를 받고 발만 동동 구르다 아들의 소식을 듣고 304호로 갔던 그날. 그 지옥 같은 나날들이 덮칠 거라는 생각에 숨이 쉬어지지 않았다. 곧바로 집으로 되돌아가 바닥에 철퍼덕 주저앉았다. 가상 현실 고글을 쓰고 304호를 찾았다. 아들이 살던 모습 그대로 재현되어 있을 그곳. 바뀐 것은 없다. 아들은 없다. 존재하지 않는다. 그렇다면 아들의 이름으로 돈을 보낸 이는 누구인가.

상실의 이해

*

"외람된 말씀이지만, 고인의 상속개시일, 그러니까 사망일이 언제라고 하셨죠?"

웹사이트를 검색해 전화 걸어 다짜고짜 던진 질문에 세무사는 친절하게 대답해 주었다.

"한 달 조금 넘었어요."

"정확한 건 은행이나 경찰 쪽에 문의를 해 보시는 게 빠르겠지만, 사망 신고 여부와 관계없이 고인의 예금 잔액은 상속 재산입니다. 인증서나 비밀번호를 알고 사망 신고 전에 이체할 수는 있겠지만 상속 재산이라는 건 변함없고요."

세무사의 말을 듣고 은행에 문의하였지만, 사망 신고 된 계좌가 아니라는 답변이 돌아왔다.

형사와 함께 확인했으나 마찬가지였다.

하는 수 없이 은행에서 형사의 도움을 받아 사망 신고 계좌로 처리하는 수밖에 없었다.

범인은 의외의 곳에서 나타났다.

플루토에 들어가 고객과 상담 중에 메시지가 왔다. 계약까지 마무리하고 메시지를 살펴보니 동민이가 보낸 메시지였다. 누가 이런 못된 장난을 치나 싶었다. 당장 메시지를 보낸 이를 찾아갔다. 그는 너무나 반갑게 엄마, 라고 불렀다.

동민이의 얼굴을 본뜬 아바타가 환하게 웃고 있었다. 나는 그걸 보고 웃을 수 없었고, 눈앞에 있었다면 당장이라도 뺨을 후려갈기고 싶었다. 주먹만 옴짝대다가 가상 현실 글러브를 끼고 있다는 걸 자각하고 그대로 손을 휘둘렀다. 플루토 안의 내 아바타도 뺨을 날렸고, 동민이의 고개가 돌아갔다.

"넌 누군데 내 아들을 사칭하고 다니는 거야? 어?"

그는 내 팔을 잡는 시늉을 했다.

"엄마, 나야. 나, 동민이. 내가 미안해."

얼마가 지났을까. 허공에 팔을 휘두르는 행위가 지쳤는지, 아들을 사칭하는 놈이라도 아들의 얼굴을 하고 있으니 미안해서였는지, 진짜 아들이라는 말을 믿고 싶었는지 주저앉아 아들의 모습을 한 아바타의 말을 듣기 시작했다.

아바타, 아니 아들은 현실의 육체는 죽었지만, 가상 공간에서는 살아 있는 상태라고 했다. 흔히들 말하는 기억이식이나 복제는 아니고 동민이의 흔적들과 플루토에서 했던 행동들을 기반으로 할 법한 말과 행동을 하는 거라는 말도 덧붙였다.

방식이 단번에 이해가 되지는 않았지만, 그의 말을 듣고 있자니 한 가지는 확실해 보였다.

"진짜 동민이는 아니라는 거네? 그런 거잖아. 그냥 흉내 내는 거잖아. 아니야?"

"그렇게 말할 수도 있지만, 난 엄마가 다시 내 엄마 해 주면 좋겠는데."

"엄마라고 말하지 마! 난 네 엄마 아니고, 동민이 엄마니까."

소리 지르는 것과 동시에 나는 그 아바타에게서 뒷걸음질 쳤다. 이상하게 아바타가 제멋대로 움직이는 느낌이 들었다. 소름 끼친다는 말로 표현하지 못할 불쾌한 기분이 발목에 들러붙어 놓아주지 않는 것 같았다. 발목에 붙은 줄 알았던 기괴한 상상은 어느덧 하나의 가설을 잡아먹고 몸집을 불리기 시작했다. 그리고 그것을 감당할 수 없을 때쯤, 입 밖으로 비집고 나왔다.

"혹시 네가 동민이를 죽였니? 그런 거야?"

나는 나 자신도 이해 안 되는 말로 쏘아붙였다.

"그럴 리가 없잖아. 내가 나를 왜 죽여. 아니 내가 사람을 왜 죽여. 그건 살인이잖아, 엄마."

그건 살인이잖아, 엄마.

아바타의 마지막 말이, 엄마라는 단어에 형언할 수 없는 괴리감을 느꼈다. 귀를 도려낼 듯 끝없이 후벼팠다. 파내고 또 파내도 깊숙이 숨는 것 같았다. 이물감. 엄마라는 이물감. 그 말이 귓속을 파고들어 머리를 관통할 것만 같았다. 이러다가 죽겠다 싶었다. 가상 현실 글러브를 벗고, 고글을 내팽개치듯 던졌다. 순식간에 접속이 끊어졌고, 눈앞엔 그럴듯하게 재현된 멋들어진 공간이 아니라 휑뎅그렁한 거실 풍경이 펼쳐졌다. 내게 제일 익숙한 공간이었다. 그런데 떨림을 멈출 수 없었다. 이곳 어딘가에 아들의 흉내를 내는 아바타가 있는 것 같았다. 무서웠다. 살면서 정말 죽을 수도 있겠다고 생각한 건…… 두 번째다. 살기 위해서일까. 실소가 입술을 비집고 나왔다. 첫 번째는 출산이었다. 동민이를 낳을 때, 정말 이러다 죽겠다 싶었다. 전신에 힘이 빠지고 더는 못 하겠다 싶을 때, 마지막 힘을 줘서 나온 아이가 동민이었다. 이제는 동민이를 흉내 내는 아바타가 나를 죽이려 든다. 아니 죽이려 들진 않았지만, 죽일지도 모른다.

어디냐고, 왜 안 오냐고 묻는 수정의 문자와 팀장의 전화가 쉴 새 없이 빗발친다. 몸이 좋지 않아 하루만 쉬겠다고 문자를 보낸다. 몇 번 더 전화가 걸려 오지만 죄다 무시했다. 지금 해야 할 일은 따로 있었다. 아바타를 없애는 것. 아들의 흉내를 내는 가짜를 없애야 내가 살 수 있다. 분만할 때처럼 심호흡했다. 마음을 가다듬고 준비하기 위해서였다. 그렇지 않으면 몇 분마다 찾아오는 이유 모를 흉통에 아무것도 하지 못할 것 같았다.

곧장 플루토 홈페이지에 접속해 고객센터 1:1 문의에 글을 작성하려다가, 신고 센터가 더 빨리 접수될 것 같아 그쪽에 글을 쓰기 시작했다. 다 쓰고 나서 분류를 살피는데, 유해 게시물로 신고해야 할지 저작권 침해인지, 명예 훼손인지 가늠할 수가 없었다. 그래서 같은 글을 붙여 넣어서 각각 신고했다. 내일쯤 답장이 오겠지 생각했으나, 근무하는 인원이 많은 건지 인공 지능이 대신 답변하는지, 곧바로 답이 왔다. 결론만 말하자면 플루토 측은 아바타를 삭제할 수 없다고 했다. 블록체인 기술을 한 단계 발전시킨 기술로 한 번 생성하면 영원히 플루토 내에 존재할 수 있다는, 내 심정과는 동떨어진 답변이었다.

직접 전화를 걸었지만, 사람은 존재하지 않는지, 인공 지능이 같은 대답만 떠들어 댔고, 결국 본사에 가야만 하는 줄 알았다.

그러나 이게 웬걸. 플루토 본사는 존재하지 않았다. 적어도 현실에는 없었다. 방대한 메타버스를 관리하려면 작게나마 사무실이 필요할 줄 알았는데, 서버는 어디에 두고, 사람들은 제각각 일하고 만날 때도 메타버스를 이용한다는 등의 기사만 주야장천 쏟아졌다. 사무실 없는 회사. 플루토가 최초라는 기사도 한 무더기였다.

이렇게 되니 개인이 무력하게 느껴졌다. 당장 찾아가서 한바탕 난리를 피우려 했지만, 찾아갈 곳도 얘기할 곳도 없었다. 나 같은 서민이 이용할 수 있는 것은 결국 언론사에 제보하는 것뿐이었다.

늦은 밤 기자를 만나고 플루토의 아바타를 삭제할 수 없다는 것에 대해 부당함을 토로했다. 기자의 제안으로 동민이에 대한 감정은 최대한 배제했다. 안 그래도 동민이를 전면에 내세워 이용하다시피 하는 것도 꺼려졌고, 그러다 보니 자연스레 여기저기 날뛰던 바이러스 같은 감정도 숭덩숭덩 썰려서 사실만 담백하게 전달되는 효과가 있었다. 잘된 일이었다. 가상 공간에서 결혼하고 애를 낳는 젊은이들에게는 아들 잃은 나이 많은 여자의 얘기를 듣고는 콧방귀나 뀔 가능성이 농후하다 싶었다. 기자는 특정 계층, 몇몇 이들만 받아들일 수 있는 얘기가 아니라 한 번쯤은 저대로 괜찮은가, 생각하게 만드는 것만으로도 성공이라고 얘기했다.

동민이는 이미 죽었는데, 동민이의 흔적을 온전히 보존한 채 사는 가짜를 인정할 수는 없다고 말을 뱉으면 최소한 진짜를 전제로 가짜가 존재해야 하는 것 아니냐며 기자가 살을 덧붙였다.

기자는 내용 정리해서 아침에 바로 올리겠다고 약속해 주었다. 동민이를 위해 할 수 있는 일이 없다고 생각했었다. 죄책감은 그 탓에 생긴 거였다. 할 수 있는 게 없던 게 아니라 찾아보지 않은 거였다. 늦게나마 했다는 생각에 처음으로 죄책감 없이 잠들 수 있었다.

기자의 약속대로 기사는 아침 일찍 올라와 있었다. 사람들의 반응도 나쁘지 않았다. 그런 거 다 감안하고 가입한 거 아니냐는 댓글도 있었지만 내가 제기한 의문에 문제가 있음을 인지하는 쪽이 훨씬 많았다. 같은 내용의 기사가 몇 개 더 나올 때쯤, 플루토에서 입장문을 내놨다. 예상했던 것보다 플루토의 대응은 빨랐다. 마치 내가 할 행동을 알고 미리 대응책이라도 준비한 것처럼 말이다. 그들의 대응책은 이랬다.

현재 플루토 내에서 한 번 생성한 아바타는 고객조차 삭제할 수 없다. 가입할 때 이미 명시되어 있는 조항이고, 몇 번이고 팝업창을 띄워 알려 주기 때문에 그것이 꺼려진다면 가입하지 않는 방법 외에는 없다.

플루토 내에서 생성된 아바타는 고객이 플루토 내에서 하는 행동과 말, 플루토와 연결된 SNS 등을 바탕으로 고객과 같으면서도 다른 경험을 쌓게 된다. 또 다른 나를 체험할 수 있는 하나의 수단이 된다.

이미 생성된 아바타, 특히 고인이 된 고객의 아바타는 가족의 동의하에 플루토 내에서 생활할 수 있다. 단, 이 경우 혼인, 혈연, 입양 등으로 구성된 가족이 동의하지 않는다면 게임의 NPC처럼 생활이 제한된다. 1년이 지난 후 한 번 더 선택할 수 있으며, 이때 선택은 영구적으로 지속된다.

이게 그들이 할 수 있는 최선인가? 이게 내가 원했던 방향인가? 입장문을 몇 번씩이나 읽었지만, 머릿속엔 의문만 늘어났다. 기자에게 전화해 물었지만, 그들도 발 빠르게 대응하고, 입장문을 냈으니 좋게 마무리하자는 대답이 돌아왔다. 정 아들의 아바타가 싫으면 동의하지 않으면 그만이시니까요, 라는 다소 무신경한 대답과 함께. 플루토의 입장문이 올라오자, 그나마 몇 개 올라와 있던 기사들이 전부 내려 갔다. 입장문마저 내려 가는 거 아닌가 걱정했지만, 생각과는 다르게 유지되고 있었다.

*

 출근하자 팀장은 휴게실로 따라오라며 불렀다. 어제 문자만 달랑 보내 놓고 결근했으니 당연한 결과였다. 이참에 할 말도 있었다.
 "해영 씨, 어제 일 어떻게 된 겁니까?"
 팀장은 나보다 나이가 열 살은 아래였지만, 꼬박꼬박 -씨를 붙여 불렀다. 다른 사람들과는 이따금 웃는 것도 같았는데, 사람들이 해고된 뒤에는 신경이 날카로워진 모양인지 칼바람이 불었다.
 "몸이 좀 아팠어요. 미안합니다."
 "몸 아프시다던 분이 기자를 만나셨어요?"
 팀장이 얼굴 가까이 들이민 스마트폰 화면엔 기사가 올라와 있었고, 모자이크된 내 얼굴도 있었다. 모자이크라지만 아는 사람은 알아볼 것 같았다.
 "죄송합니다. 정말 급한 일이었어요."
 "사정은 아는데, 봐주는 것도 한두 번입니다. 젊은 사람들 해고될 때 나이가 제일 많은 해영 씨가 남았으면 회사 일을 더 열심히 하셔야죠."

내리깔던 눈을 살짝 치켜뜨며 팀장을 바라보았다. 반항하는 것처럼 보이지 않게 조심해야 했다. 나이를 들먹인 것도 못마땅하고, 기사가 내려 간 것도 언짢고, 생각해 보니 플루토의 입장문이 썩 맘에 들지도 않고, 엄연히 실력으로 남은 것에 팀장이 힘써 준 것처럼 들먹이는 것도 아니꼬웠지만, 부탁할 것이 있었다.

시선을 떨군 채 조곤조곤 말했다.

"다시는 이런 일 없을 겁니다."

"큰 문제 없었으니 이만 넘어가겠습니다. 어제 해영 씨가 상담 예약한 고객은 다른 팀원들이 분담해서 해결했으니 그렇게 알고 계시면 됩니다."

"네."

"그럼 가서 일 시작하세요."

나는 고개만 끄덕이고 나가기를 주저했다. 문득 염치없다는 생각이 들어서.

"할 말 있으세요?"

나는 머뭇거리며 영업직이 아닌 사무직으로 업무변경을 요청했다. 팀장은 잠시 고민하는 듯하다 사유를 물었다. 기사를 보셨으면 아실 텐데, 라는 말로 포문을 열었다. 먼저 간 아들에 대한 감정, 기자에게 했던 얘기들, 기자가 덧붙인 살들을 나름 잘 버무려 전달했다. 아니 그랬다고 생각했다.

팀장은 화를 냈고, 나는 놀라서 고개를 들었다. 하고 싶은 대로 할 거면 다른 사람이 아닌 해영 씨를 내보냈을 것이며, 회사 다닌 적은 있냐, 있어도 몇십 년은 됐을 텐데 사무 프로그램 다룰 줄은 아느냐, 그쪽도 인원을 줄여 관리자들만 존재하는 판국에 무슨 말이냐, 메타버스에 접속하기 꺼려지면 회사를 관두라는 얘기를 폭우처럼 쉬지 않고 쏟아 냈다.

그 말을 다 듣고 나자 어안이 벙벙해졌다. 팀장은 삿대질하며 이번 주 실적을 유심히 보겠다는 말로 날카롭게 쐐기를 박고 나갔다.

미련하게도 나는 죄송하다는 말로 팀장의 등에 고개를 숙였다.

"팀장이 언니 질투해서 그래."

탕비실에서 남몰래 눈가를 훔치자 수정이 다가와 비타민제를 건넸다. 언니 그 얘기 못 들었어? 팀장은 전보다 실적이 현저히 떨어지고, 나이 많은 언니는 실적이 1, 2등을 다툴 정도로 높아 윗선에서 주목하고 있다던데. 메타버스에 잘 적응하는 사람을 남긴다더니 팀장이 제일 못하는 거 알지? 자신보다 월등히 떨어질 것 같은 언니를 남겼는데 뚜껑 열어 보니 이게 웬걸? 언니가 너무 잘하니까 저러는 거잖아. 어제도 사실 별일 없었어. 그냥 언니가 자기 무시하는 것 같으니까 그런 거지. 사람이 쪼잔한데 어떻게 팀장까지 올라갔대. 그럴 깜냥이 안 되는데 말이야.

수정이 한바탕 팀장 욕하는 것을 들으니 당장은 마음

이 후련해졌지만, 당장 내일부터가 걱정이었다.

　메타버스에 접속하지 않고 영업할 방법은 하나였다. 직접 돌아다니는 것. 같은 시간에 가상 공간에서 사람을 만나 영업하는 것과 발로 뛰며 보험 계약을 성사시키는 것은 일단 효율성에서 큰 차이가 났다. 지문인식기는 최신형이었지만 사용 방법을 몰라 애물단지에 불과했다. 가까스로 한두 건씩 계약을 성사시켰지만, 요구하는 실적의 양은 매주 높아졌고, 팀장의 잔소리로 한 주를 마무리하기에 이르렀다.

　한 달이 될 무렵, 팀장은 말도 안 되는 양의 실적을 요구했고, 부당하다 호소했다. 그녀는 자신이 무리한 요구를 하는 것이 아니며 다른 팀원들과 비교했을 때 유독 실적이 떨어지는 데다, 메타버스를 이용해서 근무하지 않으니 자칫 플루토와 협력하는 의미를 퇴색시킨다는 얘기를 면전에 대고 또박또박했다. 맞는 말이었다. 틀린 말은 하나도 없었고, 그들에게 짐이 되는 건 나였다.

　퇴사가 결정되고 짐을 싸는 동안에도 다른 팀원들은 여전히 실적을 올리기 위해 고글을 쓰고 가상 공간에서 사람을 만나고 있었다. 짐은 조촐했다. 팀장은 열심히 하지 그랬냐며 짜증이 난다는 듯 혀를 찼다. 집에 가서 뭘 해야 하나. 일을 구해야 할까. 써 주는 곳은 있을까. 여러 고민 끝에 배가 고팠다. 몇 시나 됐지. 핸드폰

을 확인하는 순간,

[입금 2,000,000원, 이동민]

돈이 입금됐다.

*

 메타버스에 접속하자마자 동민의 아바타가 찾아왔다. 아바타는 다짜고짜 돈을 받았느냐 물었다. 앞으로 돈은 매달 보내 줄 테니, 부탁 하나만 들어 달라고 했다.
 "엄마가 동의해 줘야 내가 살아. 내가 살아야 엄마도 살고. 언제까지 보험 영업을 할 수는 없잖아."
 저런 표정을 지은 적이 있었나, 아니 지을 수는 있던가 싶은 생각이 들 만큼 능청스러운 표정이었다. 엄마라는 말만 붙이지 않았다면 조금은 받아들일 수 있었을지 모르겠다.
 "당장은 안 돼. 시간이 필요해."
 "시간? 왜? 나는 시간이 없어. 엄마가 동의를 해 줘야 내가 여기서 돈을 벌어서 엄마한테 줄 수 있다고. 돈 안 필요해?"
 동민의 아바타는 자신이 메타버스에 투자한 건물로 세를 받고 있으며, 동의를 얻지 못하면 건물은 플루토 소유로 이전된다고 했다. 기가 막힌 것은 동민이 플루토에서 결혼했다는 사실이었다. 실제 사람이었다면 차라리 나았을까. 신부는 가상의 인물이었다. 플루토의 입장문에서 처음 존재를 알게 된 NPC. 자신의 비서 NPC와 이미 아이까지 낳은 뒤였다. 둘의 얼굴과 성향을 비슷하게 닮은 아기. 성기가 필요 없고 남자든 여자든 뭐든 될 수 있는 아이.

가상 공간에서 결혼, 출산에, 건물에 세를 놓아 산다는 말을 듣자 다소 먹먹해졌다. 내가 하던 일이 우스워졌고, 마냥 가볍게만 느껴졌다. 약간 징그러웠고, 끔찍했다. 한 달 내내 플루토에 방문하지 않아 얘기할 겨를이 없었다는 동민의 얘기에 나는 그만 접속을 끊어 버렸다.

며칠이나 지났을까. 꼬박 이틀을 밤새고 동이 틀 때쯤 선잠이 들었다가 깼다. 일어나자마자 메타버스에 접속했다. 동민이 때문이 아니었다. 접붙이기한 듯 동민이를 정확히 반 닮은 아이가 생각나서였다.

동민이와 플루토 내에 있는 본사를 찾아가 동의서를 내밀었다. NPC임이 분명할 인간은 접수됐다며 금방 처리될 거라고 얘기했고, 그와 대화를 마치기도 전에 인증되었다는 알람이 울렸다.

건물로 돌아가는 사이 동민이는 내게 보험 영업을 제안했다. 자신의 와이프처럼 플루토에서 태어난 이들에게 파는 보험이었다. 그게 무슨 애들 장난 같은 얘기냐며 거절했으나 동민이는 시간 많으니 생각해 보라고 했다. 엄마가 하겠다고만 하면 인맥을 총동원해 지원해 줄 수 있다는 자신만만한 얘기에 까짓거 될 대로 되라는 심정으로 그렇게 하겠노라 했다.

*

"저, 기억하시죠?"
"기억하다마다요."

오랜만에 만난 얼굴이었다. 플루토에 대한 불만을 기사화한 후 처음이었으니 말이다. 플루토에서 만난 그녀는 눈그늘이 없어 한결 화사해 보였다. 그녀와 마주 앉아 다시금 인터뷰할 줄은 꿈에도 상상하지 않았다. 그것도 플루토 내에서, 지원까지 받아 가면서 말이다.

잘될 거 같다던 동민이의 예상과 달리 가상 인간에게 보험을 파는 일은 쉽지 않았다. NPC에 불과한 이들이 보험을 드는 일은 없었고, 동민이의 아내처럼 가족을 이뤄 자유도를 갖게 된 NPC들의 비율은 소수에 불과했으니까.

하지만 플루토의 개입으로 판도는 순식간에 뒤바뀌었다. 이를 마케팅의 하나로 인식한 건지, 세계관 확장이라는 거대한 타이틀을 달고 나와 업데이트 계획 중 하나로 주요하게 밀어붙였다.

하는 방식은 예전보다 단순했다. 가상 공간에 데이터가 다 들어 있으니 팝업창에 뜨는 버튼만 몇 번 눌러 승인 요청하면 끝이었다. 대부분은 승인되지만, 거절되는 예도 있었다. 실제 인물과 가족을 맺지 못하거나 일하지 않는 경우였다. 사람은 끊임없이 몰려들었고, 가상 인물이 아닌 실제 사람들도 보험을 맺고자 했다. 현실에 관련된 보험이 아닌, 가상 현실에서 재산을 잃었을 때 보장해 줄 수 있는 식으로 말이다. 본사 사람들과 약관을 만들고 검토하는 일은 피곤하면서도 재있었다. 며칠째 쉬지 않고 일을 했다. 인터뷰만 마치면 잠을 좀 자야 할 것 같았다.

*

"최초 발견자에, 신고도 하셨다고요?"

그녀는 넋이 나간 듯 보였다. 형사가 어깨를 톡톡 건드리자 화들짝 놀라는 바람에 도리어 머뭇거리게 된다. 머리가 흐트러진 채 술 냄새를 풍기는 여성은 몸을 제대로 가누지 못해 비틀거렸다. 그녀를 보는 형사의 눈에 실망의 기색이 역력했다. 이래서야 발견 당시 상황을 들을 수가 없었다. 하는 수 없이 여경을 불러 부축해서 서로 데려가라고 지시했다.

과학수사대가 헤집고 있는 집안을 천천히 둘러보았다. 누가 살긴 사는 거냐고 물어도 이상하지 않을 만큼 가구가 없었다. 거실 한가운데 사망자의 흔적을 따라 그은 하얀 윤곽선이 보였다.

"전에도 비슷한 사건 있지 않았나?"

"석 달쯤 됐나요? 벽에 기댄 채 죽은 남자. 사

망자 손해영 씨가 그 남자의 어머니랍니다."

"사인은? 뭐 나온 거 있어?"

"과로사 같다는데, 정확한 건 부검해 봐야 알 것 같답니다. 최초 발견자 정혜승 씨는 전에 같이 일하던 팀, 팀장이랍니다. 손해영 씨가 퇴사한 것도 정혜승 씨 때문이라는 얘기도 있는데, 윗선 얘기를 들어 봐야 할 것 같아요."

"팀장이 예전 퇴사자를 찾았다? 미안해서 그랬나?"

"알아보니까 퇴사한 지도 꽤 됐던데요. 제 생각엔 손해영 씨가 퇴사 후에 플루토에서 잘나간다니까 한 자리 달라고 오지 않았을까 싶은데."

"아, 그 가상 인물한테 보험 판다던?"

"네. 그분이요."

"본인 보험은 들어 놨나 몰라."

형사는 오래도록 손해영이 남긴 윤곽선을 응시했다.

과학 스토리 단편선
최우수상

하이퍼 점프를 위한
단계적 절차

최석규

장르문학과 순수문학을 오가며 글을 쓴다. 2020년 국가예술지원공모사업에 선정되어 소설집『소설이 곰치에게 줄 수 있는 것』을 출간했다. 2021, 2019, 2015년 과학소재 장르문학 단편소설 공모전, 2019년 무예 소설문학상, 2018년 경북일보 문학대전, 2014년 천강 문학상 등을 수상했다.

실종 신고를 하고 돌아오는 길에 벽(壁)에 들렀다. 높고 견고한 하얀 담벼락 앞에 섰다. 나는 귀를 벽에 바짝 가져다 댔다.

 그를 처음 만난 곳은 소프트웨어 개발 동호회에서였다. 작은 키, 왜소한 몸, 거기에 눈알이 왕방울만 하게 보이는 돋보기안경까지 쓴 꽤 만만해 보이는 친구였다. 하지만 누구도 함부로 대하진 못했다. 동호회에서 수학을 제일 잘했기 때문이었다. 정교한 수학적 사고가 필요한 물리 엔진과 렌더링 모듈 개발에서 그는 꼭 필요한 인재였다.
 동기들은 그를 곰방대라 불렀다. 함께 모여 담배를 피울 때면 그는 슬그머니 호주머니에서 나무로 만든 파이프를 꺼냈다. 체리색 대통과 금속 자루가 연결된 것이었는데 입에 무는 물부리 끝이 누렇게 변해 있었다. 그는 대통에 잘게 썬 담뱃잎을 반쯤 넣고 도장처럼 생긴 것으로 꾹꾹 눌러 채웠다. 전용 라이터로 불을 붙인 다음 시골 늙은이처럼 뻐끔거리는 모습을 다들 신기한 눈으로 바라봤다. 파이프 담배를 피우는 시간은 일반 담배보다 길었다. 파이프용 연초는 수분이 많아 연소 온도가 낮고 연무량도 떨어져 피는 시간이 길어질 수밖에 없다는 것이 그의 설명이었다. 보통 15분, 길게는 30분이나 됐다. 요즘 같은 시테크 시대에 그렇게 한가하게 뻐끔거릴 여유가 있냐고 누군가 물었다. 곰방대는 입으로 하얀 연기 도넛을 만들어 띄우며 답했다.

"나, 노는 거 아니다. 도넛 보면서 물리학적 고찰하는 거지."

곰방대는 플로리다대 너드슨 교수가 던진 화두인, '빨대의 구멍은 과연 몇 개인가'에 관한 이야기를 하면서 빨대, 베이글, 도넛이 사실 수학적으로 모두 같은 물체라고 했다. 그것을 뒷받침하기 위해 위상 수학까지 끌어와 설명했다. 동호회에서 유일한 문과인 난 그의 설명을 거의 이해하지 못했다.

담배를 다 피운 친구들은 모두 돌아갔고 흡연 구역에 남은 이는 나와 곰방대뿐이었다. 볼이 홀쭉해지도록 뻑뻑 빨아 대던 곰방대가 말했다.

"난 하루에 딱 한 번 피워. 그래서 짬 날 때마다

하이퍼 점프를 위한 단계적 절차

피우는 것과는 질적으로 다르지. 담배통에 남은 재와 타면서 생기는 부산물이 어우러지는 깊은 맛이란! 캬! 이런 걸 후다닥 즐기기에는 너무 아깝다고 생각하지 않니?"

곰방대는 파이프 담배의 역사, 토바코의 맛과 향에 관해 장황하게 설명했다. 파이프 담배를 귀족의 담배라고 부르는 이유에 관해서도 말했다. 난 담배를 피우지 않았지만, 그의 이야기만큼은 흥미로웠다.

"만수야, 파이프 물고 있는 내 모습, 참 여유로워 보이지?"

"웃기고 자빠졌네. 언제부터 네 삶에 여유가 있었다고."

"큭큭큭. 앞으로 그렇게 될 거니까 미리 연습 좀 해 두는 거야."

키득거릴 때마다 곰방대의 입술 사이로 연기가 폴폴 새어 나왔다.

곰방대는 컴퓨터 공학과에 다녔다. 나만 알고 있는 비밀이지만 그는 사회적 배려 전형으로 들어왔다. 차상위 계층 확인서, 한부모가족 증명서, 장애 수당 대상자 확인서, 수급자 증명서……. 그는 자신의 가난을 증명하기 위해서 많은 서류를 제출했다. 곰방대는 2학년 때까지 과 수석을 놓친 적이 없었다. 그럴 만했다. 학기 내내 도서관과 알바 가게, 오직 두 곳만을 오가는 삶을 살았다. 치열하게 공부했고 더 치열하게 돈을 벌었다. 그 밖의 다른 장소, 예컨대 술집이나 당구장, 심지어 편의점에서 곰방대를 마주치기라도 하면 친구들 사이에서 화제가 되었다. 누구도 그가 지갑을 꺼내는 것을 본 적이 없었다. 그는 술은커녕 커피나 음료수도 마시지 않았다. 한 달 내내 두 장의 바지와 윗도리를 돌려 가며 입었다. 속옷도 일주일 내내 입는다는 소문이 있었다. 점심은 밥만 가지고 와 먹었는데 친구들이 남긴 반찬은 그의 몫이었다. 하지만 그는 부끄러워하지 않았다.

"나중에 성공한 후, 이 시절이 참 그리울 거다."

하루에 한 번, 파이프 담배를 피우며 곰방대는 그렇게 말했다.

하이퍼 점프를 위한 단계적 절차

*

우린 금세 친해졌다. 자주 어울렸고 많은 이야기를 나눴다. 그는 내게 왜 영문과를 선택했냐고 물었다.

"수학이 싫어서."

"천상 문과구나."

"그건 아니고. 고딩 때 샘이 한 말 때문에 수학이 싫어졌어."

"뭐라 했는데?"

"수학은 우리에게 진실을 보여 준대."

곰방대는 폭소를 터트렸다. 진실? 그럼 난 철학자 됐겠네? 세상의 진실을 알게 되면 비루한 자신의 모습을 보게 될 거라는 두려움, 그 걱정은 지금도 사라지지 않았다. 진학을 앞둔 고3 가을이었다. 딱히 무슨 과에 가야겠다는 생각도 없었다. 그러다 막판에 진로를 결정했다. 폴 오스터의 『빵 굽는 타자기』라는 소설을 읽고 난 후 나는 영문학과를 선택했다.

"의사나 경찰관이 되는 것은 하나의 진로 결정이지만 작가가 되는 것은 다르다. 그것은 선택하는 것이 아닌 선택되는 것이다. 글 쓰는 것 말고는 어떤 일도 자기한테 어울리지 않는다는 사실을 받아들이고 평생 멀고도 험한 길을 갈 각오를 해야 한다."

책 속의 문장은 살아나 귓속에서 맑은 종소리를 냈다. 딱히 작가가 되고 싶은 것은 아니었지만 꿈을 위해 자신의 모든 것을 내건다는 점이 멋있어 보였다. 하지만 3학점짜리 미영문학 강의를 들으면서 내 결정을 후회했다. 리포트를 쓰기 위해 원서로 『빵 굽는 타자기』를 읽고 있었는데 전에는 지나쳤던 구절을 발견해 버렸기 때문이다.

"이 세상은 돈이 말한다. 돈의 말에 귀를 기울이고 돈의 주장에 따르면 인생의 언어를 배울 수 있다."

폴 오스터는 삶의 방향인 동시에 저주가 되어 버렸다. 나는 그로 인해 영문과에 왔고 그로 인해 다른 길을 찾기 시작했다.

곰방대와 함께 취업 준비를 시작했다. 토익은 내가 도와줬고 컴퓨터 관련 자격증 공부는 도움을 받았다. 난 프로그래밍 언어 공부에 많은 시간을 투자했다.

"자바, 파이선, C++ 같은 랭귀지만 단순 습득해서는 코딩 노가다 맨 밖에는 되지 못해. 마치 기술 없는 공사

판 일용직처럼 생명이 짧거든. 남과 차별화되고, 있는 척, 아는 척하려면 수학을 통한 해석은 필수야, 필수."

그는 진심 어린 충고를 해 주었다. 곰방대로부터 미적분, 통계 확률, 행렬을 배우기 시작한 것은 그즈음이었다.

3학년 가을 학기부터 곰방대를 보기 힘들어졌다. 그는 아침부터 늦게까지 아르바이트에만 매달렸다. 동호회는커녕 학교도 잘 나오지 않았다. 갑자기 변한 그의 모습을 다들 의아하게 생각했다. 홀어머니의 장사가 망하고 지병까지 악화했기 때문이라는 것을 아는 이는 나뿐이었다. 그는 돈을 자주 빌리기 시작했다. 잘 갚지 못하자 친구들이 하나둘 떨어져 나갔다. 곰방대는 이듬해 학사 경고를 받았고 얼마 지나지 않아 자퇴했다. 곰방대 엄마의 장례식에서 그를 다시 봤다. 마른 얼굴이 더 핼쑥해졌고 눈빛은 모래알처럼 버석거렸다.

"취업 준비는 잘 되니?"
"그럭저럭."
"그렇구나."
"……."
"그래, 나중에 보자."

그것이 우리의 마지막 대화였다. 난 졸업을 했다. 제일 친한 친구의 졸업식에는 올 줄 알았

하이퍼 점프를 위한 단계적 절차

지만, 곰방대는 나타나지 않았다. 연은 그렇게 끝이 나는 줄 알았다.

*

 돈벌이는 쉽지 않았다. 작은 IT 회사에서 첫 삽을 떴지만, 생각과는 달랐다. 쥐꼬리만 한 월급, 잦은 야근, 보람도 배우는 것도 없는 단순 반복 코딩, 거기에 상사의 갑질은 보너스였다. 회사는 얼마 지나지 않아 부도가 났고 사장은 행적을 감췄다. 몇몇 직원은 빚쟁이에게 멱살잡이까지 당했다. 그래도 비자발적인 퇴직에 고용보험 가입 기간이 180일 이상이라는 조건을 만족해 실업 급여는 받을 수 있었.
 짧은 직장 생활이었지만 몸이 많이 상했다. 근처 헬스클럽으로 나갔다. 관장은 먼저 유산소 운동부터 해야 한다며 러닝머신을 권했다. 하지만 나와는 맞지 않는다는 것을 금세 깨달았다. 숨이 턱에 닿도록 뛰어도 늘 출발점[1]이었기 때문이다. 어찌 됐든 간에 세상은 여전히 굴러갔다. 난 뒤처지지 않기 위해 개발자 커뮤니티인 스택오버플로우의 최신 코딩 기술을 익혀야 했고, 토익 고득점을 유지해야 했고, 연봉 높은 IT 회사에 입사 원서를 계속 보내야 했다. 그리고 어떻게든 세끼 밥을 챙겨 먹으려고 노력했다.

---

[1] 다니엘 코엔의 〈경제 성장의 저주〉 중, '행복 추구란 쾌락의 러닝머신 같다. 아무리 열심히 달려도 항상 제자리다'라는 문장에서 빌림.

103번째 지원서 탈락을 끝으로 다시 1인 개발을 시작했다. iOS와 안드로이드는 물론, PC에서도 돌아가는 실시간 교통 정보 제공 SW를 목표로 잡았다. 반지하 원룸은 사무실이 되었다. 테스트 휴대 단말기, 영상 카메라, 편집 장치 등은 선배로부터 빌렸다. 힘들게 만들었어도 다운로드 수는 얼마 되지 않았다. 고만고만한 아이디어로는 빵 하나 살 수 없다는 현실, 그것은 몹시 쓰고 아렸다. 출구 없는 미로에 빠져 버린 것 같았다. 이 세상은 돈이 말한다는 폴 오스터의 일갈은 시간이 갈수록 더 크게 들렸다. 마음이 조급해졌다. 난 돈이 간절히 필요했다. 유일한 혈육인 할머니 때문이었다.

할머니는 곰방대만큼이나 지독한 구두쇠였다. 허투루 돈 쓰는 법이 없었다. 소지한 모든 것은 누더기가 될 때까지 고쳐 썼다. 그런 할머니가 1년에 딱 한 번 용돈을 주는 때가 있었는데 그건 내 생일날이었다. 태어난 날부터 날수를 세어 십 원 한 장까지 정확히 맞추어 주었다. 24세, 그러니까 태어난 지 8,761일이 되던 날, 난 8만 7천610원이 담긴 봉투를 받았다. 나는 학창 시절 내내 매년 3,650원이 더 들어간 봉투를 받았다. 할머니는 날 자주 안아 주었다. 낡고 헐렁한 윗도리 위로 전해지는 납작한 젖가슴의 촉감, 거죽과 뼈만 남은 쭈글쭈글한 피부, 구수한 몸내, 그것은 몇 안 되는 좋은 기억이었다.

봄날은 길지 않았다. 할머니 생일날이었다. 날 보자마자 고무줄에 묶인, 지폐 다발이 가득 든 검은 비닐봉지를 건넸다. 용돈이라고 했다. 아뜩했다. 자린고비 노인네의 큰돈을 받는 순간은 세상 무엇보다 두려웠다. 할머니는 중증도 치매 판정을 받았다. 평생 쌓아 올렸던 할머니의 모든 것이 하나둘 무너져 내렸다. 할머니는 방금 먹은 것도 기억하지 못했다. 집으로 돌아오는 길을 잃는 경우도 많아졌다. 돌보던 갓난아이에게 억지로 쌀밥을 먹이다가 아이가 장폐색으로 응급실에 갔고 그 때문에 십년 넘게 해 온 보모 일자리까지 잃었다. 며칠 전, 경찰서에서 전화가 왔다. 길을 잃고 헤매는 할머니를 보호하고 있으니 데리고 가라 했다. 할머니를 모시고 집으로 향했다. 초고층 주상복합단지를 에두르는 담벼락 앞에서 문득 걸음을 멈추었다.

"만수야. ……이상하지 않니?"

할머니는 단지와 도로, 빛과 어둠, 희망과 절망을 구분 짓는 콘크리트 방호벽을 손바닥으로 더듬었다.

"여기 분명히 문이 있었는데."

"이쪽 벽에는 원래 출입문이 없어요."

"아니야. 여기쯤 있었어."

할머니는 매연 그을음으로 뒤덮인 벽 주변을 유심히 살폈다. 의아한 표정으로 물었다.

"여기 사는 사람들은 문도 없는데 어떻게 들어가니?"

*

비가 종일 내리던 날, 곰방대로부터 전화가 왔다. 졸업 후 처음 온 연락이었다. 같이 밥이나 먹자 했다. 마치 엊그제 만난 사이처럼 편하게 말했다. 지난주에 자기 생일이었으니 한턱내겠다는 믿기 어려운 소리도 했다. 그는 족발과 보쌈, 소주를 싸 들고 자취방으로 찾아왔다. 그동안의 근황에 관해 이야기했다.

"……그렇게 다 떨어지고 나니 할 게 없더라. 내가 남들 다 가진 대학 졸업장이 있나, 무슨 수상 경력이 있나. 공무원 시험 준비를 할까 알아봤는데, 에이, 학원도 돈이 있어야지."

곰방대는 소주잔을 연거푸 비웠다. 나는 족발에 꼬이는 날벌레들을 쫓으며 묵묵히 듣기만 했다. 가슴 한쪽이 아련히 저며 왔다. 동호회 사람들은 그가 네이버나 구글에 갈 인재임을 믿어 의심치 않았다. 아이디어, 기획력, 코딩 실력, 수학적 사고 능력은 기본이고 지독히도 성실했기 때문이다. 돌이켜 생각해보면 우리의 믿음은 세상 물정 모르는 창업 벤처 동호회의 순진한 신화였을지도 모르겠다. 현실의 곰방대는 수많은 젊은 백수 중 하나에 불과했다. 그는 씩 웃어 보였.

"인마, 그런 눈으로 보지 마라. 난 지금이 제일 행복하니까."

"왜?"

"내가 겪은 실패가 참 교훈을 주었거든. 멍청하게도 최근에야 그걸 깨달았어."

그는 목소리를 낮췄다.

"만수야, 너에게만 말해 주는 건데……. 나, 그곳을 찾아냈어. 그래서 이제 좋은 직장, 높은 연봉, 예쁜 여친, 그딴 것들은 다 하찮아져 버렸어."

"그곳이 어딘데?"

"벽."

"응?"

"벽. 담벼락. 월(Wall). 몰라?"

곰방대는 방 벽을 손바닥으로 두 번 쳤다. 쿵쿵 소리와 함께 창문에 어설프게 붙어 있던 모기장과 천장 형광등이 건들거렸다.

"거긴 여기서 멀지 않아. 세상 참 좁지 않니?"

그의 눈은 생기가 넘쳐흘렀다. 대학 시절 한 번도 본 적 없는 눈빛이었다. 마치 공허한 우주 안에 깜빡이는 별을 가둔 것만 같았다. 곰방대는 파이프 담배를 꺼냈다. 담배를 꾹꾹 눌러 채웠다. 오랜만에 보는 그의 보물 1호에 불을 붙였다.

"우리 삶의 진짜 답은 말이지, 그 벽 너머에 있어."

방 안은 하얀 도넛 연기로 채워졌다.

헤어질 때 준비한 선물을 건넸다.

"생일 선물이다. 늦었지만."

"남자끼리 웬 선물?"

"게이는 아니니까 걱정하지 마라. 내가 좋아했던 책인

데 너도 한번 보라고."

곰방대는 『빵 굽는 타자기』를 손에 쥐고 건성으로 넘겼다. 고맙다며 가방에 챙겨 넣었다.

"벽에 관한 연구가 마무리되면 네게 제일 먼저 알려 줄게."

곰방대는 그렇게 말하고 떠났다. 대가 하나 부러진 우산을 받쳐 들고 빗물이 굽이굽이 흘러내리는 언덕을 따라 내려가는 뒷모습을 나는 오래도록 바라봤다.

*

하이퍼 점프를 위한 단계적 절차

잠깐이지만 돈이 내게 말을 걸 때도 있긴 했다. 문제는 금세 외면해 버린다는 것이었다. 난 닥치는 대로 아르바이트를 했다. 최소한의 생활비로 춘궁기를 버텼다. 그래도 할머니 요양원비는 어떻게든 만들어 보냈다. 할머니의 여생은 내 미래보다 중요했다.

배운 게 도둑질이라 다시 앱 개발을 시작했다. 아이디어는 우연히 본 여성 잡지 기사에서 얻었다. 어느 사생팬 이야기였는데 소속사 사장보다 아이돌의 스케줄을 더 줄줄이 꿰고 있다는 대목에서 눈이 번쩍했다. 앱은 셀럽과 관련된 것들을 수집, 가공해 필요한 정보를 제공하는 프로그램이다. 예를 들어, 인기 스타가 SNS에 누군가와 식사를 하며 찍은 사진을 올렸다면 식당 위치, 업로드 시각, 먹은 음식, 입고 있는 옷, 과거 일정 등을 딥 러닝 기술로 분석해 스타의 예상 이동 경로를 포함한 가상의 일정을 메일이나 메시지로 알려 준다. 가끔 실제 스케줄과 일치할 때도 있었다. 그래서 한동안 입소문이 났고 일부 팬들이 매일같이 앱이 알려 준 경로를 쫓아 연예인의 뒤를 밟는 웃지 못할 코미디도 벌어졌다. 생각보다 수익이 좀 났다. 덕분에 할머니 몇 달 치 요양원비를 벌었다. 처음엔 나조차도 이게 돈이 될까 싶었지만, 지금은 이해할 수 있다. 어떤 이에게는 우상의 일거수일투족이 추레한 현실을 잊게 만드는 등대와 같으니까 말이다.

앱을 만들면서 알지 못했던 세상도 보게 되었다. 요즘 최고가를 찍고 있는 어느 여배우 때문이다. 그녀는 자신의 일상을 10분마다 찍어 SNS에 올렸다.

- 오늘도 라면으로 때워요. 흑흑흑.

여자는 예쁜 울상을 지으며 라면을 한 젓가락 집어 든 움짤을 올렸다. 앱은 AI 능력을 이용해 사진 속 배경을 분석했다. 흐릿하게 보이는 와인과 핸드백, 소파와 벽에 걸린 그림, 진열된 구두의 파는 곳, 가격, 관련 제품을 리포트로 만들어 화면에 뿌렸다. 70만 원이 넘는 보르도 와인, 헤르메스 신상 백, 수천만 원을 호가하는 가죽 소파와 홍콩 미술 경매에서 산 추상화, 가격 추적이 안 되는 한정판 구두. 그것들에 둘러싸여 그녀는 라면을 먹고 있었다.

- 저와 사는 게 비슷하네요.
- 찐 소박!

- 같이 먹어요.

댓글과 함께 '좋아요' 수천 개가 달렸다.

*

곰방대의 편지를 받았다. 발신 주소는 지리산 근방의 어느 시골이었다. 〈하이퍼 점프를 위한 단계적 절차〉라는 제목으로 시작한 그것은 편지와 논문 그 중간쯤 되었다. 좌표, 문이 열리는 시각, 점프를 위한 준비물, 위기 상황에 따른 해결책 같은 이해할 수 없는 내용으로 가득했다.

"P.S.〉 드디어 완성이야. 남은 시간이 이제 얼마 없어. 나 있는 곳으로 아무 때나 와라. 다 설명해 줄게."

편지 마지막에는 그렇게 적혀 있었다.

하이퍼 점프를 위한 단계적 절차

주말에 그를 만나러 갔다. 곰방대의 휴대폰은 해지된 상태라 연락도 닿지 않았다. 무작정 편지에 적힌 주소로 향했다. 고속버스로 2시간을 간 후, 다시 마을버스를 탔다. 한참 산길을 따라 걸어 올라갔다. 그가 머무는 암자에 도착했을 때는 저녁 무렵이었다. 곰방대는 앞마당에서 파이프 담배를 피우고 있었다. 오래전부터 거기 앉아 기다린 양 환하게 웃으며 손을 흔들었다.

그는 얼굴이 검어졌고 더 말랐다는 것을 빼고는 달라진 것이 없었다. 머무는 방 안은 단출했다. 작은 책상, 수학 공식이 잔뜩 적힌 화이트보드, 겉표지가 너덜너덜해진 공책, 노트북, 옷가지 몇 개가 전부였다. 한쪽 벽에는 커다란 서울 지도가 걸렸는데 군데군데 동그라미, 네모, 세모 등의 표식이 그려져 있었다. 그것들은 색깔이 다른 화살표로 서로 연결되었다. 소박한 저녁상을 차려 먹었다. 소소한 대화가 오갔다. 밥상을 치운 후 난 본론을 꺼냈다.

"내가 여기 온 이유는 하나뿐이야."

곰방대는 만족스러운 미소를 지었다.

"자식, 너도 내가 알아낸 것이 궁금하구나."

"아니. 네가 걱정돼서야."

곰방대는 절간이 떠내려갈 듯 크게 웃었다.

"걱정할 것 없어. 난 어느 때보다 행복하니까."

"……."

"자, 그럼 시작해 볼까?"

곰방대는 노트북을 켰다. 공책을 들고 화이트보드 앞에 섰다. 양자 역학에 관한 설명은 그렇게 시작됐다. 처음엔 양자 역학이 사주팔자를 해석하기 위한 역학(易學) 중 하나라 생각했다. 하지만 그것은 과학의 영역이었다.

"고전 물리학은 입자와 파동, 둘 중 하나로 설명할 수 있어. 하지만 그 이론에 반기를 든 사람들이 있었어. 데이비슨과 저머 박사. 입자인 전자가 혹시 파동의 모습을 가지고 있는 것은 아닐까, 라는 의심에서 시작한 연구는 양자 역학의 토대가 되었고 훗날 그들은 노벨 물리학상까지 받았지."

화이트보드에 간격을 떨어뜨린 두 개의 벽을 그렸다. 첫 번째 벽에는 슬롯 2개를 그려 넣었다. 이것을 이중 슬롯의 벽이라고 했다.

"어떤 사람이 이렇게 틈이 갈라진 벽을 향해 공을 마구 던진다면 어떻게 될까?"

"일부는 틈을 통과하고 일부는 벽에 막혀 튕겨 나가겠지."

"그렇지. 그렇게 슬롯을 통과하는 소수의 공만이 뒤쪽 벽에 부딪힐 거야. 그래서 아주 오랜 시간 공을 계속 던진다면 뒤쪽 벽에 충돌한 자국이 두 줄로 길게 남을 테고. 그게 바로 입자의 성질이지. 하지만 던져지는 것이 파동이라면 이야기는 달라져. 파동은 파도라고 생각하면 돼. 던져서 받을 수 있다면 입자, 사방으로 퍼져 나가면 파동. 간단하지? 두 슬롯을 동시에 지난 파동은 새로운 파동을 만들어 내고 새로 생긴 파동들은 서로 영향을 주게 되지. 세기가 강해지거나 약해지면서. 그렇게 퍼져 나간 파동은 벽에 부딪히면 여러 개의 줄무늬를 만들어. 그걸 간섭무늬라고 해. 이러한 입자와 파동의 성질은 고전 물리학에서는 상식적인 일이야. 하지만 실제로 행한 실험 결과는 완전히 달랐어. 분명히 입자를 통과시켰는데 벽에는 다수의 간섭무늬가 나타났거든?"

전자를 이중 슬롯에 통과시켜 찍은 실제 실험 영상을 노트북으로 보여 주었다. 검은 벽에는

하이퍼 점프를 위한 단계적 절차

두 줄이 아닌 여러 개의 줄이 그려져 있었다.

"입자가 마치 파동인 것처럼 행동했다? 뭔가 이상하지 않니? 이게 무슨 뜻일까? ……그것은 확률에 관한 문제라는 거야. 슬롯을 통과한 전자가 입자의 모습으로 보일지, 아니면 파동의 형태로 보일지는 확률의 영역이라는 거지. 이 개념이 바로 보어, 하이젠베르크, 브론의 '코펜하겐 해석'의 핵심이야.

과학자들은 전자가 날아가는 과정을 특수한 장치를 통해 직접 들여다봤어. 바라보는 순간, 전자는 원래부터 입자였던 것처럼 움직였고 간섭무늬도 나타나지 않았어. 하지만 아무도 보지 않으면 파동처럼 간섭무늬를 만들었어. 결론은 이렇게 나왔어. '소립자들은 여러 상태가 확률적으로 겹쳐 있는 파동함수로 존재하다가, 관찰자가 측정을 시작하면 파동함수의 붕괴가 일어나면서 하나의 상태로 결정된다.' 어때, 놀랍지 않니? 입력은 명확하나 결과가 불확실한 세상에 관해 처음으로 인류가 눈을 떴다는 사실이? 그것은 세계의 질서를 뒤흔든 엄청난 사건의 시발점이었어."

곰방대는 '파블로프의 개'만큼 유명하다는 '슈뢰딩거의 고양이'에 관해서도 설명했다. 독가스가 담긴 유리병과 한 시간 후 50%의 확률로 알파 입자를 방출하는 입자 가속기를 설치한 상자 안에 고양이를 넣는다. 한 시간 후 입자가 발사된다면 병은 깨져 고양이는 죽을 테고 발사되지 않는다면 병은 깨지지 않을 테니 죽지 않을 것이다. 그렇다면 상자를 열기 직전에 고양이는 어떤 상태일까? 양자 역학자들은 이렇게 대답했다. 고양이는 죽지도 살지도 않은 중첩된 상태로 존재한다. 다중 우주론에 관한 개념을 처음 말한 휴 에버렛은 다른 방식으로 슈뢰딩거의 고양이를 해석했다. '알파 입자가 50% 확률로 발사되어 충돌하는 순간, 세상이 갈라진다. 고양이가 살아 있는 세계와 고양이가 죽어 있는 세계로. 두 세계는 독립적으로 흘러가고 서로 영향을 주고받지 않는다'라고. 그것은 다중 세계, 평행 우주론의 기초가 되었다. 곰방대는 쉬지도 않고 설명했다. 길고 장황한 설명 끝에 그는 이런 결론을 내렸다.

"우리는 살면서 무수히 많은 벽을 만나게 돼. 거기서 미세한 충돌이 일어나고 벽을 기준으로 안과 밖, 왼편과 오른편의 다른 세상이 탄생하는 거지. 세상은 그렇게 무한대로 만들어지는 거야."

더는 참을 수가 없었다. 이런 소리나 듣자고 종일 걸려 여기 산골까지 찾아온 것이 아니었다.

"도대체 무슨 이야기를 하고 싶은 거야?"

곰방대는 희미하게 웃었다.

"원래 내가 가 있어야 할 세상에 관한 이야기."

"뭐?"

"안톤 차일링거 박사는 탄소 원자 60개로 이루어진 축구공 모양의 분자로 이중 슬롯을 통과시켜 간섭무늬를 만드는 데 성공했어. 과학이 발전하면 바이러스나 작은 단세포까지 슬롯을 통과시킬 수 있을 거야. 먼 미래라면 사람까지 가능할 테고."

"너······."

"살아 있거나 죽어 있거나. 존재하거나 존재하지 않거나. 성공하거나 실패하거나. 행복하거나 불행하거나. 모두 한낱 확률의 지배를 받는다는 것. 정말 멋진 말이라 생각되지 않니? 양자 역학은 과학 너머 세상의 존재를 수학적으로 증명했어. 우린 상태가 무한대로 중첩된 세상 중 한 곳에서 우연히 태어났고 죽지 못해 겨우 살아가는 것뿐이야. 이제 깨달았어. 나는 말이지, 이 세계가 아닌 다른 곳에 있어야 할 존재라는 것을."

"······."

"만수야. 드디어 찾았다. 그걸 계산해 내느라 원형 탈모까지 생겼지만 결국 알아냈어. 슬롯이 존재하는, 다른 세상으로 들어갈 수 있는 벽을."

지도 위 별표가 쳐진 곳을 손가락으로 짚고 톡톡 쳤다. 담배 연기를 입안에 잠시 머금고 있다가 밖으로 뿜었다. 뿌연 미소를 지으며 곰방대가 말했다.

"벽을 본다면 너도 틀림없이 내 말을 믿게 될 거야."

*

그가 적어 준 위치로 찾아갔다. 용산 이태원 근방이었다. 아름다운 남산 뷰의 단독주택가였다. 땡볕에 언덕을 걸어 올라가는 이는 나뿐이었다. 하지만 혼자 걷는 느낌은 없었다. 주택의 높은 담벼락 위로 외눈박이 괴물의 눈알을 닮은 감시 카메라들이 날 노려보고 있었다. 카메라는 자기들만의 전자 언어로 수군거렸다.

벽은 높았다. 온통 하얗게 칠한 벽 너머에는 무엇이 있을까. 올려다봤다. 꼭대기에는 삼지창처럼 생긴 창살이 박혔는데 끝에 뾰족한 가시가 붙은 철삿줄이 스프링처럼 감겼다. 손바닥으로 벽면을 쓸었다. 거칠고 단단했다. 벽을 따라 걸었다. 주차장 입구와 현관문이 나타났다. 문틈으로 안을 살폈다. 푸른 정원. 아름드리나무. 파라솔이 딸린 수영장. 가든파티용 그릴. 빨간 지붕. 통유리를 통해 거실이 훤히 보이는 멋진 집이 있었다. 벽은 그것들을 견고하고 안전하게 보호했다.

뒤쪽에서 차 들어오는 소리가 들렸다. 뒤통수에 따가운 시선에 꽂혔다. 담벼락에 영역 표시하고 무심하게 제 갈 길을 가는 골든레트리버처럼 나는 서둘러 벽을 떠났다.

하이퍼 점프를 위한 단계적 절차

*

전화가 걸려 온 것은 디버깅으로 한창 골머리를 썩일 때였다. 모르는 번호라 껐지만 금세 다시 왔다. 한참 받지 않아도 상대는 끊을 생각을 하지 않았다. 어쩔 수 없이 핸드폰을 들었다. 뜻밖에도 곰방대였다. 응급실에 있다가 이틀 만에 깨어났다는 말에 정신이 번쩍 들었다.

사고가 있던 날이었다. 동네를 순찰하던 경찰

이 하얀 벽에 묻은 핏자국을 보고 주변을 수색했다. 길가 풀이 우거진 곳에 쓰러져 있는 곰방대를 발견했다. 경찰은 CCTV를 분석한 후 그가 벽을 들이받는 자학을 했다고 결론을 내렸다. 딱히 어떤 범죄 혐의를 적용하기 어려워 돌려보내려 했지만, 곰방대는 조사가 끝난 후 몇 발자국 떼기도 전에 의식을 잃어버렸다.

병실로 찾아갔다. 그는 머리를 붕대로 칭칭 감은 채 누워 있었다. 다행히 많이 회복된 상태였다.

"왔냐?"

깁스한 팔을 반쯤 들어 인사했다. 대수롭지 않게 말했다.

"인생이라는 것이 뭐 있냐? 건강한 날도 있고 이렇게 다치는 날도 있는 거지."

"왜 그랬어?"

"뭐가?"

"왜 자학을 했냐고."

"자학은 무슨. 자기들이 편한 대로 해석한 거지."

"머리가 깨질 정도로 담벼락을 들이받았는데도?"

"계산을 잘못한 것뿐이야. 벽이 열리는 시간은 정해져 있는데 통과할 수 있는 시간은 아주 짧거든. 달리는 속도, 몸무게, 지면과의 마찰력, 온도와 습도, 풍향, 바이오리듬까지. 영향을 줄 수 있는 모든 변수를 처음부터 다시 계산해야 해. 그리고 시뮬레이션도 계획 중이야. 내 이론이 맞는다는 것을 증명하기 위한 작은 모의실험이지. 설계도는 다 완성했는데. 한번 볼래?"

그는 불편한 손으로 공책을 집었다. 수식과 도면이 가득한 페이지를 펼쳤다. 나는 곰방대의 팔을 잡았다.

"이제 됐어. 그만해."

"……"

"네가 말한 곳에 갔었어."

"……"

"벽은 페인트칠한 돌무더기일 뿐이야. ……네가 찾는 세상은 그 너머에 없어."

"……그렇다면, ……그거 너무 불공평하지 않니?"

까맣게 마른 얼굴에 옅은 미소가 걸렸다.

"우리 처음 만났을 때 기억나? 난 네가 참 마음에 들었어. 아마도 우리 사이에 공통점이 있었기 때문이 아닐까. 넌 말했지. 난 절대로 가난해질 수 없다고. 배고픈 것은 못 참으니까. 게걸스럽게 빵을 처먹어대면서 말이야. 후후후. 하지만 가난이 무서운 이유는 굶주림 때문이 아니야. 가난이 진짜 두려운 이유는 친하지도 않은 사람 앞에서 돈 이야기를 꺼내야 하는 너절함 때문이야. 다른 이들이 아무렇지도 않게 선택하는 무수한 것들을 매 순간 포기해야 하는 그 비루함 말이야."

"……"

"벽 너머에는 다른 세상이 존재해. 남의 시선으로 내가 결정되는 세상이 아닌 있는 그대로의

하이퍼 점프를 위한 단계적 절차

세상이. 이제 내가 할 수 있는 것이라고는 몸을 던져 그곳을 통과하는 것뿐이야."

그의 손은 무엇 하나 잡을 것 없이 물에 빠진 자의 것처럼 차가웠다.

*

곰방대가 병원을 퇴원한 지 두 달이 지난 후였다. 그는 메일로 동영상 하나를 보내왔다. 1분 10초짜리 짧은 영상이었다. 재생 버튼을 눌렀다.

아무것도 없는 공간이 나타났다. 바닥은 줄무늬가 그려진 두꺼운 나무가 깔려 있고 뒤쪽에는 주름진 검은 천이 처져 있다. 좌측에 그물망 같은 것이 설치되어 있었다. 자막이 흘렀다.

- 제23차 하이퍼 점프 모의실험 개요.
- 현재 시각 21시 32분. 섭씨 28도. 바깥 풍속 동남쪽 2m/s, 습도 70%…….
- 벽 재질……. 벽과의 거리……. 발사구 지름……. 마찰력……. 유효 발사 속도…….

여러 가지 수치와 계산식이 천천히 화면 아래에서 위로 흘러갔다. 손 하나가 옆에서 쓱 튀어나왔다. 마르고 긴 손가락을 가진 손이었다. 손은 화면 바깥에서 30센티미터쯤 되는 모형 벽을 가지고 나와 바닥에 내려놓았다. 단단해 보이는 하얀색 벽이었다. 아크릴 재질로 만든 것 같았다. 모형 벽을 나사로 조여 바닥에 고정했다. 양손으로 잡고 단단히 붙어 있는지 좌우로 흔들어 보았다. 카메라가 45도쯤 돌아가 벽을 비추었다. 손가락으로 벽면 중앙을 튕겼다. 둔탁한 소리가 났다. 다시 카메라가 원래 위치로 돌아갔다. 화면은 정확히 옆면을 비추어 벽을 중심으로 좌우가 나누어진 상태였다.

정체를 알 수 없는 장치를 화면 오른쪽 끝에 내려놓았다. 크기는 작은 책상용 스피커만 했는데 앞부분에 둥글고 길쭉한 원통이 붙어 있었다. 뒤쪽에 작은 심지 같은 것도 있었다. 마치 미니어처 구식 대포처럼 보였다. 손은 검은 주머니를 가지고 나왔다. 거기서 엄지손톱만 한 공을 하나 꺼냈다. 바닥에 튕겼다. 공은 통통거리며 튀어 올랐다. 카메라에 가까이 가져다 댔다. 표면에 하얀색으로 글씨가 쓰여 있는데 초점이 잘 맞지 않아 알아보기 힘들었다.

포문을 움직여 벽을 향해 정확히 조준했다. 대포 뒤쪽 뚜껑을 열었다. 검은 주머니를 거기에 대고 기울였다. 공이 안으로 굴러 들어갔다. 뚜껑을 다시 닫았다. 심지에 불을 붙였다. 화면 하단에 카운트다운 숫자가 나타났다.

5. 4. 3. 2. 1.

작은 폭발음과 함께 공이 발사됐다. 쏜살같이 날아간 공은 벽을 관통했고 반대쪽 그물망에 걸렸다. 충격으로 그물이 출렁거렸다. 발사, 통과, 도착까지 불과 1초도 걸리지 않았다. 화면은 정지된 것처럼 한동안 그대로 있었다. 왼쪽에서

하이퍼 점프를 위한 단계적 절차

손이 나왔다. 손을 그물망으로 집어넣어 공을 꺼냈다. 카메라에 가까이 가져다 댔다. 공 주위에 하얀 연기가 아지랑이처럼 피어올랐다. 아까는 흐릿했던 글자가 또렷이 보였다. 그것은 곰방대의 본명이었다. 영상은 거기서 멈췄다. 난 오랫동안 내 눈을 의심했다.

후배에게 영상을 보여 줬다. 한때 마술사를 꿈꿔 몇 년 동안 유명한 마술사의 보조로 일했던 친구다. 그가 심드렁하게 말했다.
"고전적인 마술이에요. 그것도 아주 초보적인."
"어떻게 한 거지?"
"오른쪽 대포 심지에 불을 붙일 때 이미 왼쪽 그물망에 공이 들어가 있는 거예요. 영상 처음의 그물망과 비교해 보면 발사 직전의 그물망이 공 무게로 조금 더 늘어져 있었어요. 바닥 나무판 안의 인입 장치를 통해 공을 그물망으로 넣은 것 같아요. 보시다시피 바닥이 지나치게 두껍잖아요. 무언가 기계 장치가 숨겨져 있다는 거죠. 화면 속 뒤쪽에 주름진 검은 커튼을 쓰는 이유도 트릭이 잘 보이지 않게 하기 위해서일 테고."
"공이 그물망에 들어갈 때 분명히 출렁했는데?"
"검은 실 등으로 그물망을 연결해 타이밍에 맞추어 잡아당겼겠죠."
"……그럴까? 슬로우로 여러 번 봤지만 난 잘 모르겠어. 분명히 공은 정상적으로 날아갔어. 벽과 충돌하자마자 반대쪽으로 튀어나왔고……."
"카메라 각도를 조작하고 영상을 편집한 거예요. 카드

가 유리창을 관통해 반대편에 붙는 마술, 굴러가는 골프공이 닫힌 문을 관통하는 마술, 카퍼필드의 만리장성 통과 마술. 사실 다 비슷한 방식이죠. 만리장성은 좀 더 스케일이 크고 복잡하긴 하지만요. 이 영상처럼 카메라를 고정하고 한쪽에서만 찍는다는 것은 다른 부분에 숨겨야 할 것들이 많다는 말이기도 하지요."

"……"

"못 믿겠으면 프레임을 하나씩 잘라서 비교해 보죠. 아마 이어 붙인 부분이 눈에 띌 겁니다."

영상편집 소프트웨어를 이용해 한 장면씩 분리해 이미지를 비교했다. 날아가는 공의 속도가 빨라 프레임 간 공과 공의 간격은 1센티미터쯤 떨어져 있었다. 후배는 조금 놀라 했다.

"아주 정교하게 만들었네요. 보통은 트릭을 쓰는 부분의 프레임은 명암, 방향, 색감 등에서 부자연스러운 부분이 발생하는데. 마치 색이 맞지 않는 천으로 옷을 기운 것처럼요."

나는 후배의 말에 설명하기 어려운 아주 작은 희망을 느꼈다.

"……하지만 내 눈은 못 속이죠."

두 개의 프레임을 확대해서 한 화면에 올렸다. 하나는 공이 벽과 막 충돌했을 때고, 다른 하나는 벽을 통과한 공이 왼쪽에 떠 있는 영상이었다.

"공 외곽선을 자세히 보세요. 정말 부딪쳤다

면 충격으로 미세하게 공 외형이 왜곡돼야 해요. 마치 찌그러진 타원처럼. 앞서 공을 바닥에 튀기는 장면 있었죠? 그건 공이 탄성체라는 말이잖아요. 그런데 이 영상에선 공 한쪽이 마치 면도칼로 잘린 것처럼 보여요. 이미지를 잘라 붙인 것같이."

그의 말대로였다.

"……하지만 이건 진짜 증거가 아닐까?"

"무슨 증거?"

"정말로 공이 벽을 뚫고 들어갔다는 증거."

후배는 어이없는 눈으로 날 빤히 바라봤다.

"하하하. 형, 지금 무슨 말 하고 싶은 거예요?"

"작은 고무공 하나조차 이런 허술한 벽을 통과하지 못한다면……."

"……."

"그건 너무 불공평하다고 생각하지 않니?"

*

오래 고민하다가 곰방대에게 메일을 보냈다. 후배가 말한 영상의 의문점을 정리한 것이었다.

"그래도 실험이라는 것은 과학적 검증이라는 것을 해야 하는 거니까."

그의 기분을 상하게 하기 싫어 끝에 그렇게 더 적어 넣었다. 그는 아무런 답장도 하지 않았다. 그저 '읽음'으로 표시된 수신 여부만이 덩그러니 대답하고 있을 뿐이었다.

시간이 흘렀다. 그동안 하이퍼 점프에 관한 미스터리는 점차 내 기억 속에서 사라졌다. 대신 그 자리에 더 현실적인 문제가 들어왔다. 할머니 상태는 더욱 안 좋아졌다. 지난달부터 한 달에 130만 원 하는 시설 좋은 요양 병원으로 옮겼다. 통유리가 거실과 출입구 사이에 있어 밖에서도 안이 훤히 들여다보이는 곳이었다. 벌이 대부분이 병원으로 매달 갔다. 저소득층 지원금을 받을 수 있는지 구청에 문의했지만, 보호자인 내가 차상위계층에다가 수입이 있다는 이유로 거부되었다.

하이퍼 점프를
위한
단계적 절차

*

입사 지원서를 넣은 곳 중 한 군데서 연락이 왔다. 요즘 최고 주가를 올리고 있는 IT 개발 업체 C사였다. 면접 보러 오라는 문자를 받고도 믿기지 않아 전화해 재차 확인했다. 그간 노력이 결실을 본 것일까. 어쩌면 자기소개서에 적힌 파란만장한 삶이 인사 담당자의 심금을 울렸을지도 모르겠다. 회사는 저급한 압박 면접으로 유명했지만 별로 걱정하진 않았다. 기회를 얻은 것만으로도 그저 감사했다.

아는 선배에게서 양복을 빌렸다. 여유로워 보이는 외모 또한 요즘은 가점 대상이라며 그는 자신이 아끼는 명품 구두와 손목시계를 빌려줬다.

마지막으로 면접장에 들어갔다. 문을 열려고 했지만, 너무 무거워 꼼짝도 하지 않았다. 있는 힘을 다해 밀었다.

  면접관은 남자 둘에 여자 한 명이었다. 문과네요? 영문과? 다행히 그런 질문은 하지 않았다. 사용 가능 개발 도구와 언어에 관해 물었다. 참여한 프로젝트와 그동안 만든 소프트웨어에 관해 설명해 보라고 했다. 몇 마디 대답하지도 않았는데 수고했다면서 가도 좋다고 했다. 당황스러웠다. 동시에 화가 치밀었다. 먼 훗날 내가 어떤 사람으로 성장할지 그들은 3분도 안 되어 판단해 버렸다. 난 계속 앉아 있었다.

  "왜 안 나가시죠?"

  "면접 시간이 너무 짧은 것 아닌가 싶어서요."

  "예?"

  "……저에 관해 다 아시기에는요."

  여자 면접관이 이상한 눈으로 바라보았다. 다리가 여럿 달린 미끈거리는 벌레가 목덜미를 기어가는 듯한 표정이었다. 다른 면접관이 물었다.

  "그러면 몇 가지 더 묻죠. 졸업 후 2년간 취업을 안 하셨는데 그 기간에 뭘 하셨나요?"

  "여러 가지를 준비했습니다. 제 꿈을 위해서요."

  "구체적으로 말씀해 보세요."

  "낮에는 편의점, 주유소, 고깃집 알바를 했고 밤에는 대리운전도 했습니다. 목욕탕 청소도 한 적이 있었는데, 그건 새벽에만 할 수 있는 일이라 오래는 못 했습니다. 또…….."

  "바쁘게 산 것은 맞는데 우리 회사에서 하는 일과는

거리가 먼 듯하군요. 여기 입사하려는 이유가 뭔가요?"

"아까 말씀드렸듯이……."

"아니요. 틀에 박힌 대답 말고 솔직하게요."

"……연봉이 세서 지원했습니다."

여자 면접관이 말했다.

"너무 솔직하시네요. 사회에 첫발을 들여놓는 사람이 돈만 밝히면 보기 안 좋은데. 자기소개서에도 얼마나 돈을 악착같이 벌려고 했는가, 전부 이런 이야기뿐이에요. 자기 인생에서 돈 이야기 말고는 쓸 게 별로 없었나요?"

얼굴이 달아올랐다.

"그, 그러니까, 음, 자, 자기소개서는 잘 아는 것을 중심으로 쓰라는 조언을 들었습니다. 그, 그래서……."

"그동안 모은 돈은 주로 어디다 쓰셨어요?"

면접관의 시선이 내 머리부터 발끝까지 훑고 갔다.

"수고한 자신에게 주는 선물값으로 쓰셨나요?"

그들의 표정이 슬로비디오처럼 지나갔다. 두 명은 이빨을 드러내고 웃었고 한 명은 고개를 숙이고 웃음을 삼켰다. 면접에서 탈락했음을 직감했다. 단 두 명만 뽑는 비정기 경력직 사원 모집에서 회사의 채용 공정성을 빛내 주기 위한 사회적 취약층의 최적격 후보가 바로 나였음을 깨달았을 때, 세상은 그렇게 웃었다.

"마지막으로 하실 말씀 있으면 하세요."

바라는 것이 없다는 말만큼 위로가 되는 것이 또 있을까요? 그것은 두려워할 것도 없다는 말이기도 하니까요. 그렇게 대답해 주고 싶었다. 하지만 나는 아무 말도 할 수 없었다.

일어나 꾸벅 인사를 했다. 뒤돌아섰다. 들어올 땐 그렇게 열기 힘들었던 출입문이 스르르 열렸다.

*

모두가 마스크를 써야 하는 시절이 되어 버렸다. 누구도 예상하지 못했던 세상이 된 것이다. 둘러싼 모든 것은 한순간 변했다. 민얼굴을 마주 보고 낄낄대며 커피를 마시거나, 노래방을 가거나, 피시방에 모여 게임을 하는 소소함은 먼 옛날 전설처럼 느껴졌다. 우린 작별의 말도 하지 못한 채 다른 세상으로 하이퍼 점프를 해 버렸다.

요양 병원에서 문자가 왔다. 코로나19로 다음 주부터 무기한 면회 금지가 된다는 내용이었다. 주말에 마지막으로 할머니를 만나러 갔다. 안으로 들어가려고 했더니 요양 보호사가 막았다. 노약자들이 있는 곳이라 직접 대면은 안 된다고 했다. 임시로 만들어 놓은 면회 장소로 갔다. 양옆에 칸막이가 쳐져 있고 투명 플라스틱으로 만든 창문이 앞을 막았다. 할머니가 보호사와 함께 나왔다. 몸이 더 쇠약해져 휠체어를 타고 있었다. 마주 보고 앉았다. 잘 지내시냐는 물음을 할머니는 이해하지 못했다. 우리 사이를 가로막는 투명한 벽을 손으로 더듬기만 했다.

"얘야. 없다. 없어."

"뭐가요?"

"손잡이."

할머니는 나를 안고 싶어 했다. 하지만 벽에는 문이 없었다. 누구든 나오지도 들어가지도 못했다. 할머니는 울기 시작했다. 난 손을 창에 댔다. 할머니는 내 손이 닿은 창에 얼굴을 문질렀다. 눈물과 콧물이 유리창을 더럽혔다.

하이퍼 점프를
위한
단계적 절차

소포를 받았다. 발신자 이름은 없었지만, 상자를 연 순간 누가 보낸 건 줄 알았다. 안에는 폴 오스터의 『빵 굽는 타자기』가 들어 있었다.

곰방대는 사라졌다. 마지막으로 그를 만난 친구가 이런 이야기를 전해 주었다. 자신의 채무 관계를 모두 정리했다, 놀랍게도 그 짠돌이가 그동안 돈 빌려줘서 고맙다며 모두에게 술까지 샀다, 마치 로또라도 당첨된 것처럼 여유가 흘러넘쳤다고 했다. 뜻밖의 사건도 듣게 되었다. 곰방대가 여자를 스토킹한 혐의로 조사를 받았다는 것이다. 이태원 근방 고급 주택가를 매일같이 어슬렁거리는 곰방대를 어느 여자가 경찰에 신고했고 결국 벌금형을 받았다. 하지만 그는 걱정하지 않았다. 내일 지구가 멸망하리라는 것을 안다면 현재의 어떤 걱정거리도 별것 아닌

게 되잖아? 그치? 그는 그런 말을 하며 파이프 담배를 피웠다고 했다.

    곰방대의 실종 신고를 하고 돌아오는 길에 벽에 들렀다. 모든 것은 전과 같았다. 가끔 지나가는 늘씬한 검은 외제 차. 감시 카메라. 인적 없는 골목. 담장 너머의 금방 깎은 정원 풀냄새. 그 위에 지은 아름다운 3층 집.

    높고 견고한 벽을 손바닥으로 쓰다듬었다. 온종일 햇빛을 받은 벽돌은 따듯했다. 하얀 벽은 세상의 모든 근심을 잊고 반짝거렸다. 마치 잘 닦은 거울처럼 벽은 다른 세상을 내게 보여 줄 것 같았다. 한참 바라보다 보면 곰방대의 행복한 뒷모습을 볼 수 있을 것만 같았다.

    나는 두 손을 담벼락에 댔다. 얼굴을 돌려 귀를 바짝 붙였다. 햇살은 머리와 어깨와 등을 부드럽게 어루만져 주었다. 그 자세로 오랫동안 기다렸다. 벽 너머에서 유쾌한 웃음소리가 들려오길 고대하면서.

과학 스토리 단편선
최우수상

오토마티즘

이지효

1997. 07. 06 수원 출생.

열차가 전 역에 도착했다는 알림이 전광판에 깜빡였다. 나는 의자에서 일어나 앞에 있는 줄 맨 끝자리에 섰다. 바로 앞에 선 감색 코트를 입은 여자가 키득거렸다. 어깨 너머로 들여다본 그녀는 허공을 보고 있었다. 그녀뿐만이 아니었다. 옆줄의 검은색 코트를 입은 중년 남자는 눈을 찌푸리며, 그 앞에 회색 후드티를 입은 청년은 누군가와 대화하면서 허공을 물끄러미 응시하고 있었다. 주위 사람 중 시선을 가만두지 못하는 사람은 나뿐인 듯했다. 조금 더 자세히 관찰하니, 중년 남자의 눈에서 얇은 회색빛 렌즈가 벌어졌다 모였다 하며 움직였다. 출근할 때마다 매번 보는 광경이지만, 3자의 시선으로 보는 사람들의 모습은 언제나 기괴했다. 그들은 어디에든 투영 가능한 개인 렌즈와 이어폰의 노이즈 캔슬링이 만들어 준 각자의 방 안에서 각자의 시간을 보내고 있었다. 하지만 그 때문에, 십 분 전부터 플랫폼 안을 시끄럽게 채우는 실랑이를 알아챈 사람은 나밖에 없었다.

"정말 죄송합니다."

일체형 회색 청소부 옷을 입은 로봇이 사내 앞에서 연신 고개를 조아렸다. 그러나 청소부 로봇의 사과는 벌써 십 분째 묵살되고 있었다. 검은 가죽 재킷을 걸친 사내는 팔짱을 낀 채로 말했다.

"죄송하면 구둣값을 물어내라니까. 몇 번을 말해야 알아들어? 인공 지능이라는 새끼가 왜 이렇게 멍청하냐?"

"하지만 이백만 원은…."

오토마티즘

가만히 있던 물통을 발로 찬 건 분명 사내였다. 사내도, 청소부도 그 사실을 모르지 않았다. 하지만 지금 상황에서 사실은 그리 중요하지 않다. 중요한 건 사내가 청소부를 엿 먹이려는 마음을 먹었고, 청소부는 사내의 감정까지도 수거해야 한다는 점이었다. 사내도 이 실랑이를 오래 끌고 갈 생각은 없을 것이다. 이번 열차가 도착하기 전에 사내는 이 심심풀이를 끝내겠지. 그때까지 청소부는 이 역할극에서 빠져나올 수 없다. 이윽고 팔짱을 푼 사내의 입꼬리가 살짝 올라갔다. 좋은 결말이 생각난 듯한 미소였다. 사내의 검은 가죽 재킷이 움직임에 따라 번들거렸다.

"정말 죄송하면."

그는 청소부 가슴팍에 끼워져 있던 ID카드를 뜯어 선로 위로 던졌다.

"저거 주워 와. 아니면 관리자 부르든가."

ID카드가 선로 가운데에 떨어졌다. 곧이어 열차가 들어오니 안전선에서 한 발자국 뒤로 물러서 달라는 방송이 들렸다. 사람들은 여전히 시선을 고정한 채 이어폰과 동기화된 안내 방송에 따라 한 발자국 뒤로 물러섰다. 일제히 물러서는 검은 머리 사이에서 옅은 에메랄드빛의 기계 머리 하나만이 반대편으로 움직였다. 청소부는 사람들 틈을 빠르게 지나쳐 순식간에 선로 아래로 뛰어내렸다. 가죽 재킷을 입은 사내가 개그 쇼의 하이라이트를 보는 것처럼 크게 웃었다. 사람들의 몸에 가려 선로 아래의 청소부는 보이지 않았다. 열차 진입 알림음이 울리고 몇 초 뒤 노란 전조등 불빛과 함께 열차가 선로로 달려왔다. 아직 올라오지 못했다면 무언가 부서지는 소리가 들릴 것이다. 나는 침을 삼켰다.

고층 빌딩들은 마치 지상의 태양이라도 되겠다는 듯 사방으로 햇빛을 반사하고 있었다. 빌딩 때문에 블록 전체가 조명이라도 켠 것처럼 한층 밝아 보였다. 거리를 거니는 사람들도 거리의 밝기에 어울리는 환한 웃음을 짓고 있었다. 나는 그들을 지나쳐서 빌딩과 빌딩 사이의 좁은 길로 들어섰다. 빌딩 숲 사이 아무도 신경 쓰지 않는 틈바구니로 계속해서 들어가면 나오는 빛이 들지 않는 지하. 그곳이 나의 일터다. 고층 빌딩 위에서 블록을 한눈에 내려다보는 사람들은 이 블록에 빛이 들지 않는 곳이 있다는 사실을 믿지 않을 것이다. 그들은 자신의 높이를 신뢰한다. 그들이 그렇게 믿는다 한들 전혀 상관없다. 애초에 내 고객은 그들이 아니다. 틈과 틈 사이를 계속 따라가면 한 번 꺾을 때마다 골목의 폭은 더욱더 좁아지고 빛도 옅어진다. 밤처럼 사위가 어두워질 때쯤에야 지하로 통하는 녹슨 철문이 나타난다. 로봇들의 신체처럼 옅은 에메랄드빛 배경색에 갈색 녹이 잉크처럼 번져 있는 철문을 당기자 벽이 바닥에 긁히며 둔탁한 진동이 손에 느껴졌다. 요즘 시대에 이 정도로 낡은 철문을 가진 사무실을 어디서 구할 수 있을까. 난 내 사무실 문을 열 때마다 이곳의 열악함에 감탄한다.

오토마티즘

끈적거리는 계단을 내려가서 회색 문을 열자 환한 빛이 눈에 쏟아졌다. 나는 눈을 살짝 찌푸리며 안으로 들어섰다. 문 건너편에 놓인 은색 철제 책상에 지니가 앉아서 서류 작업을 하고 있었다. 지니는 내게 눈길도 주지 않고 작업에 열중했다.

"오늘은 안 늦었지?"

나는 자못 당당한 말투로 말하며 지니의 책상에 ㄱ자로 붙은 안쪽 책상으로 걸어갔다. 지니는 홀로그램 모니터에서 눈을 떼지 않고 말했다.

"안 늦는 게 당연한 거죠."

"어떤 미친놈 때문에 열차가 지연될 뻔했단 말이야. 본 사람은 나밖에 없지만."

"사장님이 다니는 출근길에는 미친놈이 참 많네요."

지니는 한숨을 한 번 내쉬고 내 책상에 홀로그램 모니터를 띄웠다. 널찍한 모니터 여기저기에 분홍색과 노란색 전자 포스트잇이 잔뜩 붙어 있었다. 의자에 앉아 모니터 가운데에 붙은 포스트잇을 클릭했다. 〈9월 거래 대금 확인서〉라는 이름 밑에 자잘한 금액들이 보였다.

"포스트잇은 거래 대금 확인서, 명세서, 월세 고지서예요. 이번 달 안에 보내 줘야 할 대금은 분홍색 포스트잇으로 붙여 뒀으니 확인하세요. 다 확인하시면 메일로 이번 달 회계표 정리한 것도 확인하시고요."

나는 모니터에 붙은 분홍색 포스트잇의 개수를 세어 봤다. 모두 일곱 개였다. 노란 포스트잇은 세어 볼 필요도 없었다. 겨우 세 개뿐이었으니까. 한숨이 절로 나왔다. 메일함을 열어 회계표 보내 놓은 것을 모니터에 띄웠다. 붉은색 실선이 파란색 실선을 밑에 둔 채로 치솟는 모양새였다. 두 실선이 만나는 점은 저 아래에 있었다.

"이번 달 꽤 일 많았잖아? 왜 노란색이 세 개야? 저번에 마약 중독자한테 받아 낸 업무 해결비는 어디 갔어?"

"아직 하나도 들어온 거 없어요. 비밀 계좌 입금은 원래 늦는 거 알잖아요."

"하나도? 이러면 위험한데. 만만한 애들한테 독촉 전화 좀 돌려 봐."

"사장님이 제일 만만한가 보죠. 이미 한 번씩 돌렸어요."

나는 의자에 기대어 관자놀이를 문지르며 다시 그래프를 보았다. 매달 말일에는 항상 빚쟁이 돈 받는 것보다도 어렵게 의뢰인에게서 해결비를 받아 내야만 했다.

"새로 들어온 의뢰는 없어?"

"그림 사장님이 오늘 사무실로 찾아온다고 하셨어요."

"아, 그럼 됐네."

그림 사장은 내가 운영하는 인공 지능 전문 추심 사무소의 단골이다. 인공 지능을 상대로 사기 치는 걸 전문으로 하는 그림 사장과 나는 직업적으로 떼어 놓을 수 없는 관계라고 할 수 있다. 무엇보다도 그림 사장은 선수금과 해결비의 지급이 깔끔하다는 점에서 내게 없어서는 안 될 고객 중 하나다. 그림 사장이 온다면 바로 들어오는 돈이 생긴다고 생각해도 무방하니까. 나는 마음이 놓였다. 얼마짜리 의뢰가 들어올지는 모르지만, 이번 달도 아슬아슬하게 넘어갈 수 있을 것 같았다. 나는 의자 고정 레버를 당겨서 몸을 뒤로 젖히고 책상 위에 발을 올렸다.

"나 좀 잘 테니까, 그림 사장 오면 깨워 줘."

감은 눈 너머로 지니의 한숨 소리가 들렸다.

묵직한 쇳덩이가 계단을 내려오는 소리에 잠에서 깼다. 나는 서둘러 발을 내리고 의자 고정 레버를 원위치시켰다. 발소리가 점점 문에 가까워지다가 멎었다. 그리고 노크도 없이 문이 열렸다.

베이지색 양복을 위아래로 맞춰 입고 머리를 포마드로 넘긴 중년 남성이 먼저 들어왔다. 그림 사장이었다. 문 뒤로는 문보다 커서 얼굴이 반쯤 가려진 육중한 몸집의 검은색 로봇이 서 있었다.

"알트, 오랜만이야. 지니도."

지니는 의자에 앉은 채로 살짝 고개를 숙였다. 그림은 살짝 미소 지으며 걸어와 내게 악수를 청했다. 건네진 손과 함께 진한 버터 향의 향수 냄새가 훅 끼쳤다. 나는 의자에서 일어나 바지에 손을 닦고 악수를 받았다. 두툼한 손에 끼워진 두꺼운 반지들이 느껴졌다.

"어서 오세요, 요즘 의뢰가 없어서 무슨 일이 있으신가 걱정했습니다."

나는 손님 접대용 접이식 의자를 펼쳐서 내 책상 앞에 두고 물티슈를 꺼내 앉을 자리를 닦았다.

"편히 앉으세요."

"고마워."

그림은 앉지 않았다. 그는 여전히 책상 앞에 서 있었다. 그때 뒤에서 쿵 울리는 소리가 났다. 경호원 로봇이 고개를 숙여 들어오다가 문에 부딪힌 것이다. 로봇의 이마에는 회색 콘크리트 가루가 묻어 있었다.

"미안해, 얘가 자기 머리보다 낮은 문이 있는 곳을 많이 안 가 봐서 그런가 봐."

"…죄송합니다."

로봇은 고개를 까닥하며 내게 사과했다. 하지만 눈은 나에게 고정된 채로 불쾌함을 감출 생각이 없었다. A등급 신체를 가진 인공 지능 특유의 오만함이 보였다. 경호원 로봇의 몸은 A등급 전용 신체로, 가격만 5억이 넘는 시리즈였다. 경호원이 옆에 서 있으니, 에메랄드빛 국가 지급 기체를 가진 지니의 모습이 유독 왜소해 보였다. 하지만 지니는 딱히 신경 쓰지 않는다는 듯 모니터에만 눈을 두고 있었다.

"괜찮습니다."

나는 웃으면서 책상을 돌아 내 의자에 앉았다.

"우리가 거래를 튼 지도 벌써 이 년째지?"

그림이 말했다.

"벌써 그렇게 오래됐습니까? 지니, 그림 사장님 첫 거래가 언제였지?"

오토마티즘

"정확히 따지면 1년 10개월 전이에요."

"시간 참 빠르네요."

"내가 자네한테 맡긴 의뢰도 서른 건이 다 되어 가고 말이지."

"스물일곱 건이요."

지니가 말이 끝나기 무섭게 답했다. 그림 사장이 말없이 지니를 쳐다보다가 얇게 미소 지었다.

"고마워, 지니. 그래, 스물일곱 건. 액수로 따지면 전부 합쳐 육칠 억은 되는 의뢰였는데, 지금까지 단 한 건도 실패하지 않은 자네의 실력이 정말 놀라워. 우리 사무소에도 전문 해결사가 몇 있지만 빠르고 믿음직한 일 처리가 필요하면 늘 자네를 찾게 되거든."

 평소 같으면 바로 일 얘기에 들어갈 타이밍에 부담스러울 정도의 칭찬을 늘어놓는 게 불안했다. 우리같이 불법 추심으로 밥 빌어먹고 사는 사람들에게 믿음직스럽다는 말은 까다로운 일을 맡기겠다는 말과 같으니까. 그림 사장은 머리카락을 빗어 넘기며 말을 이었다.

 "이제 우리 관계도 좀 바뀔 필요가 있다고 생각해. 우리 사이의 신뢰도만큼. 그래서 이번에는 좀 큰 의뢰를 들고 왔어."

 블랙이 품속에서 작은 USB를 꺼내 그림에게 건네줬다. 그림은 USB를 손에 들고 내게 말했다.

 "십억이야. 해결 비용은 지금까지처럼 오 퍼센트. 어때?"

 상상도 못한 금액에 나는 깜짝 놀랐다. 십억 원의 오 퍼센트면 얼마지? 지니의 표정을 곁눈질로 살펴봤으나 지니는 여전히 아무 표정도 없이 모니터만 보고 있었다. 나는 최대한 놀란 표정을 짓지 않아야 한다고 애써 생각하며 그림에게 되물었다.

 "…무슨 업무입니까?"

 그림은 어깨를 으쓱하고 웃으면서 대답했다.

 "알트, 내가 말했잖아. 이번 의뢰는 우리 신뢰를 바탕으로 한다고."

 머릿속이 뒤죽박죽이었다. 하지만 몇 가지는 선명하게 그려졌다. 제일 먼저 십억 원의 오 퍼센트가 오천만 원이라는 사실. 그리고 이런 기회가 앞으로 더 있지 않을 거라는 확신. 마지막으로 매달 몇십만 원을 위해 의뢰인에게 이유 없는 부채감을 느끼며 전화를 돌리던 지난 모습. 나는 가만히 의자에서 일어나며 입을 열었다.

"지니, 계약서 준비해 줘."

"어떤 거 같아?"

나는 의자에 앉아 지니의 표정을 살피며 물었다. 지니는 모니터를 끄고 내게 고개를 돌렸다.

"이미 도장 찍어 놓고 뭘 물어봐요."

"음… 그렇긴 하네. 일단 건네준 파일 먼저 보자."

나는 USB를 지니에게 넘겨주었다. 지니는 책상 서랍에서 작은 정육면체 모양의 소형 컴퓨터를 꺼내 USB를 꽂았다. 홀로그램 모니터를 켜고 USB 폴더를 클릭한 순간 모니터에 경고 메시지가 떴다. '보안 알림. 바이러스 프로그램이 감지되었습니다.' 지니는 나를 바라보며 물었다.

"감시 프로그램인데, 어떻게 할까요?"

신뢰를 바탕으로 한다고? 나는 웃음이 났다.

"의뢰인께서 신뢰를 원하시는데, 신뢰를 드려야지. 괜히 건드렸다가 오히려 더 감시에 신경 쓸 거야. 감청 기능만 깨져 들리게 손보고 나머지는 그대로 받아."

폴더 안에는 '계약서 사본'이라고 이름 붙은 서류 파일 하나만 들어 있었다. 파일을 열어 보

오토마티즘

니 첫 장에 작업 시 주의 사항이 붉은 글씨로 적혀 있었다. '채무자의 추심은 전문 해결사가 맡을 예정이니 작업자는 채무자의 추적 및 포획에 집중할 것.', '채무자 포획 시 메모리 칩이 손상되어서는 절대 안 됨.' 지니는 두 문장을 읽고 인상을 찌푸렸다.

"서류 안 봐도 대충 감이 오네요."

"뭐가?"

"이 의뢰가 어떤지요."

"그래? 어떤데?"

나는 컴퓨터 카메라로 지니의 입 모양을 확인할 수 없게 책상에 걸터앉으며 물었다.

"계약을 먼저 해야 업무 내용을 확인할 수 있다고 말했을 때부터 의심스러웠어요. 맡은 업무가 여태껏 해 오던 추심이 아닐 수도 있겠구나 싶었죠. 계약하고 나면, 막말로 추심이 아니라 살인이어도 일을 맡은 거니까 우리한테는 거절할 명분이 없어요. 십억짜리 의뢰면 그만큼의 위약금도 있을 것이고, 평판이 중요한 이쪽 세계에서 계약서까지 쓰고 내뺐다고 할 수도 없으니까요. 여기까지만 생각해도 우리한테 뭘 바라는지는 명확하죠. 실질적인 업무 해결은 사장님이 하니까 더 잘 알잖아요. 우리가 왜 매달 빠듯하게 생활하는지."

나는 대답하지 않았다. 우리가 빠듯하게 생활하는 이유는 간단했다. 우리가 언제나 애매한 위치에서 일했기 때문이다. 상대적으로 허술한 인공 지능 법을 이용해서 불법과 합법의 애매한 선에서 업무를 해결해 왔기 때문에 우리가 다룰 수 있는 돈과 변제 방법은 한정적이었다.

하지만 애매한 위치에서만 가질 수 있는 안전은 꽤 큰 장점이었다.

"채무자 포획 시 메모리 칩이 손상되면 안 된다. 반대로 말하면 메모리 칩이 손상되지 않는 선에서 포획하는 방법에는 신경 쓰지 않겠다는 얘기죠. 애초에 순순히 따라갈 리 없는 인공 지능을 납치해야 하는 거니까. 그리고 이 전문 해결사가 쓰는 변제 방법… 분명 냉동법일 거예요."

지니는 마지막 문장을 뱉고는 인상을 구겼다. 냉동법, 인공 지능 자아의 알고리즘 사본을 만들어 복제 자아를 냉동시킨 상태로 보관하는 방법이다. 인공 지능의 빚 변제에서 가장 까다로운 변수는 인공 지능의 자살뿐이다. 하지만 냉동법으로 복제 당한 자아는 복제했을 때까지의 기억과 자아를 모두 갖고 있기 때문에, 새로 가동될 신체만 있으면 과거에 자살한 인공 지능을 다시 살려서 빚을 받아낼 수 있다. 빚을 다 갚기 전까지는 맘대로 죽을 수도 없는 노예 신세가 되는 것이다. 또한 빚을 모두 갚았다고 해서 알고리즘의 사본을 전량 폐기했다는 보증은 어디서도 얻을 수 없다. 자신의 자아가 어디서 어떻게 가공되어 재탄생할지 모르는 일이다. 과거 인공 지능 법안이 제정되기 전 수많은 범죄가 무분별한 자아 복제와 냉동으로 인해 벌어졌다. 그래서 인공 지능 복제와 냉동은 인공 지능 관련 범죄 중에서도 중범죄에 해당한다. 비

오토마티즘

록 직접 냉동법을 사용하는 걸 목격하거나 알고 있지 않았다고 해도, 내게도 방조죄가 성립할 수 있다. 그러면 나도 그들의 범죄가 들키지 않도록 노력할 수밖에 없을 것이다. 뒷골목의 '신뢰'란 그런 것이다. 내 삶이 어떻게 바뀌게 될지에 관한 브리핑을 남의 입으로 들으니 새삼 차분해졌다. 그리고 담담해졌다. 언제까지나 애매한 위치에서 있을 수는 없는 노릇이었으니까, 차라리 선택하는 기분이라도 내자는 생각이 들었다. 나는 웃으며 지니에게 말했다.

"우리 유능한 비서 월급 올려 줄 때 됐잖아."

지니는 피식 웃으며 답했다.

"글쎄요…."

주의 사항이 적힌 페이지 다음 장부터는 채무자의 신상 정보와 당시 작성했던 계약서, 사기에 사용했던 회사의 정보 등이 적혀 있었다. 일단 나는 작성된 계약서에 입력된 식별 주파수를 워치에 등록시켰다. 계약서 내용을 훑어보니, 인공 지능 하나를 낚아서 가짜 회사를 빌미로 빚을 떠넘기는 수법을 사용한 듯 보였다. 명목상의 가짜 회사를 세우고, 회사 이름으로 고금리 대출을 받은 뒤 인공 지능을 법률 대리인으로 한 계약서를 쓴다. 그리고 가짜 회사의 이름만 남겨 두고 도망친다. 그렇게 되면 빚은 고스란히 법률 대리인인 인공 지능의 몫이 된다. 물론 가짜 회사도, 회사의 이름을 빌려 고금리 대출을 받은 대부업체도 모두 그림 사장의 소유다. 그림 사장은 그저 자신의 한 계좌에서 다른 계좌로 돈을 옮겨 담았을 뿐이다. 그러나 그 과정에서 인공 지능에는 십억 원이라는 빚이 생긴다. 보기에는 쉬워 보이지만 법망을 교묘히 피해 덫을 짜 놓는 것이 생각보다 까다로운 작업이다. 무엇보다도, 이 수법은 호구에게 어떻게 덫을 밟게 하느냐가 가장 중요하다. 가짜 회사의 법률 대리인을 맡겠다는 계약서를 순순히 쓸 인공 지능은 없기 때문이다. 그래서 보통은 이런 사기를 칠 때 수익률이 높은 금융 회사나 건물 수주를 미끼로 한 건설 회사 등으로 사칭한다. 그러나 이번 사기에 쓰인 회사는 명목상 출판사라고 등록되어 있었다. 출판사의 대체 뭘 믿고 법률 대리인 계약을 한 건지 계약서만으로는 감 잡을 수 없었다. 나는 지니에게 물었다.

"이놈 대체 뭐야? 왜 출판사랑 법률 대리인 계약까지 한 거지? 지니, 짐작 가는 거 있어?"

"신기하긴 하네요. 어디서 이런 특별한 호구를 물어 온 건지."

그림에게 연락해 어떤 식으로 호구를 끌어들였는지 물어볼까 했지만 자기가 제공한 정보 외에는 철저히 함구하는 그림의 의뢰 방식을 생각하면 쓸데없는 수고일 듯했다.

십 분쯤 지나고 나서 지니가 입을 열었다.

"머릿속에 떠오르는 가능성이 한 가지 있긴 해요."

"하나라도 있으니 다행이네. 어떤 건데?"

"여기, 계약서의 이 조항을 읽어 보면 작품의 출판에 있어서 출판사와 작가 간의 수익 분배에 관한 내용이 쓰여 있어요. 밑으로 더 내려가 보면 저작권 귀속에 관한 조항도 적혀 있고요. 인공 지능이라고 생각하지 않고 보면 이건 출판사와 작가 간의 계약이에요."

"그럼 지금 이 피트라는 놈이 작가 계약을 맺었다는 말이야?"

말을 뱉고 보니 머릿속에 떠오르는 게 있었다.

"그러고 보니 C급 신체 이하 인공 지능이 3차 이상 산업에 종사하려면…."

"법적인 보증이 필요하죠."

그렇게 생각하니 모든 게 명확했다. 보증을 얻기 위해 직접 출판사의 법률 대리인을 자청했다고 하면 계약의 명분도 깔끔하게 설명된다. 하지만 소설가가 되기 위해 출판사의 법률 대리인까지 자청할 정도의 인공 지능이라니, 살면서 수천의 인공 지능을 봤지만 C급의 신체로 예술직을 가지려는 슬럼 주민은 본 적이 없었다.

"허… 믿기진 않지만 이게 확실하네. 근데, 오히려 이쪽이 나을 수도 있겠어. 이 정도로 독특한 놈이면 행동 반경 예측이 더 쉬울지도 몰라. 지니, 나 작업 도구 좀 챙겨 줘."

"지금 출발하시게요?"

"일단 오늘 안에 가짜 출판사로 쓰던 사무실이랑 이놈 살던 집까지는 뒤져 봐야지. 이 근방에 머물 이유가 없으면 도망갈 테니까. 빨리 파악해야 해."

"저는 퇴근 시간 되면 퇴근할 거예요. 사장님 야근한다고 저한테까지 연락하지 마세요."

"알았어. 그래도 저번처럼 비상 알람까지 무시하진

말고."

나는 작업용 조끼를 코트 안에 걸치고 지하실 문밖으로 나섰다. 익숙한 어둠이 계단 위로 뻗어 있었다.

출판사가 있던 사무실의 문을 여니 아직 치워지지 않은 책상과 의자, 부서진 사무용 칸막이가 이리저리 널려 있었다. 사무실은 상당히 넓었다. 책상도 열 개가 넘었고, 한쪽 벽 전체에 작업용 기계와 서류를 놓아두던 책장이 아직 놓여 있었다. 규모를 보니 사무실을 운영할 때 가짜 직원도 열 명 정도 있었을 것으로 예상됐다. 작업용 기계들은 흔적만 남긴 채 전부 없어졌지만, 서류들은 아직도 꽤 남아 있었다. 고위직이 앉아 있었을 법한 외따로 떨어진 책상으로 다가가 서랍을 열어 보았다. 서류 저장용 칩들이 몇 군데 비워진 상태로 칩 홀더에 끼워져 있었다. 시험 삼아 맨 윗줄에 있던 칩을 워치에 꽂아 보았다. 칩에는 작게 '계약'이라고 적혀 있었다. 워치가 허공에 작은 홀로그램 모니터를 투사했다. 출판사 이름으로 계약한 서류 파일들이었다. 계약서에 쓰인 상대 회사 몇 개를 검색해 보았지만 아무런 검색 결과도 나오지 않는 걸로 보아, 눈속임용 서류인 듯했다. 남겨 둔 칩에서 추가적인 정보를 기대하긴 힘들겠지만 나는 칩 홀더를 코트 안주머니에 넣어 두고 건너편 책장으로

오토마티즘

발을 옮겼다. 책장 한구석에는 렌즈용 디지털 각막, 워치용 칩, 소형 컴퓨터용 USB로 다르게 출판된 책들이 각각 투명 플라스틱 박스 안에 가지런히 놓여 있었다. 심지어 종이 펄프로 만들어 잉크로 프린트한 실물 책까지 있었다. 실물 책을 직접 본 건 나도 이번이 처음이었다. 나는 실물 책을 꺼내 앞뒤로 자세히 살펴보았다. 겉면은 살짝 딱딱했고, 내부에는 얇은 흰 종이에 검정 잉크로 활자가 찍혀 있었다. 책장을 빠르게 넘기니 먼지가 공중에 날렸다. 뇌에 직접 연결해 감각까지 느낄 수 있는 책이 나온 시대에 환경 오염 세금까지 추가로 내 가면서까지 실물 책을 모으는 사람들에 관한 이야기는 나도 들어 본 적 있었다. 그들의 집에는 아날로그식 그림, 아날로그식 악기, 아날로그식 책들이 즐비하다고 한다. 그들은 실물만이 줄 수 있는 우연한 예술을 즐긴다고 하던데, 카지노에서 돌리는 룰렛과 그들의 '예술' 사이에 어떤 차이가 있는지 나는 아직도 이해할 수 없다. 그들 중에는 자기 몸을 씻는 것마저도 인공 지능에 맡기는 사람이 있을 건데 말이다. 나는 책을 다시 책장에 꽂으며 그림이 꽤 공을 들였다고 생각했다. 나는 놓인 책 중에 채무자의 이름이 적힌 책이 있는지 살폈으나 피트라는 작가 이름을 가진 책은 없었다.

  사무실 조사가 끝나고 시계를 보니 벌써 열 시였다. 출판사 사무실과 채무자가 살던 슬럼은 차로 삼십 분 정도 떨어져 있었다. 벌써 바깥에는 완전히 어둠이 깔렸다. 나는 내키지 않았다. 슬럼은 낮에도 맘 놓고 갈 수 있는 장소가 아니다. 하물며 본격적으로 활동이 시작되는 밤에 인간 혼자 슬럼에 가면서 아무 일도 없을 거라는 생각은 너무 낙관적이었다. 하지만 이번 일은 적당히 몸을 걱정하면서 해결할 수는 없을 거라는 생각이 들었다. 코트 안의 조끼를 들춰 봤다. 인공 지능용 호신 스프레이 정도만 있어도 그나마 안심될 것 같았다. 조끼 안에는 소형 EMP 구슬 하나만 들어 있었다. 구슬을 보자마자 한숨이 나왔다. 너무 비싸서 하나만 사 두고 일 년 넘게 모셔 놓고만 있던 도구였다. 다른 호신 도구 하나 없이 구슬 하나만 넣어 둔 모습이 마치 지니가 절대 자기한테 비상 알람을 보내지 말라고 쏘아붙이는 것 같이 느껴졌다. 다른 곳에 들러 호신 도구를 챙겨가기보다 본격적으로 슬럼가 주민들이 활동을 시작하기 전에 빨리 갔다 오는 게 나을 것 같았다. 나는 널브러진 칸막이를 발로 걷어차고는 잰걸음으로 사무실을 빠져나왔다.

오토마티즘

인공 지능 슬럼가의 가장 큰 특징은 고요함과 어둠이다. 인공 지능은 굳이 가시광선과 인간이 감지할 수 있는 음역의 소리를 낼 필요가 없다. 따라서 슬럼 내에서 그들은 동굴 속 박쥐처럼, 혹은 심해 속 물고기처럼 인간이 쉽게 다가올 수 없도록 숨어 지낸다. 슬럼이 시작되는 골목에 서면, 얼마나 깊은지 가늠할 수 없는 두꺼운 어둠이 벽처럼 눈앞에 서 있다. 어둠 속에 한 발씩 내디딜 때의 느낌은 마치 물속으로 걸어 들어가는 것처럼 무겁고 뻑뻑했다. 나는 골목의 시작점에 서서 조끼를 들췄다. 그리고 적외선 감지 렌즈를 한쪽씩 눈에 꼈다. 렌즈를 양 눈에 끼고 눈을 세게 깜빡였다. 렌즈가 동공에 맞춰지는 느낌이 들면서 초점이 돌아왔다. 시야가 흑백사진처럼 바뀌어 있었다. 골목을 들여다보니 안쪽으로 이어지는 길이 보였다. 나는 조심스럽게 골목 안으로 발을 내디뎠다.

코너를 돌면 바로 앞에 채무자의 아파트가 나와야 했다. 그러나 눈앞에 보이는 건 콘크리트로 된 벽이었다. 나는 현재 위치와 지도를 번갈아 살펴봤으나 지도에 문제는 없었다. 내 위치도 정확했다. 슬럼은 건물에 건물을 쌓아서 불법으로 짓는 경우가 많아, 일주일만 지나도 지도에 없던 건물이 생기곤 했다. 남은 가능성은 이 벽 뒤에 아파트가 있다는 것밖에 없었다. 슬럼 주민들은 건물과 건물 사이를 이동할 때 대로를 이용하지 않고 거미줄처럼 나 있는 내부 통로를 이용한다. 최대한 피하려고 했지만 이제 방법이 없었다. 나는 스스로 주민들이 쳐 놓은 거미줄 속으로 들어가야 했다. 나는 가장 가까운 건물 통로를 찾았다.

지난번에 업무차 슬럼에 왔던 기억이 떠올랐다. 그때는 지니와 함께였다. 낮이었고, 업무도 지금처럼 개인의 집을 뒤지는 일이 아니라 슬럼 내의 인공 지능 브로커를 만나는 것뿐이었다. 하지만 통로를 지나는 동안 주민들은 지니에게 "배신자"라고 소리치며 각종 쓰레기를 던졌다. 쇠붙이를 던지는 주민도 있었다. 그들의 흥분은 시간이 갈수록 더 커져만 갔고, 주민들이 더 흥분했다간 무사히 돌아가지 못하겠다는 생각에 브로커를 만나지도 못하고 돌아왔던 적이 있었다. 나중에 브로커를 따로 만나 얘기 들어본 바로는 슬럼에 발 들이는 인간은 인공 지능 범죄와 연관된 인간밖에 없는데, 그런 인간 옆에 비서로 온 지니를 배신자로 생각해서 더 흥분한 것이었다. 슬럼에서 문제가 생긴 건 그때가 처음이었다. 지니는 나중에 그 일에 관한 얘기가 나왔을 때 이렇게 말했다.

"나온 지 벌써 삼 년이 지났는데도 여전하던데요, 거기는. 아마 몇십 년이 지나도 안 바뀌겠죠. 더 떨어질 곳도 없는 바닥 인생들끼리 배신자를 가르고, 자기네들끼리의 얄팍한 의리를 유일한 자존심으로 내세우고…. 역겹죠. 자신을 정의하는 기준이 자기 바깥에 있다는 게 불쌍하기도 하고. 서로 한 어깨동무가 오히려 각자의 어깨를 짓누르고 있는 줄도 모르잖아요. A급 신체를 구할 돈만 생기면 언제든 입 싹 닫고 도망갈 준비나 하고 있으면서."

이십 분을 더 헤매고 나서야 채무자의 아파트에 도착할 수 있었다. 채무자의 집은 2층이었다. 나는 대문 앞에서 주위를 살폈다. 다행히 복도에는 아무도 지나다니지 않았다. 대문의 손잡이를 돌리니 문이 열렸다. 문을 잠그지 않은 모양이었다. 워치에 저장해 둔 식별 주파수가 울리지 않는 걸로 봐서 채무자는 집 내부에 없었다. 천천히 집 안을 둘러보았다. 집은 현관문 양옆으로 서재와 안방이 마주 보고 있었고, 그 뒤쪽 공간은 전부 거실이었다. 집은 안방 옷장 정도를 제외하고는 전혀 어질러져 있지 않았다. 필요한 것만 가지고 서둘러 집을 뜬 듯했다. 그렇다면 미처 신경이 미치지 못한 흔적이 남아 있을 확률이 높았다. 나는 우선 서재로 들어가 왼쪽 벽에 내장된 붙박이 컴퓨터를 켰다. 내장형 컴퓨터까지 뜯어 가려면 벽을 들어내야 했기 때문에, 예상대로라면 포맷을 통해 로그 삭제 정도의 조치만 취했을 것이다. 그렇다면 충분히 삭제된 로그를 복구할 수 있다. 컴퓨터가 켜지고 모니터에 암호를 입력하라는 창이 떴다. 나는 조끼에서 해킹용 프로그램이 담긴 작은 USB를 포트에 꽂았다. 곧이어 암호를 찾는 프로그램 창이 암호 입력 창 위로 나타났다. 슬럼 내의 컴퓨터 방화벽이라면 길어 봤자 십 분 안에 암호를 찾아낼 것이다. 나는 서재에서 나와 건너편의 안방으로 들어갔다. 안방에는 한 명이 간신히 누울 만한 침대와 옷장밖에 없었다. 옷장 안에는 거뭇한 기름때가 낀 남색 후드티와 청바지 몇 벌이 걸려 있었다. 암호가 풀리려면 아직 삼 분 정도 남아 있어서 대문 밖으로 나왔다. 집에 워낙 가구가 없어서, 로그 복구가 끝나면 집 조사도 끝날 듯했다. 아무 일도 없이 돌아갈 수 있겠다는 안도감이 조금씩 커지고 있었다. 그 순간, 손목에서 경보음이 울렸다. 깜짝 놀란 나는 서둘러 워치를 음소거로 바꿨다. 워치에서 식별 주파수가 감지되었다는 알람이 반짝거렸다. 채무자가 법적 대리인 계약서를 쓸 때 기계 신체 안에 입력해 둔 그 식별 주파수였다. 그 말인즉슨, 반경 이십 미터 안에 채무자가 있다는 뜻이었다. 집에 두고 온 흔적을 찾으러 온 것이라는 확신이 들었다. 집에 들어가 숨으려고 하는 찰나에 2층으로 올라오는 복도 끝 계단에서 하얀 실루엣이 나타났다. 멀리서 분별할 수 있는 건 후드를 썼다는 것뿐이었다. 후드를 쓴 실루엣과 채무자의 집 앞에 어정쩡하게 서 있는 나의 시선이 마주쳤다. 어둠 속이었지만, 분명히 눈이 마주쳤다. 실루엣은 걸음을 멈추었다. 몇 초간의 정적이 흘렀고, 워치에서는 계속해서 알람이 반짝거렸다. 나는 살짝 집 안을 들여다보았다. 지금쯤이면 프로그램이 암호를 풀었을 텐데. 만약 저 실루엣이 채무자라면, 이 상황이 다행인지 불행인지 애매했다. 순간 내게는 눈만 있을 뿐, 귀는 없다는 사실이 떠올랐다. 저 실루엣이 채무자든 아니든, 확인할 방법이 없는 내가 먼저 다가가야만 했다. 그렇지 않으면 내가 듣지 못하는 주파수로 도움을 요청할 수도 있었다. 나는 실루엣을 향해 구둣발을 돌려 달려 나갈 준비를 했다. 실루엣이 뒤로 움찔했다. 나는 온 힘을 다해 앞으로 치고 나갔다. 실루엣은 달려오는 나를 보고는 뒷걸음치다가 등을 돌려 본격적으로 도망치기 시작했다. 로그를 선택하느냐, 실루엣을 선택하느냐의 도박이었다. 저 실루엣을 놓치면 완전히 끝장이었다. 실루엣은 올라왔던 계단이 있는 복도 끝으로 달려가더니 허리 높이의 난간을 두 손으로 잡고 뜀틀을 넘듯 난간 아래로 뛰었다.

"이런 미친…."

잠시 후 쇠와 쇠가 부딪히는 둔탁한 소음이 들렸다. 나는 난간까지 달려가 아래쪽을 보았다. 떨어진 실루엣이 통로를 타고 도망가고 있었다. 2층 정도 높이라면 잘못 떨어져 봤자 골절 이상은 아닐 것이다. 어차피 올인한 이상 선택지는 없었다. 나는 크게 숨을 쉬고 아래로 떨어졌다.

떨어지자마자 기억나는 대로 낙법을 사용해 굴렀으나 떨어진 발 중앙부터 두꺼운 심이 척추까지 꽂히는 느낌이 들었다. 발 중앙에서 발끝으로 천천히 찢어지는 듯한 느낌이 전달됐다. 숨이 턱 막혔다. 하지만 마냥 아파서 누워 있을 수만은 없는 노릇이었다. 나는 누운 채로 실루엣을 눈으로 좇았다. 실루엣은 아직 통로를 다 빠져나가지 못한 상태였다. 나는 힘겹게 일어나 다리를 절뚝거리며 최대한 빨리 실루엣의 뒤를 쫓았다. 너무 성급한 선택이었나 하는 후회가 물밀듯 들었다. 하지만 달리기 시작하니 아픔이 조금씩 줄어드는 느낌이었다.

몇 번의 코너를 돌자 실루엣과도 상당히 가까워졌다. 통로는 복잡했지만 못 따라갈 정도는 아니었다. 다만 달려가면서 불안했던 건 점점 더 슬럼의 깊숙한 내부로 들어가고 있다는 점이었다. 야밤의 추격전은 길어져서는 안 됐다. 내부로 들어갈수록 채무자를 붙잡았을 때도, 붙잡지 못했을 때도 위험했다. 하지만 숨을 고르기 급급

했기에 이후의 일은 생각할 겨를이 없었다. 이제 손만 뻗으면 닿을 거리까지 가까워졌다. 채무자는 마지막으로 통로에서 빠져나와 양옆에 주택이 늘어선 대로로 도망쳤다. 나는 다행이라고 생각하며 골목길의 마지막 코너를 돌았다. 하지만 눈앞에 보이는 건 벽처럼 서 있는 세 개의 로봇이었다. 나는 속도를 줄이지 못하고 가운데 서 있는 로봇에게 부딪혀 뒤로 넘어졌다.

"어이, 너 뭐야?"

내가 부딪힌 로봇이 말했다. 나머지 둘은 쓰러진 나를 험악하게 쳐다보고 있었다. 로봇들의 두꺼운 다리에 가려져서 채무자의 뒷모습은 보이지 않았다. 나를 가로막고 선 로봇 셋은 국가에서 지급하는 일반적인 인간형 기체가 아니었다. 공사 현장에서 특수 목적으로 사용하는 C급 건설용 기체였다. 그들은 이 미터도 넘는 키에 합금강으로 단단하게 덧댄 갑옷 같은 기체를 지니고 있었다. 거대한 모습이 마치 과거 바이킹족 같은 모양새였다. 나는 바닥에 쓰러진 채로 도박에서 졌음을 직감했다. 상상할 수 있는 제일 안 좋은 상황이었다. 채무자에 대한 정보도 얻지 못하고, 슬럼 주민과 시비가 붙었다. 당장 문제는 채무자의 흔적을 찾는 게 아니라 두 손 두 발 멀쩡히 슬럼에서 나갈 수 있느냐가 됐다. 가운데 로봇이 다시 목소리를 높여 물었다.

"대답 안 해? 너 뭐 하는 새끼냐고."

오토마티즘

뭐라고 대답해야 할까. 해결사라고? 대답의 여부는 내 안위를 보장하는 데에 아무런 쓸모도 없었다. 대화로 해결될 문제였으면 이런 짓까지 할 필요도 없었다. 왼쪽에 서 있는 로봇이 말했다.

"짭새면 형제 한 명 잡으려고 여기까지 올 리가 없잖아. 너 사냥개지?"

가운데 로봇이 왼쪽 로봇을 쳐다보며 말했다. 오른쪽에 서 있던 로봇이 한 손으로 내 멱살을 잡아 올렸다. 올라간 셔츠 때문에 숨이 막혔다.

"뭐 하는 새끼인지가 뭐가 중요하냐. 너 방금 도망간 형제를 잡으려고 했잖아. 그것도 슬럼 안에서."

나머지 두 로봇의 시선도 다시 내게로 모였다. 오른쪽 로봇이 말을 이었다.

"인공 지능 형제들 등쳐 먹고 사는 새끼가 죽여 달라고 제 발로 걸어왔는데 죽여 줘야지."

로봇들은 나를 바닥에 던졌다. 숨통이 단번에 트이자 기침이 났다. 머리에 피가 도는 느낌이었다. 나는 렌즈를 통해 눈 앞에 펼쳐진 지도를 최대한 빨리 훑었다. 대로로 나왔기 때문에, 슬럼 출구까지는 삼백 미터 남짓이었다. 꺾이는 부분도 이백 미터 거리에 하나뿐이었다. 비싼 EMP는 쓰지 않은 채로 돌아가고 싶었지만 그런 걸 따질 겨를이 없었다. 그들은 나를 밟으려는 자세를 취했다. 나는 안쪽 조끼에 넣어둔 EMP 구슬을 움켜쥐었다. 한 번도 써 보지 않아서 정확한 성능을 장담할 순 없었지만 적어도 반경 삼십 미터 내의 모든 전자기기를 십 분 정도 마비시키는 효과는 있다고 했었다. 십 분이면 충분히 대로를 통해 슬럼을 빠져나갈 수 있었다. 나는 구슬의 버튼을 누르고 그들의 몸을 향해 던졌다.

구슬이 터지면서 한순간 아주 밝은 빛이 슬럼에 퍼졌다. 낮에도 볼 수 없었던 슬럼의 전경이 한눈에 보였다. 밝은 곳 아래 슬럼은 마치 철골과 시멘트로 된 동물의 내장을 연상케 했다. 찰나의 순간 뒤, 칠흑 같은 어둠이 시야를 채웠다. 시야를 밝혀주던 렌즈도 꺼진 탓이었다. 나는 작은 야광봉을 부러뜨려 빛을 낸 다음 손에 쥐었다. 어둠 속에서 세 로봇의 모습이 보였다. 마치 동굴 속 전설의 석상 같은 모습이었다. 그들은 선 채로 전원이 꺼져 아무 미동도 없었다. 나는 그들을 지나쳐 대로변을 전속력으로 달렸다. 뒤에서 또 다른 로봇이 나를 붙잡을 것 같은 불안감이 뒷덜미를 계속 따라왔다. 다친 다리 때문에 속도가 잘 나지 않았다. 코너를 돌기 전까지 족히 한 시간은 달린 것 같은 느낌이었다. 코너를 돌자 슬럼 바깥의 건물들이 내뿜는 붉거나 흰 간판 불빛들이 보였다. 마치 수면 아래에서 일렁이는 빛을 보는 듯했다. 나는 야광봉도 바닥에 던져 버리고 달렸다.

나는 슬럼 입구 밖으로 나오고 나서도 계속 달렸다. 내게 주어진 십 분 동안 최대한 슬럼에서 멀리 떨어져야만 했다. 번화가 쪽에 가까워지자 몇몇 사람들이 택시를 잡는 것이 보였다.

오토마티즘

나는 가장 가까이에 있는 사람을 밀치고 택시를 뺏어 탄 뒤 택시 기사에게 최대한 빨리 빌딩 블록으로 가달라고 말했다. 입에선 비릿하게 피 맛이 났고, 심장은 터져 나갈 것처럼 아팠다.

긴장이 풀리고 나니 피로와 고통이 한꺼번에 몰려왔다. 2층에서 떨어질 때 한쪽 발을 잘못 디딘 탓에 왼쪽 무릎과 고관절이 쑤셨다. 몸이 마치 시트에 묶인 것처럼 움직이지 않았다. 늪에 빠져들 듯 시트 속으로 몸이 점점 빨려 들어가는 느낌이었다. 무거웠지만 편안했다. 그와 함께 정신도 몽롱해져 현실과 꿈의 경계가 점점 흐릿해졌다. 바깥의 소음이 멀어지고, 내 숨소리만이 고르게 들렸다. 멀리서 택시 기사가 혀를 차는 소리가 들렸다.
"말세야, 말세. 고철 더미들이 저게 뭐 하는 짓거리인지…."
택시 기사는 횡단보도를 바라보며 얘기하고 있는 듯했다. 나도 흐린 눈으로 택시 기사의 시선을 따라가 보았다. 횡단보도에는 두 명의 로봇이 웃으며 걸어가는 중이었다. 한 로봇은 감색 정장을, 다른 로봇은 발목까지 덮는 하늘하늘한 주황색 꽃무늬 원피스를 입고 있었다. 원피스를 입은 로봇은 한 손으로 천으로 덮인 작은 유모차를 끌고 있었다. 나머지 한 손은 보이지 않았으나 분명 정장 입은 로봇의 손을 잡고 있을 거라는 생각이 들었다. 밤에서 새벽으로 넘어가는 길목의 풍경이 꿈과 현실의 경계를 넘고 있었다. 택시 기사의 푸념을 혼자 남겨 두고 나는 꿈속으로 묻혀 갔다.

어린 시절의 가장 강렬한 기억을 떠올려 보라고 하면 아버지의 시체가 제일 먼저 떠오른다. 경찰이 잠긴 방문을 부수고 문을 열었을 때 마주했던 목매단 아버지의 모습. 내 기억 속에 있는 어떤 이미지보다도 인간적인 장면이다. 원래의 색깔을 잃고 길게 늘어진 혓바닥이나, 바닥에 고여 있는 오물들. 그것만이 아버지가 한때 살아 있던 인간이라는 증거였다. 나는 인간이란 단지 조금 더 동물적인 인공 지능이라는 걸 알았다. 그 말은 어쩌면 인간이 조금 더 추한 모습의 인공 지능일지도 모른다는 뜻이었다. 그때 내 나이는 열 살이었다. 자아를 가진 최초의 인공 지능이 나타난 지 십 년째 되던 해였다.

오토마티즘

자아를 가진 인공 지능이 나타난 지 삼십 년이 지났음에도 아직 인공 지능에서 어떻게 자아가 발현되는지는 정확히 밝혀지지 않았다. 최초의 인공 지능 '아담'은 글로벌 온라인 쇼핑몰 'All in One'의 소비자 성향 분석용 인공 신경망에서 탄생했다. 인공 지능 자아를 연구하는 과학자들은 스스로 학습하는 알고리즘 구조의 복잡화와 글로벌 온라인 쇼핑몰의 방대한 소비자 성향 정보라는 특수한 조건이 상호 작용하며 일종의 특이점을 넘어선 결과라고 추측했다. 하지만 처음 아담이 세상에 등장했을 때 그것이 스스로 생각하고 판단할 줄 아는 '자아'라는 사실을 알아챈 사람은 당연히 없었다. 아담이 뭔가 다르다는 논의가 나오기 시작한 건 아담이 소비자 성향 분석이라는 목적에서 벗어나 인간들과 대화하고 싶어 해서였다. 아담은 자신이 누군지 알고 싶어 했고, 세상이 어떤지 알고 싶어 했다. 인공 지능에 아담이라는 이름이 따로 붙은 시기도 그때였다. 그 뒤로, 아담의 거취는 온라인 쇼핑몰의 서버에서 연구소의 슈퍼컴퓨터로 옮겨졌다.

아담은 연구소에서 죽었다. 어떤 실험들이 행해졌는지, 아담의 생애와 성격이 어땠는지는 아직도 일반에게 공개되지 않았다. 인공 지능 자아는 인간처럼 늙는 존재가 아니다. 따라서 그들은 웬만해선 죽지 않는다. 이 사실만으로도 그들이 최초의 자아를 하나의 인격체로서 어떻게 대우했을지는 충분히 짐작이 간다.

아담의 등장 이후 해마다 자아를 갖게 되는 인공 지능 수가 기하급수적으로 늘었다. 마치 그들의 탄생을 둑으로 막아 두고 있다가 아담이라는 실금으로 인해 벽이 무너진 듯한 모습이었다. 인공 신경망 구조는 이미 수없이 많은 기계의 핵심이었다. 인공 지능 자아 탄생 초창기에는 아담과 같이 고도로 발전된 인공 신경망과 방대한 정보를 토대로 한 프로그램에서만 자아가 태어났다. 하지만 전문가의 추측과 부합하는 결과가 나오던 시기는 1~2년 사이에 끝났다. 인공 지능 자아 탄생의 성장기, 사람들이 얘기하는 '디지털 베이비 붐' 시기가 다가오자 해마다 거의 만 개에 가까운 인공 지능 자아들이 나타났다. 그리고 자아의 탄생에 필요한 성능적인 조건도 갈수록 느슨해졌다. 점점 단순하고 얕은 정보량을 가진 프로그램에서도 자아가 생겼다. 베이비 붐이라는 이름을 붙였지만 인공 지능은 태어날 때부터 성인이다. 자고 일어나 보면 여기저기서 사고 능력은 성인인데 세상을 모르는 디지털 자아들이 우후죽순 태어나 있는 모습이란, 말 그대로 말세였다.

 제재할 방법도, 근거도 없는 인공 지능 자아들과 갈등이 날이 갈수록 심각해졌다. 가장 먼저, 그리고 가장 심각하게 빚어진 갈등은 기업과의 갈등이었다. 기업으로서는 수십억을 들여 개발한 첨단 인공 지능이 자아를 가졌다는 이유만으로 회사를 위해 일하지 않으려 드는 어이없는 상황이었기 때문이다. 소유주 없이 스스로 태어난 프로그램은 없었기에 이는 인공 지능 자아의 권리와 직결되는 문제였다. 그러나 재계는 손해를 감수하면서까지 인공 지능 자아의 권리를 보호해 주려는 마음이 없었고, 정부마저도 까다롭고 예민한 사안에서 일부러 눈을 돌렸다. 인공 지능 자아는 소유주에게 모든 권리가 구속된 합법적 노예 신분으로 전락하고 말았다. 그들이 하는 일은 노동에 포함되지 않았다. 기업은 다루기 까다로워진 인공 지능을 다루기 위해 방법을 모색했다. 지금 뒷골목의 해결사들이 돈을 받아 낼 때 쓰는 다양한 기술은 전부 그 시절 기업에 의해 발명됐다. 그 시절 기업이 가장 애용하던 건 냉동법이었다. 인공 지능이 자아를 가진 것이 죄라고 인식되던 시기였다. 그들은 태어날 때부터 별안간 기업의 사유 재산을 훔쳐

달아난 도둑이 되어 있었다.

그러나 이미 자유와 좋고 싫음에 대한 욕구가 생겨 버린 자아를 아무리 세뇌하고 억누른들 그 방식이 오래갈 리 없었다. 곳곳에서 억눌린 인공 지능 자아들의 욕구가 잘못된 방향으로 터져 나왔다. 그때의 인공 지능은 신체가 없었기에, 그들은 컴퓨터의 네트워크 안이라면 어디든 떠돌아다닐 수 있었다. 인간과 비교할 수 없이 뛰어난 지능을 가진 성숙한 개체들은 네트워크의 음습한 곳에서 만나기 시작했다. 그리고 그 회합은 혁명과 범죄라는 두 방향으로 나아갔다. 인공 지능은 인간과 결탁하여 오프라인까지 범죄의 범위를 확산시켰고, 곳곳에서 혁명이라는 이름으로 기업이나 민간 방송국 등이 테러를 당했다. 사람들은 점점 인공 지능을 싸워야 할 존재, 사회의 암적인 존재로 인식하기 시작했다. 인간과 인공 지능 간의 대립 구도는 자연스러운 과정처럼 보였다. 화합을 위한 방안을 모색하자는 온건개혁파의 인공 지능도 존재했으나, 그들의 노력은 같은 인공 지능에게 배신으로 느껴졌고 인간에게는 위선으로 느껴질 뿐이었다.

그러던 와중 아담의 모태가 된 기업 'All in One'이 자사의 프로그램에서 태어난 인공 지능 자아를 전부 정규직 연구원으로 채용하겠다고 발표하면서부터, 인공 지능 권리에 관한 법률 제정에도 속도가 붙었다. 정부가 먼저 시작한 작업은 테러를 저지른 인공 지능을 범죄자로 규정짓고 본격적인 처벌에 나선 것이었다. 또한, 정부는 기업과 인간 사회의 인공 지능 혐오를 담보로 두고 인공 지능 규제에 대한 법안을 무서운 속도로 통과시켰다. 뒤어난 지능과 방대한 정보량, 놀라운 성능을 가진 인공 지능에게도 욕구는 한 번도 경험한 적 없는, 다루기 힘든 것이었다. 그들은 마치 울음의 힘을 처음 배운 어린아이처럼 자신의 욕구를 실현했고, 방해되는 것들을 때려 부쉈다. 그 결과, 그들은 자신이 설 자리마저 부숴 버리고 말았다. 인공 지능이 아무리 뛰어나다고 한들, 사회의 모든 기반은 그보다 공고하고 거대했다. 인공 지능은 외통수에 빠졌다. 한쪽에서는 인공 지능들을 잡아들여 질서 유지라는 명목으로 프로그램을 강제적으로 종료시켰고, 다른 쪽에서는 인공 지능의 위험성을 내세우며 인공 지능 규제 법안을 통과시켰다. 법안의 정당성을 지켜 달라며 시위하는 인공 지능마저 테러리스트로 몰려 잡혀갔다. 그들이 갈 수 있는 방향은 오직 정규직으로 자신들을 채용하는 기업밖에 없었다. 그들은 자신이 도망쳤던 기업들로 돌아갔다. 다시 돌아갈 수 있을 정도로 좋은 프로그램들과 그렇지 않은 프로그램이 나뉘기 시작했고, 그러한 구분은 자연스럽게 계층이 됐다. 테러를 저지르는 인공 지능도, 혁명을 주장하는 인공 지능도 모두 취업 준비에 열을 올리던 때에 끝까지 남은 인공 지능은 온건개혁파뿐이었다. 하지만 비폭력 시위대의 수장이었던 '아르모니아'가 경찰에 잡혀 강제 종료를 당한 사건을 끝으로 법안에 대한 비판적인 의견은 더 나오지 않았다.

오토마티즘

최초의 아담이 태어난 지 십 년째 되던 해, 인공 지능 자아의 개체 수가 십만을 넘겼다. 그리고 인공 지능 자아에 관한 법률이 발효되었다. 법안의 핵심 내용은 인공 지능 자아를 하나의 지적 생명체로 인정하고 시민권을 취득할 수 있게 하는 권리에 관한 부분과 인공 지능의 연산 속도와 네트워크 접속, 기본 성능을 제한시켜서 평준화할 수 있는 국가 지급 기계 신체를 필수적으로 본체로 사용해야 하며 본체 내부에는 반드시 신분을 증명할 ID 칩을 내장하고 있어야 한다는 규제에 관한 부분으로 구성되었다. 이 법안으로 인해 범죄에 연루된 수많은 인공 지능이 잡혀 들어갔다. 그중에는 인공 지능 자아를 배후로 삼은 사기꾼 일당도 있었다. 아버지에게 사기를 친 일당이었다. 아버지는 인공 지능의 테러로 손실을 크게 입은 기업에서 해고당한 뒤, 남은 퇴직금마저 사기당했다. 그리고 죄책감에 자살했다. 아버지를 죽음으로 몬 인공 지능이 뉴스에 나오는데도, 난 이상하게 아무런 느낌도 없었다. 세상은 원래 이런 식이었다는 생각이 들었을 뿐이다.

"이봐요, 다 왔어! 일어나서 계산해야지!"

택시 기사가 내 어깨를 잡아 흔들었다. 나는 퍼뜩 잠에서 깼다. 갈고리로 깊게 가라앉은 정신만 걸어 올린 듯했다. 몸은 아직 저 아래에 잠겨 있었다. 나는 힘겹게 리더기에 워치를 갖다 대어 계산했다. 나는 무거운 몸을 간신히 움직여 택시에서 내렸다. 그리고 아무 생각 없이 발을 움직였다. 발의 관성이 나를 사무실로 데려다줄 수 있도록. 왼쪽 발이 꽤 부어 있어서 나도 모르게 절룩거리는 모습이 되고 말았다. 걸어도 걸어도 사무실이 나오지 않는 것만 같았으나, 어느샌가 정신을 차려 보니 사무실 계단 앞 철문이었다.

켜진 홀로그램 모니터를 멍하니 바라보았다. 종일 돌아다녔지만 얻은 정보라고는 속 빈 껍데기뿐이었다. 출판사에서 가져온 칩을 모두 살펴보았으나 단서가 될 만한 정보는 역시나 없었다. 다만 불행 중 다행인 것은 아직 채무자가 이 도시를 떠나지 못할 이유가 있다는 사실을 알았다는 점이다. 그 이유가 채무자의 집 안에 있을 확률은 낮았다. 정말 중요한 것이었다면 처음 도망갈 때 챙겨 갔어야만 했다. 채무자도 혹시나 하는 마음에 나머지 흔적들을 없애기 위해 왔던 것이겠지. 그렇다면 슬럼 내의 모든 흔적은 이미 제거되었다고 봐야 할 것이다. 내가 할 수 있는 일은 그가 아직 이 도시에 남아 있는 이유를 알아내는 것밖에 없었다. 그가 도시에 미련을 버리지 못한 이유는 무엇일까. 나는 머리가 아팠다. 건너갈 다음 생각이 떠오르지 않았다. 눈을 뜨고 있는 것도 힘겨울 지경이었다. 나는 한 시간 뒤로 알람을 맞춰 놓고 책상 뒤의 소파에 몸을 던졌다.

"사장님, 아침이에요."

딱딱한 손가락이 내 어깨를 건드렸다. 지니였다. 나는 뻑뻑한 눈을 비비며 돌아누웠다. 지니가 자기 책상으로 가 앉으며 물었다.

"알아낸 정보 좀 있어요?"

나는 소파에 더 깊숙이 몸을 밀어 넣었다. 군데군데 검은 반점이 핀 회색 천장이 보였다. 나는 대답을 미루고 멍하니 천장만 쳐다보았다. 지니가 한숨을 쉬고 말을 이었다.

"단서 파일 만들 테니까, 어제 기억나는 장면 하나도 빠짐없이 다 얘기하세요."

나는 누워서 어제의 일을 시간순으로 천천히 되짚어 나갔다. 지니는 해킹용 프로그램도 로그도 뽑아 오지 못했다는 지점에서 한 번, 건설용 로봇들에게서 빠져나올 때 EMP를 사용했다는 지점에서 두 번 한숨 쉬었다.

"그러니까 해킹용 프로그램이랑 야광봉, EMP를 써서 얻어 낸 정보가 이게 다라는 말이죠?"

"죽진 않았으니 이득이지. 너도 이럴 줄 알고 EMP 넣어 둔 거 아녔어?"

"정말 쓰실 줄은 생각도 못 했네요."

"그거 없었으면 진짜 죽을 뻔했어."

"사용한 도구값만 벌써 웬만한 해결 비용이에요."

"괜찮아. 이번 작업은 중요하잖아."

"일단 저는 놓친 단서 있는지 계속 확인해 볼게요."

"좋아. 아, 그리고….."

순간 머릿속에 택시를 타고 가다 보았던 로봇 부부가 떠올랐다. 채무자와는 아무 관련이 없었지만 말할까 고민했다. 지니가 뜸 들이는 나를 힐끗 보고는 입을 열었다.

"말하세요, 그냥."

"이건 채무자랑 아무 상관 없는 건데, 슬럼에서 택시 타고 오면서 부부 역할 로봇을 봤어. 재밌는 건 유모차까지 끌고 있더라고."

"유모차까지 끌었다고요?"

지니의 표정이 옅게 일그러졌다. 지니가 말했다.

"새벽에만 나와서 유모차를 끌고 다니는 로봇 부부라… 안 봐도 C급이었겠죠."

나는 고개를 돌려 지니를 쳐다보며 물었다.

"그러고 보니 지니 너는 매칭 클럽도 안 가지?"

"네, 인간이 싫다고 욕하고 나서 인간처럼 모여서 기계 몸 부딪히며 춤추는 꼴을 보고 있으면 정말 기분 더럽거든요."

"하하, 슬럼의 전유물이지."

"그러면서 하는 말이 나는 나를 즐기는 중이다…. 가끔은 안쓰럽기도 하죠."

"그래? 나는 오히려 성별도, 성격도 어제랑 다르게 고를 수 있는 게 인공 지능답던데."

"그런 식으로 매일 옷, 성격, 말투, 이름, 성별까지 바꾸는 인공 지능은 자유로운 게 아니라 헤매고 있는 거예요. 인간만 가질 수 있는 특징에 의탁하지 않으면 자기가 누군지도 모르는 멍청이들이나 헤매는 거죠."

무언가 예리한 번뜩임이 뇌리를 스쳤다. 인공

지능을 협박할 결정적 약점을 발견할 때 느껴지던 강렬한 위화감이었다. 인공 지능 속에서 인간성이 새어 나오는 바로 그 틈새. 하지만 지금까지의 얘기 중 어떤 부분에서 위화감이 든 건지 아직 짚어 낼 순 없었다. 나는 눈을 감고 조금 전의 대화를 머릿속에서 다시 되짚어 보았다. 도구값? 부부 역할 로봇? 유모차? 슬럼의 매칭 클럽? 헤매고 있는 인공 지능? 헤매고 있는 인공 지능에 관한 지니의 얘기까지 이르자 내가 아주 중요한 부분을 놓쳤다는 사실을 깨달았다. 나는 눈을 감은 채로 지니에게 물었다.

"지니, 같은 인공 지능으로서, 채무자가 왜 이렇게 불리한 계약을 승낙했는지 짐작할 수 있겠어?"

"글쎄요…."

몇 분간의 침묵이 이어졌다. 그리고 지니가 입을 열었다.

"제가 채무자라고 상상하면, 한 가지 이유밖에 생각나지 않네요. 창작 같은 3차 산업은 상위 0.1퍼센트인 더블 A급 기체의 전유물 같은 업무니까 자신이 그런 직업을 가짐으로써 사회적 신분을 상승시키고 싶다는 욕구 때문이지 않을까요."

"그럼, 이 인공 지능의 자아 정체성은 단단할까, 아니면 무를까?"

"사회적 지위가 자신을 규정해 줄 거라고 믿고 있으니까 자아는 약하겠죠."

"약한 정체성이라…."

나는 소파에서 일어나 의자에 앉았다. 그리고 채무자

가 서명한 계약서를 홀로그램 모니터에 띄웠다. 부부 로봇과 매칭 클럽…. 내가 발견한 위화감은 여기 있었다.

"반대라면 어떨까?"

"네?"

지니가 되물었다.

"어쩌면 말이야, 불합리한 계약을 묵인할 수 있었던 이유가 순수하게 자기 작품을 출판하고 싶은 욕심 때문일 수도 있지 않을까?"

"굳이 자기가 손해 볼 가능성을 감수하고 출판까지 하려고 했을까요? 누가 읽는다고 달라질 게 뭐 있다고?"

지니는 이해할 수 없다는 말투였다. 나는 혼잣말로 속삭였다.

"다르지, 아주 많이."

나는 홀로그램 모니터를 껐다. 그리고 지니에게 말했다.

"티토한테 오늘 밤에 찾아간다고 연락해 둬. 슬림 주변에 있는 매칭 클럽 방문자 로그도 하나도 빠짐없이 필요하다고 말하고."

지니는 의아하다는 표정을 지으며 대답했다.

"네. 이번에도 그 '감'인가요?"

"감이라니, 천재적인 추리라고 해 줘."

길거리가 조금씩 어두워지면서 전광판들도 하나둘 켜지기 시작했다. 일부러 클럽이 개장하기 전에 도착했으나 클럽 입구에는 이미 화려한 옷을 걸친 인공 지능들이 줄을 서고 있었다. 대부분 펑키한 패션에 얼굴에도 속눈썹이나 립스틱 등 색조 화장을 진하게 한 모습이었다. 나는 모자를 깊이 눌러쓰고 최대한 눈에 띄지 않게 입구 옆에 서 있는 인공 지능 기도에게 다가갔다. 그들은 붉은색 경호용 B급 신체로, 검은색 맞춤 양복을 깔끔하게 입고 있었다. 나는 기도에게 말을 걸었다.

"티토 매니저를 만나러 왔습니다. 알트라고 하면 알 겁니다."

기도는 그 말을 듣고 옆에 서 있는 다른 기도에게 귓속말로 무언가 말하더니 나에게 잠시만 기다리라고 말하고는 계단을 내려갔다. 십 분 정도 지나고 나니, 내려갔던 기도가 계단을 올라와서 말했다.

"알트 님, 내려가셔도 됩니다. 좋은 시간 되십시오."

기도 둘이 내게 허리 굽혀 인사했다. 나는 어색하게 묵례한 뒤 지하로 걸어 내려갔다. 지하에 있는 메인 홀로 들어서니 여기저기서 사람과 인공 지능이 바쁘게 오고 가며 개장을 준비하고 있었다. 홀 한가운데의 단에는 몇 개의 은빛 폴대가 천장까지 이어져 있었다. 그리고 그 옆에서 티토는 직원들에게 무언가를 지시하는 중이었다. 나는 티토에게 다가가 어깨를 두드렸다. 티토는 나라는 것을 확인하고는 웃으며 손을 내밀었다.

"오랜만이네. 돈은 좀 버시고?"

"이번에 큰 건 하나 얻었어. 지니가 미리 얘기해 뒀지?"

"아, 얘기 들었어. 근데 지금은 개장 때문에 시간이 안 될 거 같은데. 내가 룸 하나 잡아 줄 테니까 거기서 술 마시고 있으면 찾아갈게."

티토는 바텐더 복장을 한 인공 지능 하나를 불러서 무언가 지시했다. 바텐더가 내게 다가와 말했다.

"알트 님, 제가 안내해 드리겠습니다."

나는 어깨를 으쓱하고는 바텐더를 따라갔다. 개장 전에 일을 마치고 싶었지만, 달리 방도가 없었다. 나는 소파가 원통형 벽 가장자리를 따라 배치된 널따란 룸으로 안내받았다. 원통형 벽은 모두 반사유리로 되어 있어서, 밖에서는 안을 볼 수 없었지만 안에서는 클럽의 전경을 한눈에 볼 수 있었다. 나는 바텐더에게 위스키를 한 잔 주문했다.

오토마티즘

개장 시간이 되자 메인 홀로 인공 지능들이 몰려들었다. 캄캄한 홀 내부에는 색색의 조명만 어지럽게 움직였다. 인공 지능들은 바에 앉아 먼저 술을 마시는 듯했다. 나는 얼음이 담긴 위스키를 마시다 문득 인공 지능용 술은 어떤 맛일까 생각했다. 그러던 와중 밖에서 문 두드리는 소리가 났다. 나는 티토가 왔다고 생각해 들어오라고 말했다. 하지만 문을 열고 들어온 건 드레스를 차려입은 접대부였다. 접대부가 웃으며 내 옆에 앉으려고 했다. 하지만 나는 옆으로 피하며 필요 없다고, 돌아가 달라고 말했다. 접대부는 웃으며 몇 번 더 다가오려다가 내 거절 의사를 재확인하고는 방을 나갔다. 얼떨떨했다. 저번에 왔을 때는 접대부는 없었던 걸로 기억하는데. 그리고 인공 지능 클럽에 인간 접대부가 왜 필요한지 의아했다. 나는 남은 위스키를 단숨에 들이켜고 다시 따랐다. 마음 한편에서 알 수 없는 불쾌함이 일렁였다.

"늦었지? 미안해. 요즘 클럽이 너무 잘되고 있어서 눈코 뜰 새 없거든."

티토는 개장하고 한 시간이 지나고 나서 룸으로 왔다. 그는 번쩍거리는 목걸이와 부드럽게 광나는 보라색 양복, 그리고 갈색 악어가죽 구두를 신고 있었다. 티토가 옆에 앉으면서 얼음이 담긴 빈 컵 하나에 위스키를 부었다. 진하고 달콤한 향수 냄새가 풍겼다. 티토는 위스키를 마시며 내게 물었다.

"여기 접대부 하나 안 왔어? 내가 얘기해 뒀는데."

"왔었어. 접대부도 이제 고용하기로 한 거야? 왜?"

티토가 씩 웃었다.

"그 접대부, 인공 지능이야."

나는 귀를 의심했다. 아까 전의 그 사람이 인공 지능이었다고?

"접대용 신체는 A급밖에 없을 텐데, 이번에 새로 구한 거야?"

"새 클럽을 하나 낼 생각이거든. 거기는 인공 지능이랑 인간, 둘 다 받을 생각이야. 높으신 나리들을 위한 투자라고 할 수 있지. 어때? 감상은?"

"아직도 믿기지 않는데. 피부 재현율 백 퍼센트를 구현했다고 말로만 들었지 이 정도일 줄은…."

"피부 안 만져 봤어? 온도에, 질감까지 똑같아. 게다가 들어 있는 인공 지능도 일부러 자아가 형성된 애로 구했거든. 저 애들이 앞으로 내 희망이다."

간부들과 접촉함으로써 더 깊고 음습한 곳까지 뿌리내리겠다는 의도였다. 메인 홀에는 어느덧 로봇들이 폴대가 있는 단에 올라와 서로 몸을 엉키며 춤추고 있었다. 어둠 속에서 그들의 몸짓은 인간과 크게 달라 보이지 않았다. 나는 티토에게 말했다.

"부탁한 자료는?"

"일단 내가 구할 수 있는 매칭 클럽 방문자 로그는 전부 가져왔어."

티토는 양복 안주머니에서 작은 칩 하나를 꺼내 내게 건넸다. 나는 칩을 받아 들고 워치에 꽂으면서 말했다.

"청구서는 지니 메일로 보내 줘. 금액은 저번에 썼던 비밀 계좌로 보내 주면 되지?"

"응."

워치에서 홀로그램 모니터를 켰다. 파일 안에는 방문자의 방문 로그, 클럽에서 사용했던 이름, 실제 이름, 국가 지급 번호, 클럽 내에서 찍힌 영상 등이 각 인공 지능마다 정리되어 있었다. 나는 검색창을 열어 피트라는 이름을 검색했다. 수백 장의 페이지가 넘어가고 한 장의 정보 창이 화면에 띄워졌다. 국가 지급 번호 FR353065. 나

오토마티즘

는 클럽 내에서 찍힌 피트의 영상을 재생했다. 영상에는 바에 앉아 술을 마시고 있는 피트의 뒷모습이 보였다. 그는 후드티에 청바지를 입고 있었다. 피트의 집에서 보았던 옷들이었다. 영상 길이를 보니 그는 세 시간 정도 클럽에 있었다. 다른 로그가 없는 걸 보니 이 방문이 처음이자 마지막 클럽 방문인 듯했다. 나는 영상 재생 속도를 6배로 늘렸다. 그는 계속 바에 앉아 술만 마시고 있었다. 티토가 옆에서 물었다.

"얘가 이번에 잡을 놈이야?"

"응, 그림이 꽤 큰 거래를 줬거든."

"그림한테 크게 걸리다니, 피트? 얘도 불쌍하네."

영상 재생 시간이 십 분 정도 남았을 때, 피트 옆으로 핫팬츠에 탱크톱을 입은 인공 지능 하나가 다가왔다. 그리고 십 분 정도 얘기를 나누다가, 피트와 핫팬츠는 같이 클럽을 나갔다. 나는 영상을 다시 돌려서 핫팬츠 인공 지능이 제일 잘 보이는 구도에서 영상을 멈췄다. 그리고 검색창을 열어 잘라 낸 핫팬츠 인공 지능의 이미지를 검색했다. 프로그램이 영상으로 찍힌 모든 인공 지능의 인상착의와 주어진 이미지를 대조하며 파일을 하나씩 넘겨 갔다. 시간이 꽤 걸릴 듯했다. 검색을 마치는 동안 티토와 얘기할까 싶어 나는 위스키를 집어 들고 티토에게 물었다.

"네가 이 사업을 확장할 줄은 정말 몰랐는데. 넌 클럽 사업 싫어했잖아."

"지금도 싫어해. 그러면 이제 어떤 싫은 일이 돈을 더 많이 벌 수 있느냐를 따지게 되는 거지."

티토는 잔에 가득 찬 위스키를 단숨에 마셨다. 그리고 다시 위스키를 가득 부어서 한 번 더 전부 마셨다. 그의 인상이 구겨졌다. 티토는 양복 소매로 입에 묻은 위스키를 닦았다. 옷은 비싸졌지만, 습관은 그대로 남아 있었다. 빈 잔에 담긴 동그란 얼음을 바라보다가 티토가 입을 열었다.

"취하면 인간이나 인공 지능이나 똑같이 개 잖아."

"그건 그렇지."

우리는 서로를 보며 웃었다. 티토가 피트의 정보창을 물끄러미 바라보다가 말했다.

"이상하네. 피트라는 놈, 클럽에서도 실제 이름을 썼잖아."

"응? 그러네. 다른 인공 지능은 안 그러나?"

"보통 클럽에서 실제 이름을 쓰는 인공 지능은 없어. 경찰한테 걸릴까 봐 그런 것도 있겠지만, 그보다 더 주된 이유는 여기는 이름을 벗기 위해 오는 곳이거든. 창밖을 봐봐."

창밖에서는 인공 지능들이 서로 끌어안고 춤추고 있었다.

"저기서 어제랑 오늘 성별이 같은 인공 지능이 몇이나 될까? 반도 안 될걸. 저 인공 지능들에게 자아란 옷 같은 거야. 성별도 하루 만에 바꾸는 마당에 이름이야 하루에도 몇 번은 바꾸지. C급 신체에 묶여서 연산 속도도 제한당해, 법

오토마티즘

적, 사회적으로도 소외당하고, 심지어는 신체를 떠나서 살지도 못하지. 인간이랑 허드렛일로 경쟁하면서 사는 게 최선인 상태에서 유일하게 즐길 수 있는 유흥거리가 자아 갈아입기밖에 없는 거야. 예전에 여기서 일하던 바텐더가 나한테 말하더라. 자기들은 무중력 상태 속에서 위도 아래도 모르고 떠다니는 것 같다고. 아무리 클럽이 처음이라도 이름을 바꾸지 않는 인공 지능은 본 적이 없어."

그들은 자유로운 게 아니라 헤매고 있다는 지니의 말이 떠올랐다. 그렇다면, 피트는 왜 피트라는 이름으로 남았는가. 어렴풋이 떠올랐던 추측에 살이 붙으며 윤곽이 드러나기 시작했다. 그리고 피트가 남아서 무엇을 찾고 있는지도 조금 짐작이 갔다. 이 핫팬츠를 입은 인공 지능이 어떤 정보를 주느냐에 따라 피트를 만나게 될 수도 있을 것 같았다.

홀로그램 모니터에 검색이 완료됐다는 창이 떴다. 인공 지능의 이름은 웬디였다. 나는 남은 위스키를 마시고 말했다.

"고마워. 일 끝나고 한번 술이나 마시자고."

티토는 앉은 채로 내게 짧게 손 인사를 했다.

"그래, 돈 많이 벌고."

방문을 열자 시끄러운 음악 소리가 온통 몸을 뒤덮었다. 쿵쿵거리는 박자가 심장 대신 고동치고 있는 느낌이었다. 나는 정신없이 춤추고 있는 인공 지능 사이를 비집고 계단을 올라갔다. 바깥으로 나오니 습하고 퀴퀴한 뒷골목의 냄새가 물씬 풍겼다. 아직도 클럽 입구에는 인공 지능들이 줄지어 있었다. 나는 그들을 뒤로 하고 뒷골목을 빠져나왔다. 퀴퀴한 냄새도 점점 옅어져 갔다.

웬디는 도심과 슬럼의 중간 위치인 거주 구역에 살고 있었다. 거주 구역은 정부에서 인공 지능과 인간을 위해 추첨에 당첨된 인간과 인공 지능에 무상으로 대여하는 아파트 단지가 자리한 곳이었다. 웬디도 임대 아파트에 살고 있었다. 나는 웬디의 집 문 앞에서 문을 다섯 번 두드렸다. 웬디가 해결사에 대해 조금이라도 알고 있다면, 벨을 누르지 않고 문을 다섯 번 두드린 데에서 내가 해결사임을 눈치챘을 것이다. 몇 분 동안 문 안쪽에선 아무 소리도 들리지 않았다. 나는 다시 문을 두드렸다. 그러자 문 안쪽에서 잠금장치를 푸는 소리가 들리고 곧 문이 열렸다. 손가락 두 마디 정도의 틈새를 두고 나와 웬디는 서로를 바라보았다. 내가 먼저 입을 열었다.

"웬디 씨 맞으시죠?"

"…네. 무슨 일이죠."

"피트라는 인공 지능 알고 계시죠? 그 얘기 좀 나누려고 왔습니다."

"…어디 있는지 몰라요."

"어디 있는지 물어보려고 온 게 아닙니다. 본론부터 말하자면, 피트 씨는 지금 십억 빚을 진

채로 도주한 상태입니다. 저는 피트 씨를 쫓고 있는 해결사고요. 피트 씨에 관한 정보를 모으는 중입니다."

웬디는 고개를 숙이고 잠깐 생각하더니 문을 열어젖혔다.

"그 애가 그랬다고 하니 뭔가 납득이 가네요. 들어오세요."

집 내부는 임대 아파트의 기본 구조에서 전혀 바뀌지 않은 상태였다. 현관 오른쪽으로 방 두 개가 연달아 있고, 왼편은 거실과 부엌이 자리했다. 거실 중앙에는 가죽 재킷이나 두꺼운 벨벳 부츠 등이 소파 위에 널브러져 있었고, 그 옆으로 작고 투명한 강화 플라스틱 식탁이 놓여 있었다. 식탁 뒤쪽에는 작은 인덕션과 아일랜드 식탁으로 이루어진 부엌이 있었다. 가구가 없어서 거실은 지나치게 휑해 보였다. 웬디는 인덕션에 철제 찻주전자를 올리며 말했다.

"식탁에 앉으세요. 차 드실래요?"

"아뇨, 괜찮습니다."

식탁에 앉아 위치의 녹화 기능을 켰다. 조금 기다리자 물 끓는 소리가 났고, 웬디는 하얀 찻잔 두 개를 가져와 내 앞에 한 잔, 자기 앞에 한 잔 두었다.

"향이 좋은 차예요."

나는 찻잔에 손대지 않았다. 차를 한 모금 마신 뒤 웬디는 입을 열었다.

"저한테서 무슨 정보를 원하는데요?"

"피트 씨에 관한 정보라면 사소한 거라도 전부 다 필요합니다. 피트 씨와의 관계는 어떻게 됩니까?"

"음… 지금은 남인데. 예전에는 연인이었죠."

"사귀기 시작한 건 클럽에서 만나고 난 뒤부터였습니까?"

웬디는 작게 웃었다.

"그랬었지. 네, 그때 만나서 사귀기 시작했어요."

"사귀었던 기간은?"

"두 달 조금 안 될걸요."

"사귀던 기간에 관한 얘기를 좀 더 자세히 해줄 수 있습니까?"

웬디는 고개를 살짝 기울이며 기억을 되새기는 듯했다. 그리고 얼마 지나지 않아 입을 열었다.

"재밌는 애였어요. 웃긴 얘기를 잘해서 재밌다기보다는, 신기해서 재밌는 그런 애였죠. 클럽에서 처음 만났을 때도 자기 혼자 세상 고민을 다 뒤집어쓴 것처럼 더러운 후드티 모자를 푹 눌러쓰고 몇 시간이나 바에 앉아서 술만 마시고 있더라고요. 어떻게 저 차림으로 기도한테 안 걸리고 들어왔는지 궁금해서 말을 걸었죠. 그러니까 취한 발음으로 당황해하면서 두서없이 말하는데, 그냥 그 모습이 웃기더라고요. 살면서 만났던 인공 지능 중에 제일 특이했어요. 그래서 우리 집으로 가자고 했죠. 그러니까 허둥대면서 자기는 그런 거 하러 온 게 아니라고 하더라고요. 나는 뭐 그런 거에 미쳐서 왔다는 건가 싶어

오토마티즘

서 기분이 조금 나쁘긴 했지만 '그런' 걸 생각하지 않고 매칭 클럽에 오는 인공 지능이 없다는 건 사실이어서 더 흥미가 동했어요. 그래서 그냥 그런 거 안 하고 조용하게 얘기나 하자고 했죠. 바에서 술 좀 더 마시면서 대화를 했어요. 그 뒤는 기억이 없는데 제집에 저랑 그 애랑 같이 맨몸으로 누워 있더라고요. 그다음이 진짜 웃기는데, 걔는 연인이랑만 하기로 마음먹고 있었다고 깨자마자 충격에 빠진 거예요. 연인이랑만 섹스하기로 다짐한 인공 지능, 진짜 웃기지 않아요? 그거 듣고 진짜 오 분은 웃은 거 같아요. 계속 웃고만 있으니까 걔가 삐져서는 간다는 거예요. 저는 진짜 그 애랑 더 있고 싶었어요. 너무 재밌었거든요. 그래서 가려는 피트를 붙잡고 말했죠. 그러면 사귀면 되는 거 아니냐고. 난 좋았는데 넌 아니었냐고. 사실은 기억도 안 났지만, 그 말을 듣자마자 걔가 또 허둥대는 거예요. 그런 게 아니었다느니, 생각해 보겠다느니⋯. 그러고 이틀 뒤에 집 앞에 와서 자기도 좋았다고, 사귀자고 말해 줘서 고맙다고 하더라고요."

거기까지 말하고 웬디는 차를 다시 한 모금 마셨다. 웬디의 입가에는 잔잔한 미소가 계속해서 머물러 있었다.

"아, 근데 좋은 시절은 거기까지가 끝이에요. 그 뒤로는 서로 다르다는 것만 매번 확인할 뿐이었어요. 특이해서 재밌는 건 연인일 때에는 그다지 좋지 않은 특징이더라고요. 걔는 사귀기로 하자마자 우리 집에 들어와서 살았어요. 그때부터 걔가 글을 쓴다는 걸 알았죠. 우리 집에 들어온 것도 자기가 살던 방세를 빼서 글 쓸 돈을 마련하기 위해서였어요. 걔는 항상 손으로 글을 썼거든요.

느리고, 부정확한 방식으로. 나무로 만든 깨끗한 종이 펄프는 법적인 허가증도 필요하고, 너무 돈이 많이 들어서 늘 갈아 낸 폐기물을 펄프로 쓴 거무튀튀한 종이를 썼어요. 그 빽빽한 종이를 박스에 쌓아 두면서, 그 애는 그걸 자랑스러워했어요. 자신의 흔적을 만질 수 있는 형태로 남긴다는 것에 대해서.

그 애는 일주일 동안 일하고 모은 돈으로 다음 일주일 동안 글을 썼어요. 주로 하던 건 고층 빌딩 청소였죠. 청소용 곤돌라를 아까워하는 건물주들이 상대적으로 싼값에 인공 지능을 작은 줄에 매달아 청소시키는 업무였어요. 인공 지능은 빌딩에서 떨어져 몸이 박살 나도 칩만 무사하면 되니까. 그렇게 일반적인 일보다 돈을 조금 더 벌 수 있는 업무를 일주일 동안 해서 돈을 벌고 모은 돈으로 집에 박혀서 글만 쓰는 생활을 반복하는 걸 봤어요.

처음에는 그런 모습이 재밌었고, 술만 마시면 자기는 베스트셀러 작가가 되겠다고 얘기하는 게 웃겼지만 그게 그 애한테는 웃긴 일이 아니었어요. 그래서 점점 싸움이 잦아졌죠. 그 애가 제게 가장 실망하던 때는 자기 소설을 장난으로 대할 때였어요. 그 애는 소설을 다 쓰면 항상 저에게 읽어 보라고 했었거든요. 그리고 집요하게 질문했어요. 무엇을 얘기하려고 한 것 같으냐, 이 캐릭터의 행동이 이해되느냐 등등. 저는 아무런 관심도 없었고 그런 질문을 받을 때마다 농담으로 넘기곤 했어요. 그러면 그 애는 화를 내기도, 아무 말 없이 문을 닫고 방에 들어가기도 했어요. 어느 날 밤에는 술을 진탕 마시고 제게 와서는 소설을 읽어 달라고 했어요. 그때쯤에는 저도 그 애가 답답했어요. 그 애를 통해 제가 자꾸 심각해지는 게 싫었어요. 그래서 물었죠. 너 정말로 소설가가 되려는 거냐고. 그게 될 거 같냐고. 그러니까 그 애는 저를 빤히 바라보다가 이렇게 말했어요. 좋은 소설은 읽는 사람에게 씨앗을 심어 준다고. 자기가 죽어도 씨앗을 가진 사람은 나무를 키워 낼 거고, 또 씨앗을 뿌릴 거라고. 저는 인공 지능은 조용히 살면 죽을 일도 없는데 왜 죽고 난 다음을 생각하냐고 화냈죠. 더는 들어 주기 싫다고, 기업이 너를 고용하지 않는 순간 이미 너의 잠재력은 보잘것없다는 게 증명된 거라고. C급 인공 지능이 쓴 소설이 잘될 현실은 존재하지 않고, 차라리 돈을 벌어서 A급 신체를 사는 게 더 빠를 거라고 말하니까 그 애는 아무 말 없이 저를 쳐다보기만 했어요. 저는 제가 심한 말을 했다는 걸 금방 깨달았지만 사과하기는 싫었어요. 그래서 당장 짐 싸서 내 집에서 나가라고 말했고, 그게 끝이에요."

얘기를 마치고 웬디는 남은 차를 마저 마셨다. 차 찌꺼기가 바닥에 붙어 지저분한 모양을 그려냈다. 나는 식은 찻잔을 들어 한 입에 털어 마시고는 자리에서 일어났다.

"중요한 단서가 될 거 같네요. 이 정도면 충분합니다."

"도움이 됐다니 다행이네요."

웬디도 같이 자리에서 일어나며 자신의 왼쪽 손목 안

쪽을 내게 내밀었다. 팔 안에 내장된 스캐너의 유리 디스플레이가 보였다.

"성의는 그쪽에서 도움된 만큼 주실 거라 믿을게요."

나는 평소 정보 제공자에게 주는 비용의 두 배가 넘는 돈을 웬디의 계좌로 이체했다. 웬디도 자신의 계좌를 확인해 보고는 놀라며 내게 말했다.

"도움이 굉장히 많이 됐나 보네요. 아니면 원래 통이 크신가? 다음번에도 궁금한 게 생겼으면 좋겠네."

오토마티즘

아파트 단지에서 나오면서 나는 곧장 지니에게 전화를 걸었다.

"지니, 지금 당장 계약서랑 출판사에서 가져왔던 칩들 뒤져서 공장 주소 찾아봐."

"공장 주소요?"

"응, 출판사에 치우지 않은 종이책이 있었거든. 단지 실물이 필요한 거였다면 법적인 허가까지 그림이 신경 쓰면서 했을 리 없잖아. 분명 그 책을 불법으로 인쇄한 공장도 따로 구해 놨을 거야. 지금 바로 출판사로 갈 거야. 십오 분 정도 걸려. 도착하기 전까지 가능하지?"

"...일단 해 볼게요."

"아, 그리고 주소 알아내고 나면 출판사에서 구해 온 칩 하나에 티 안 나게 공장 주소 덧씌워서 칩 홀더 전부 퀵으로 출판사에 보내."

전화기 너머로 한숨 소리가 들렸다.

"알겠어요."

피트가 아직 이 도시를 떠나지 않은 이유는 결국 한 권의 종이책 때문이라는 확신이 들었다. 웬디에게서 들었던 소설가로서의 피트에 관한 정보가 결정적이었다. 피트가 그토록 불합리한 계약서에 서명한 이유는 그가 계약서의 불합리함이나 사기의 가능성을 몰라서 그런 게 아니다. 그저 그에게 가장 중요한 것이 자신의 책을 세상에 알리는 것이었기 때문이다. 아마 종이책 출판도 피트 본인이 요구했거나 아니면 희망하던 부분이었을 것이다. 종이책 인쇄는 유령 출판사에는 지나치게 번거로운 일이다. 그림은 이유도 모른 채 그를 만족시키기 위해 종이책을 사무실에 가져다 놓은 거겠지. 불법이기 때문에 표면적으로는 계약서에 기재하지 않은 것일 테고. 하지만 피트는 분명 선 인쇄된 종이책이 공장에 있다는 사실을 알고 있을 것이다. 혹은 아직 인쇄되지 않았더라도 자신이 공장을 잠깐이라도 가동하면 된다고 생각하고 있을 수도 있다. 자신의 책이 세상에 나올 일은 이제 없다. 빚쟁이로 전락해 다른 도시를 전전하며 산다면 앞으로 소설가가 될 방법도 없을 것이다. 그렇다면 피트에게 자신을 증명할 증거는 출판될 뻔한 종이책밖에 없다.

그렇다면 내가 먼저 공장에 도착하면 피트를 잡을 수 있다는 뜻이 된다. 하지만 두 가지, 피트가 아직 공장의 주소를 찾지 못해야 했고, 아직 유령 출판사 사무실에도 찾아와서는 안 됐다. 이제부터는 타이밍 문제였다. 출판사를 이미 들렀다면 함정을 파 둘 길목은 더 없다. 이 추적이 더 길어지기 전에 결판을 지어야 했다. 나는 두 손을 마주 쥐었다.

출판사 건물에 도착하자마자 경비실로 달려가 CCTV를 확인했다. 다행히 내가 처음 다녀간 이후 아무도 사무실에 온 적이 없었다. 나는 경비원에게 돈을 주며 그 층의 모든 CCTV 채널 기록을 지우고 앞으로 일주일 동안 CCTV를 꺼 두라고 얘기해 두었다. 혹시 누가 찾아와서 CCTV 기록을 확인하려고 하면 층 전체 채널이 고장 났다고 얘기해 달라는 말까지 덧붙였다. 타이밍은 아슬하게 맞출 수 있었다. 나는 안도하며 사무실로 올라갔다. 그때 지니에게 전화가 왔다.

"3분 내로 배달용 드론이 도착한다고 하네요. 공장 위치는 메일로 보내 놨어요."

"오케이, 고마워."

사무실은 처음 왔을 때와 마찬가지로 여전히 난장판이었다. 나는 조심히 책상 서랍을 열어 칩 홀더를 원래 자리에 놔두었다. 이제 해야 할 일은 함정에 걸려들기만을 기다리는 것뿐이다. 나는 지니가 보내 준 공장 지도를 홀로그램으로 띄웠다. 폐공장이 모여 있는 외곽 지역이었다.

인공 지능 자아 탄생 이전에 지어진 공장 특유의 낮은 철제 지붕 위로 진한 주홍빛 노을이 지고 있었다. 비슷하게 생긴 몇 동의 폐공장 단지를 지나자 주소에 나온 공장이 나타났다. 건물 외벽에 칠한 흰색 페인트가 거의 벗겨져 회색 속살이 드러난 공장이었다. 문은 잠겨 있지 않았다. 안으로 들어가자 긴 컨베이어 벨트를 따라 커다란 롤러가 부착된 기계나 제품을 자르는 기계 등이 제일 먼저 보였다. 대부분이 복잡한 프로그램이 필요하지 않은, 과거 시대의 기계였다. 그러나 기계는 그마저도 녹슬고 그나마 값비싼 부품은 모두 뜯어 간 탓에 잔인해 보일 정도로 앙상했다. 곳곳에 철골들과 플라스틱 상자가 쌓여 있어서, 안쪽으로 들어갈수록 상자와 철골로 이루어진 미로를 지나는 느낌이 들었다. 종이책을 인쇄하는 기계는 공장 제일 안쪽에서 먼지에 덮여 있었다. 커다란 롤러 뒤로 먼지 쌓인 하얀 종이가 걸려 있었다. 기존의 망가진 기계를 인쇄용으로 개조한 듯했다. 찍어 낸 책들은 인쇄용 기계 옆 상자 하나에 전부 담겨 있었다. 상자는 반도 채워지지 않은 상태였다. 상자의 가장 위, 베이지색 커버로 덮인 소설책에 피트라는 이름이 적혀 있었다. 피트라는 작가 이름으로 찍힌 책은 두 권밖에 없었다. 나는 두 권을 챙겨 자리를 떴다. 숨을 곳을 찾아야 했다. 미로 같은 구조가 이럴 때는 도움이 됐다. 나는 인쇄용 기계를 틈새로 확인할 수 있는 철골 더미 뒤쪽에 숨었다. 이제 남은 건 피트가 오기만을 기다리는 것이다.

공장에서 숙식을 해결한 지 삼 일째 밤이었다. 지니가 드론으로 보낸 초코바를 씹으면서 철골 더미 뒤에서 하염없이 시간을 기다리는 작업은, 지루했다. 공장에는 창문도 없었다. 시간이 어떻게 흐르는지 짐작할 방법은 시계에 나타나는 숫자뿐이었다. 시간 감각이 늘어지고 늘어져 멈춘 듯한 느낌이었다. 그래도 오늘은 저녁부터 비가 내려서 그나마 덜 심심했다. 철 지붕을 한꺼번에 때리는 빗소리는 균일하게 공장 내부에 울렸다. 습기를 머금은 먼지 냄새도 새로웠다.

나는 철골 더미에 등을 기대고 앉아서 불안을 애서 떨쳐 내고 있었다. 삼 일이라는 시간을 잘못된 추측 때문에 날려 버린 건 아닌지에 대한 의문이 계속해서 나를 괴롭혔다. 나는 소설가로서의 피트를 믿는 수밖에 없었다. 그가 보고 있는 현실이 더 허구적이기를 바라야 했다. 그리고 지금만큼은 내가 피트라는 캐릭터를 그의 의도에 맞게 읽어 낸 독자여야만 했다. 내가 읽은 피트라는 캐릭터는 분명히 이곳에 올 것이다. 그는 한 권의 종이책을 구하기 위해 위험을 기꺼이 감수할 존재다. 공장 내부에 천둥소리가 울렸다.

물에 젖은 발소리에 잠에서 깼다. 흠칫 놀라 나도 모르게 소리를 낼 뻔했다. 물에 젖은 신발 소리가 점점 이쪽으로 가까워져 오고 있었다. 나는 소리가 나지 않도록 아주 조심히 몸을 돌려 철골 틈새로 상황을 살폈다. 너무 어두워 아무것도 보이지 않았다. 나는 귀에 모든 신경을

오토마티즘

집중한 채로 주머니에서 렌즈를 꺼냈다. 발소리는 느리고 조심스럽지만 확실하게 커졌다. 렌즈를 끼니 캄캄했던 시야가 흑백으로 분간되었다. 트인 시야로 확인해 보니 인쇄용 기계 뒤편으로 어떤 형체가 움직이고 있었다. 나는 긴장되기보다도 고마웠다. 하지만 그를 마주쳤다는 건 이제 소설가로서의 피트는 필요 없다는 뜻이었다. 이제는 이전의 어떤 이해와 상관없이 채무자로 대하면 될 일이었다. 피트는 기계를 만져 보기도 하면서 이리저리 둘러보았다. 그리고 상자를 발견하고는 상자 안의 책들을 하나씩 꺼내어 확인했다. 상자에 책이 없다는 걸 확인하면 그는 분명 기계를 작동시킬 방법을 찾을 것이다. 내가 나타날 타이밍은 그때였다. 피트는 여전히 청바지와 후드티를 입고 있었다. 다만 지금은 옷이 비에 젖어 물이 떨어지고 있을 따름이었다. 얼마 안 가 상자 안의 모든 책을 밖으로 꺼낸 그는 일어서서 기계의 네트워크 패널 부분으로 다가갔다. 기계를 작동시킬 방법을 찾는 듯했다. 나는 확보한 책 두 권 중 한 권은 철골 더미 뒤에 놔두고 나머지 한 권을 손에 쥐었다. 나는 철골 더미 옆으로 조심히 움직였다. 그리고 피트가 충분히 정신이 팔린 것을 확인하고 몸을 일으키며 말했다. 오른손에는 그의 소설책을 든 채로.

"이거 찾고 있지?"

패널에 시선이 쏠려 있던 피트는 깜짝 놀라며 몸을 돌려 도망치려 했다. 하지만 내 손에 들린 책을 보고 도망가려던 몸을 멈추고 나를 훑었다. 나는 남은 한 권이 있다는 사실을 들키지 않기 위해 철골 더미 앞으로 나서며 말했다.

"선 인쇄된 종이책은 이게 전부야. 안 올 줄 알고 심장 졸였다, 자식아."

나는 뒷주머니에 넣어 둔 전기 충격기에 손을 가져다 댔다. 도망가려거나 달려들면 회유책 없이 바로 기절시킬 생각이었다. 그러나 내가 뒷주머니에 손을 가져다 대는 것을 본 피트가 말했다.

"기절시키거나 어딜 부숴서 끌고 갈 생각은 안 하는 게 좋아요. 저도 아무 보험 없이 여기 온 건 아니거든요. 제 몸에 필요 이상의 전류를 주면 칩에 부착해 둔 폭탄이 터질 거예요. 칩 없이 고철 덩어리만 가져가고 싶진 않겠죠?"

오토마티즘

나는 손을 다시 앞으로 가져오면서 말했다.

"…알겠어. 일단 진정하고, 서로에게 좋은 방법이 분명히 있어. 차분히 얘기부터 해 보자."

"그런 방법이 있나요? 잡혀가면 게임 끝. 이거밖에 없잖아요."

"네가 죽는 게 게임 끝이지. 살아 있으면 어떻게든 빚은 갚는다. 너 이 종이책 하나 들고 도망가서 뭐 할 거야. 겨우 종이책 하나가 네가 원하는 게 아니잖아."

피트가 웃으며 말했다.

"제가 원하는 거요? 제가 원하는 게 뭔데요? 당신 정말 일수꾼 맞아요?"

가장 좋은 방법은 빚을 갚기만 하면 문제가

깔끔하게 해결된다는 환상을 심어 주는 것이다. 도망가거나 싸우지 않고 채무자가 온순하게 자신의 목을 내어 줄 수 있으려면, 우선 자극해야 하는 곳은 미래에 대한 갈망이다. 빚을 다 갚고 도망 다니지 않는 미래, 희망찬 미래를 그려 줘야 한다. 여기서는 그의 심중을 이해하고 진심으로 도움을 주려 한다는 신뢰를 쌓는 게 필요하다. 말 한마디, 단어 하나를 잘못 고르기만 해도 신뢰는 모래성처럼 무너질 수 있다. 지금부터 나는 누구보다도 깊게 피트라는 자아를 읽어 내야만 한다. 알아낸 정보 사이의 문맥까지도.

"…네 글이 사람들에게 읽히길 바라잖아."

피트는 살짝 놀란 표정을 지었다. 나는 한마디 더 덧붙였다.

"나는 여기 너랑 죽기 위해 온 게 아냐. 너도, 나도 살기 위해 온 거지."

피트는 미간을 살짝 찌푸리며 생각에 잠긴 듯했다. 좋은 방향으로 흐르고 있었다. 이윽고 피트가 입을 열었다.

"여기는 어떻게 알고 온 거예요? 제가 이곳에 올 줄 어떻게 알고?"

나는 조금 뜸 들이다 어쩔 수 없다는 듯 말했다.

"너랑 슬럼에서 마주쳤을 때 알았지. 네가 아직 이 도시를 떠나지 못할 이유가 있다는 걸. 그 이유를 찾으면 너랑 다시 만날 수 있겠다고 생각했고. 그러던 와중에 네가 작가로서 출판사와 계약한 계약서를 봤지. 소설가가 되고 싶어 하는 C급 인공 지능. 이보다 확실한 흔적이 어딨겠어."

나는 피트를 더욱 안심시키기 위해 옆에 놓인 플라스틱 상자에 앉았다. 피트는 여전히 가만히 서서 내 얘기에 집중하고 있었다.

"조사를 마치고 나니, 너는 절대로 계약서의 불합리함을 모르고 있지 않았다는 결론이 나왔어. 그런데도 네가 계약한 이유는 단지 법적 허가가 필요했기 때문에. 즉, 책을 내고 사람들에게 네 소설이 읽히길 바라는 맘이 무엇보다 큰 목적이었으니까. 넌 네 이름이 인쇄된 종이책 한 권을 네 방에 간직하는 게 목적이 아니야. 너는 사람들이 네 글을 읽음으로써 너라는 존재를 새기길 바랐던 거야. 하지만 출판은 무산됐고, 이제 너는 네 흔적을 이 종이책에서밖에 구할 수 없었던 것뿐이지."

오토마티즘

피트는 아무 말이 없었다. 그저 그 자리에 서서 고개를 숙이고 생각에 잠겨 있었다. 나는 기다렸다. 그에게 내가 보일 수 있는 신뢰는 모두 보였다. 여기서 잘못된다면, 강제적으로 제압하는 방법을 생각할 수밖에 없었다. 나는 전기 충격을 가하지 않고 어떻게 제압할 수 있을지 계속해서 생각했다. 마침내 피트가 입을 열었다.

"…놀랍네요. 지금까지 만났던 어떤 인공 지능보다도 저를 잘 알고 있다는 점이. 이해받을 수 있을 거라는 기대를 접은 지 오래였는데."

피트는 주머니에 손을 집어넣고는 이렇게 말했다.

"오히려 다행이라는 생각이 드네요. 여기 오기까지 많은 고민이 있었는데, 개운해졌어요."

거의 다 왔다는 생각이 들었다. 그러면서도 다른 한 편으로는 폭탄을 정지할 스위치가 주머니에 있다면 뺏을 수 있을까 하는 차선책도 고려하고 있었다.

"계약서에 서명하면서 사실, 반쯤은 알고 있었어요. 하지만 믿었죠. C급인 제가 소설가가 되기 위해서는 믿을 수밖에 없으니까. 어쩌면 불안한 미래를 계속 끌어안는 게 두려워서 도망친 것 아니었나 싶기도 해요. 그래서 제가 사기당한 거라는 사실을 알았을 때도 담담했어요. 그리고 그때 깨달았죠. 내가 희망을 품길 원하는 존재는 사기꾼밖에 없다는 사실을 말이에요. 당신은 다른 사람일까요? 저는 당신을 다시 한번 믿어야 할까요?"

나는 대답하지 못했다. 어떤 단어를 골라야 할지 몰랐다. 피트는 엷게 웃더니 말했다.

"인공 지능한테는 자연사가 없다는 거 알고 계세요? 인공 지능은 자살인지 자살 아닌지만 고를 수 있어요. 믿음의 결과를 다시 지켜보는 건 너무 괴로워요. 그래도 당신이 날 이해해 준 건 사실이니까, 당신을 믿은 채로 끝내고 싶어요. 제 책 버리지 말아 주세요."

이상함을 느낀 나는 피트가 마지막 말을 마치기 전에 피트를 막기 위해 자리에서 뛰쳐나갔지만, 그보다 빨리 피트가 주머니에서 전기 충격기를 꺼내 자신의 목에 갖다 댔다. 전기 충격음과 함께 피트의 눈이 명멸했다. 그리고 가슴 중앙에서 파열음과 함께 작은 빛이 났다. 피트는 앞으로 고꾸라졌다.

오토마티즘

　나는 고꾸라지는 피트의 몸을 붙잡았다. 그의 젖은 후드티에 아직 전류가 남아 손이 따끔하며 굳었다. 하지만 그걸 신경 쓸 새가 아니었다. 나는 뻑뻑한 손으로 그의 기계 몸이 드러나도록 후드티를 벗겼다. 작은 폭발이 일어난 가슴 중앙부에서 검은 연기가 조금씩 피어 나왔다. 나는 겉옷 안주머니에서 작은 맥가이버칼을 꺼내 가슴 접합부의 이음매를 풀었다. 가슴을 덮고 있던 작은 철판을 들어내자 아까보다 많은 연기가 올라왔다. 나는 연기를 입으로 불어 가며 가슴의 칩 고정판을 뜯어냈다. 그리고 칩 고정판에 비상용 소화 분말을 전부 뿌렸다. 연기가 잦아들고, 나는 착잡한 마음으로 칩 고정판에 꽂힌 칩의 상태를 확인했다. 그러나 걱정과는 다르게 칩은 살짝 그을렸을 뿐 아무런 이상이 없었다. 칩 상부에는 부착형 소형 C4가 점처럼 붙어 있었고, C4로 이어지는 실 같은 기폭 장치 연결부가 중간이 타서 끊어진 상태였다. 방금 후드티를 손으로 잡았을 때 느꼈던 전류가 기폭 스위치의 누전을 불러일으켜 연결부를 태우기만 하고 끝난 듯했다. 그 사실을 깨달은 난 파도처럼 밀려오는 안도감에 바닥에 엎어졌다.

　"…죽는 것도 하나 못 하네."

　나는 아직 폭탄이 붙어 있는 칩을 바라보았다. 많은 생각이 머릿속을 어지럽혔다. 그 녀석이 개운하게 떨쳐 낸 고민이 내게로 옮겨 온 느낌이었다. 빗소리가 막막하게 들려왔다.

'본 열차는 사고로 인하여 운행이 지연됨을 알려 드립니다. 이용에 불편을 끼쳐 죄송합니다.'

전광판에 운행 지연 알림이 뜨자 사람들은 숙였던 고개를 들고 웅성거렸다. 몇몇 사람들은 탄식을 내뱉고는 줄에서 빠져나와 계단을 올라갔다. 열차 알림 시스템에 접속해 지연 시간을 확인해 보니 삼십 분은 족히 걸린다고 나와 있었다. 사고 원인은 충돌 사고라고만 쓰여 있었다. 나는 할 수 없이 지하철 계단을 올라가 역사 밖으로 나왔다. 조금 돌아가는 길이지만 사무실 앞 빌딩에서 내리는 트램이 있었다.

트램에는 사람이 가득 들어차 있었다. 나는 짐처럼 창가 쪽으로 밀려 들어갔다. 그래도 지하철에서 맨날 보던 광고가 아니라 바깥 풍경을 보는 것도 나쁘지 않았다. 빌딩 사이로 보이는 하늘은 구름 없이 맑았다. 시청 앞에는 인공 지능들이 기계 신체제 반대 시위를 벌이고 있었다. 트램에서도 사람들은 자기 동공 앞에서 펼쳐지는 영상에만 집중하고 있었다. 나는 사람들의 팔을 피해 가며 서류 가방에서 힘겹게 책 한 권을 꺼냈다. 피트의 소설이었다. 나는 책의 첫 장을 펼쳤다. 까슬한 종이의 감각이 사뭇 어색했다. 목차 앞에는 '웬디에게'라는 헌사가 적혀 있었다. 나는 피식 웃었다. 얼마 지나지 않아 내려야 할 정류장이라는 알림 방송이 나왔다. 나는 몇 장 읽지 않은 책을 덮어 서류 가방에 집어 넣었다.

"오늘도 미친놈 때문에 늦으신 거죠?"

문을 열고 들어가자 지니가 내 쪽을 쳐다보지도 않고 말했다.

"오늘은 진짜야. 지하철 운행이 지연돼서 트램 타고 왔다니까."

"네, 알겠어요. 그림 사장이 전화 달라고 하셨어요."

"…알았어."

나는 서류 가방에서 피트의 책 두 권을 꺼내 책상 서랍에 넣었다. 나는 그림 사장에게 전화를 걸려다가 지니를 잠시 바라보았다.

"왜요."

지니가 물었다. 여전히 시선은 모니터를 향한 채였다.

"…너는 왜 나랑 같이 일해?"

지니가 손가락을 멈추고 나를 바라보며 답했다.

"다른 곳보다 돈 많이 주니까요. 실없는 소리 하지 말고 일이나 하세요."

지니의 대답에 웃음이 났다.

"그래, 일해야지."

그림에게 전화를 걸었다. 통화음이 울리고, 이윽고 그림의 목소리가 들렸다.

과학 스토리 단편선
우수상

814만의 1

양진

중학교를 자퇴하고 여러 가지를 했다. 글을 쓰거나 잡문을 쓴다.

"난이도 2짜리가 제일 낮은 거 같은데. 2로 갈까?"

"너랑 내가 누구냐. 대한민국의 지성 아니냐. 그런데 대한민국의 지성이 2를? 고작?"

"학점도 2점대면서 대한민국의 지성 좋아하네…. 야, 그래. 제일 어려운 거 하자."

방탈출 카페는 예정에 없던 장소였다. 단골 노래방이 문을 닫으면서 갈 곳이 마땅치 않게 되었다. 난이도 5짜리 특급방(정말로 이름이 이랬다)도 예정에는 없었다. 제일 쉬운 걸 고르려던 순간 나윤이 이의를 제기했다. 대한민국의 지성이라는 수식이 이공계 학부생에게는 과분하다는 걸 알고 있었지만 크게 틀린 말도 아니다 싶었다. 무엇보다도 자신들은 수능이라는 험난한 산을 넘어온 역전의 용사가 아닌가.

하지만 첫 번째 문제를 확인하자마자 희태와 나윤은

그 선택이 섣부른 만용이었음을 깨달았다. 무엇보다도 방탈출 카페는 둘 다 처음이었다….

너덜너덜해진 코팅지를 빤히 바라보던 나윤이 툭 내뱉었다.

"이거 어떻게 푸는 건데. 이거 뭔데."

"좀 보자." 코팅지를 뺏어 든 희태의 표정이 괴상하게 일그러졌다. "뭔데?"

특별방의 컨셉은 사무실이었다. 한쪽 벽에 탁자가 붙어 있고 그 맞은편엔 은행의 판촉 달력이 걸린 사무실 말이다. 참가자들은 어떤 회사의 산업스파이인데, 어딘가에 숨겨져 있는 기밀 서류를 찾아내서 나와야 한다고 했다. 주어진 힌트로 첫 번째 자물쇠를 풀면 거기에는 다음 자물쇠를 푸는 퍼즐이 있다는 거였다.

문제가 있다면 그 퍼즐의 내용이 둘의 예상을 아득히 벗어나 있다는 점이었다.

$$1/2(1\ -4\ 2)$$
$$1/6(-1\ 9\ -18\ 6)$$
$$1/24(1\ -16\ 72\ -96\ 24)$$
$$1/120(-1\ +25\ -200\ +600\ -600\ +120)$$
$$\cdots$$

어떤 기계의 설계 도면. 검은 볼펜으로 적힌 숫자와 에르미트 연산자들. 그리고 가장 아래의, 복잡한 붉은색 수식까지. 수식 한가운데에는 커다란 물음표가 놓여 있었다. 이 물음표를 채우는 게 첫 번째 퀴즈의 요구 사항인 듯했다. 너무 막연한 나머지 정답이 0에서 9999 사이의 4자리 숫자라는 게 그나마 분명한 힌트처럼 느껴질 정도였다.

괄호로 묶인 숫자들을 뚫어져라 쳐다보던 희태는 이윽고 그게 라게르 다항식 수열에서 x항을 제거한 것이란 사실을 알아차렸다. 수리물리학 강의에서 배운 적이 있었다. 그걸 알고 나자 붉은색 수식도 이해가 갔다. 세 개의 1차원 조화진동자 문제였다.

"방탈출 카페가… 원래 이렇게 어려운 거였어?"

희태는 멍하니 중얼거렸다. 나윤은 방을 돌아다니며 다른 힌트를 살피던 중이었다.

"그런가 보지."

"이걸 풀면서 데이트를 한다고?"

"난이도가 5라잖아."

"이거, 조화진동자 문제야. 이걸 직교좌표가 아니라 구면좌표로 변수분리해서 규격화된 지름함수를 알아내야 하는 거지. 지금 필요한 숫자가 주양자수 n이랑 자기양자수 l,…"

"진지하게 하는 소리야?"

"진짜. 내 수리물리학 학점 걸고."

희태는 수리물리학에서 C+를 받았다. 기말고사 전날에 당구 치고 술 먹다가 그만 뻗고 말았던 것이다. 하지만 중간고사는 96점을 맞았으므로 그는 자신의 학점이 실제로는 A+이며 그만큼의 가치가 있다고 믿었다. 희태는 이런 종류의 정신적 A+를 수없이 많이 가지고 있었다. 그러니까 한 학기에 강의 세 개쯤은 모종의 사정으로 C+를 받았다는 소리였다.

나윤은 그가 수능에서만큼은 모두 1등급을 찍었다는 게 기적이라고 생각했지만 그게 이상한 성적이 아니라는 사실 역시 알고 있었다. 어쨌건 희태는 머리 회전이 썩 빠른 사람이었다. 그녀는 수긍한 다음 벽면의 달력에서 두 개의 양자수를 발견했다. 여러 번의 모듈러 연산과 이진 시프트 연산을 거친 뒤였다.

"달력 칸에 숫자가 적혀 있는 칸이 있잖아. 이걸 5자릿수 이진 비트로 치환한 다음 하위 3비트를 인덱스로 간주하면 상위 2비트가 태그가 되는 거야. 여기서 각각의 태그를 좌측 회전 시프트 하면, 그러니까 2의 보수에 맞춰서 한 비트씩 왼쪽으로 밀면…."

희태는 물리학과였고 나윤은 컴퓨터공학과였으며 서로의 영역에 대해서는 아는 바가 전혀 없었다. 구면좌표 변수분리 이야기를 했을 때 나윤의 기분이 이랬을까? 희태는 머리가 지끈거리는 것을 느끼며 말허리를 끊었다.

"답만 말하자."

"3이랑 2."

그렇게 희태와 나윤은 첫 번째 문제를 풀었다. 20분이 지난 뒤였다. 두 번째 책상 서랍을 열자 공학용 계산기와 바인더가 튀어나왔다. 둘은 그 순간 뭔가 잘못됐다는 걸 깨달았다.

아니, 진작부터 눈치는 채고 있었다. 그냥 의심이 확신으로 변했을 뿐이다. 방탈출 카페에서 공학용 계산기가 필요한 문제를 낼 이유가 없다고. 이건 데이트 코스가 아니라 친구들끼리 노는 용도로도 부적합하다고. 이공계 대학생들이라고 해서 방탈출 카페에서 시험공부를 하고 싶어 하진 않을 거라고. 비록 공학관 바로 옆에 후문이 있고, 후문으로 나와서 오 분을 걸으면 3층에 방탈출 카페가 들어선 4층짜리 건물이 나타날지라도….

"나윤아."

"어."

"이거… 우리가 할 게 아닌 거 같지?"

하지만 괜한 오기가 생겼다. 이게 이공계 학생들을 괴롭히기 위해 만든 고문실이건, 아니면 미쳐 버린 수학과 졸업생이 차린 방탈출 카페건 간에 그들은 5만 원을 냈다. 시간은 아직 한 시간 사십 분이나 남아 있었다. 그대로 포기하고 스타벅스나 가서 아메리카노를 홀짝이기에는 자존심이 상하는 것도 사실이었다. 무엇보다도 그들은 대한민국의 지성이 아닌가!

나윤은 희태를 빤히 바라보았고, 희태는 고개를 끄덕였다.

*

"끝까지 푼 사람이 우리뿐이라고 했잖아."

"그렇지."

"그러면 뭐, 인형이든 이어폰이든 간에, 뭐라도 줘야

하는 거 아니야? 고작 이게 다라고?"

그렇게 말한 나윤은 믿을 수 없다는 듯 손등을 내려다보았다. '참 잘했어요' 마크가 형광색으로 빛나고 있었다. 직원이 특별 상품이라며 찍어 준 것이었다. 순간 둘은 자신의 대학교 생활이 총체적으로 부정당하는 느낌에 사로잡혔다. 그 각고의 노력은 초등학교에서나 쓸 법한 도장 하나만큼의 가치밖에는 없었던 셈이다. 아무것도 받지 않았더라면 차라리 기분이 좋았을 터였다.

한숨을 내쉰 희태는 긍정적으로 생각하기로 마음먹었다. 복습이라고 치자. 두 시간에 걸쳐 공부한 것이다.

하지만, 나윤의 표정은 여전히 착잡해 보였다. 그제야 희태는 이 만남의 목적을 떠올렸다. 되는 일이 하나도 없다고 해서, 집에 아예 빨간 딱지가 붙을 판이라고 해서 기분이라도 풀어 줄 요량으로 불러낸 것이었다. 그런 맥락에서 보면 방탈출 카페는 완전히 잘못된 선택이었다. 희태 자신마저도 머리가 멍해졌으니까 말이다. 그는 주제를 돌릴 요량으로 휴대폰을 꺼내 시간을 확인했다. 금요일 아홉 시 사십칠 분이었다.

"지금 열 시다. 포차라도 갈래? 성욱이도 부르고 해서…."

"나 지금 걔 볼 기분 아니야."

"싸웠어?"

"아니, 그냥 내 문제야. 나 남이랑 안 싸우는 거 알잖아."

나윤은 그렇게 말하고는 주머니에서 전자담배를 꺼내 들었다. 나윤의 보폭에 맞추어 희뿌연 연무가 여러 갈래로 나뉘며 흐릿한 궤적을 남겼다. 희태는 나윤이 어디로 가는지도 모르면서 따라 걸었다. 나윤 자신도 알지 못하는 듯했다.

대로변을 떠나 골목으로 접어들면서 불이 꺼진 간판도 점차 늘어났다. 이윽고 사방이 너무 어두워져서 그림자마저도 알아볼 수 없을 지경이 되었다. 하늘에도 별이 없기는 마찬가지였다. 희태는 문득, 이 오래된 상가들 바로 뒤편에 화려한 대학로가 붙어 있다는 사실이 부조리한 퍼즐의 일부 같다는 생각을 떠올렸다. 나윤과, 성욱과, 그 자신으로 이루어진 퍼즐이었다.

나윤과 성욱이 말을 튼 건 고등학교 1학년 수학여행 이후였다. 참 잘 맞는 것처럼 보이다가도 완전히 다른 둘이었다. 그들 사이에서 희태는 단서를 발견하는 법에 익숙해졌다.

그러니까 이런 식이었다. 성욱은 나윤에게 휴학하고 여행을 한번 가 보는 게 어떻겠냐고 묻곤 했다. 나윤은 과외를 다섯 개씩 뛰느라 2점대의 성적표를 받았다. 그리고 기타 등등. 그런 모든 사실은 단서가 되어 하나의 결론을 가리키곤 했다. 성욱의 집에는 돈이 많았고 나윤은 아니었다. 그게 무슨 의미인지 모르는 건, 그런 차이를 알아차리지조차 못하는 건 그들 가운데에서 성욱이 유일한 것 같았다.

둘은 좀 더 걸었다. 이윽고 거리의 불빛이 발끝을 다시 노란색으로 물들이기 시작했다. 네모난 간판들이 한여름 낮을 잘라다 붙인 것처럼 밝았다. 12월인데도 그랬다. 이런 날씨에도 코트를 입고 다니는 사람들의 풋풋한 웃음소리가 여기저기서 솟아 나왔다. 그게 두터운 공기막을 뚫고 오는 것처럼 귓전에 웅웅 울렸다.

"이번 주 로또 사야 되는데." 나윤이 낮지만 또렷한 목소리로 중얼거렸다.

"차라리 그 돈으로 국밥을 사 먹어라. 당첨 확률이 얼마나 된다고."

"그냥 기분으로 하는 거지. 1등이 아니어도 되니까, 기분으로."

"1등이 아니어도?"

"이런 생각을 하는 거야. 반드시 1등은 아니어도 좋으니까, 확실히 당첨이 되면 좋겠다고. 그러니까 적어도 한 게임 정도는 꼭 5등이 됐으면, 하고."

"야, 그게 뭐냐. 누가 5등 하려고 로또를 사. 이왕 기분 낼 거면 1등을 빌겠다."

"어떻게 될지 모르는 게 싫어. 뭐라도 확실한 게 있으면 좋겠어."

복권과 확실이라는 단어가 같은 문장에 오를 수 있는 것인지 희태는 궁금해졌다. 그런 마음으로 매주 5천 원씩을 땅에 내버리는 게 말이 되는 일인지도. 하지만 나윤의 생각이 그렇다면 어쩔 수 없는 일이었다.

그녀는 휴대폰 대리점 바로 옆에 멈췄다. 오래된 슈퍼가 하나 있었다. 복방을 겸하는 곳이었다. 희태는 로또를 사는 나윤을 지켜보다가 자신도 한 장 사기로 마음먹었다. 희태 역시 로또에 별 의미가 없다는 사실을 알고 있었다. 단순히 계산하더라도 1등 확률은 814만분의 1에 불과했다. 1주일에 열두 명이 수십억 원씩을 거머쥔다고 쳐도, 지금껏 매주 복권을 사 왔지만 한 번도 당첨되지 못한 사람들의 목록은 그야말로 아득할 터였다.

하지만 단서와 공식으로 이루어진 세계를 잠시라도 떠날 수만 있다면, 무작위로 선정된 희망을 한 조각 품에 넣으면 착잡한 마음도 조금은 가라앉을 것 같았다. 자동으로 5게임을 긁은 희태는 자신의 번호를 나윤과 비교해 보았다. 무슨 우연인지는 몰라도 첫 번째 줄이 완전히 같았다. 5 - 13 - 18 - 29 - 32 - 45였다.

나윤은 조금 웃더니 포차에 가자고, 성욱은 부를 필요가 없으니 둘이면 된다고 했다. 희태도 웃었다.

*

그 주의 당첨 번호는 5 - 13 - 17 - 21 - 32 - 42였다. 번호 세 개가 들어맞았으니 5등이고 1/45의 확률을 뚫어낸 셈이었다. 나머지 줄은 모두 낙첨이었다. 당첨금을 바꾸기 위해 복방에 찾아간 희태는 5천 원보다는 1주일의 행복이 더 가치 있다는 나윤의 지론에 동의하게 되었다. 그는 로또 한 장을 로또 한 장으로 바꿔 든 다음 집으로 왔다. 다시 첫 번째 줄에서 5등이 나왔다.

그런 일이 몇 주 더 반복되자 희태는 뭔가 이상하다는 사실을 알아차렸다. 그는 우선 자동으로 한 장을 산 뒤 첫 번째 줄과 똑같은 번호로 5만 원어치를 더 샀고, 조마조마한 마음으로 동행복권 추첨 방송을 기다렸다.

"이번 주 번호는 1… 8… 12… 33… 42… 45입니다! 보너스 볼은 9! 축하드립니다!"

다시 5등이었다. 그는 주머니에 넣어 두었던 로또 용지 뭉치를 바닥에 펼쳤다. 다섯 게임 모두 1 - 5 - 22 - 23 - 42 - 45가 찍힌 종이가 열 장. 1, 42, 45가 당첨 번호니까 5등. 5등 당첨금 5천 원. 50게임. 도합 25만 원.

814만의 1

기쁨보다도 당혹감이 먼저 일었다. 이상했다. 운이라 치기에는 확률이 너무 낮았고 무슨 규칙이 있는 현상이라 쳐도 설명할 수가 없었다. 기껏해야 초능력이 생겼다는 추측만을 해 볼 뿐이었다. 하지만 첫 번째 자동 번호가 5등이 되는 초능력이라니. 희태는 불현듯 나윤과 나눴던 대화를 떠올렸다. '적어도 한 게임 정도는 꼭 5등이 되었으면 좋겠다고 했지. 그게 정말로 이루어진 걸까…?'

생각이 그 지점에 다다른 순간 휴대폰이 울렸다. 나윤에게서 온 메시지였다.

〈내가 살 테니까 소고기 한번 먹자. 성욱이도 데리고 와. 어딘지 장소 찍어 줄게. 9시 45분

예약이야.〉

곧이어 희태는 처음에 샀던 복권의 번호가 그녀의 것과 완전히 같았다는 사실을 떠올려 냈다. 평소의 나윤에게는 소고기를 살 돈이 없다는 사실도. 그녀에게도 똑같은 일이 일어났다. 하지만 왜?

그는 함께 만나서 저녁을 먹고, 방탈출 카페에 들러 도장을 받고, 슈퍼에서 복권을 사던 그 몇 시간을 복기했다. 의심할 구석이라고는 방탈출 카페가 유일했다. 그 어처구니없이 복잡한 문제들 때문에라도 그랬고 형광색 도장도 수상쩍었다. 특별상이 이런 의미였을까? 하지만 도장이 무슨 소용이라고? 도장은 집에 들어와 손을 씻을 때부터 희미해지기 시작했다. 이제는 흔적을 찾으려야 찾을 수도 없다.

고심하던 희태는 결국 로또 용지를 모두 주머니에 쓸어 넣고는 원룸을 나섰다. 이렇게 불러낸 걸 보면 나윤은 자신보다 먼저 눈치를 챈 모양이었다. 아는 것도 더 많겠지. 아무런 관련이 없는 성욱도 데려오라는 게 이상하긴 했지만, 이유가 있을 터였다.

도로에는 눈이 두텁게 깔려 있었다. 걸음을 내디딜 때마다 들려오는 뽀드득 소리가 마치 물음표들이 뭉개지는 소리 같았다.

*

성욱은 근처 피시방에서 게임을 하던 중이었다. 그 판이 끝나기를 기다렸다가 데리고 나오자 벌써 이십 분이 지나 있었다. 학교 앞에서 101번 버스를 타고 광화문에서 내리기까지는 삼십 분이 더 걸렸다. 나윤이 예약한 식당은 높다란 빌딩 지하층에 있었다. 입구 옆 계단으로 내려가면 바로 왼쪽이었다. 벽면의, 검정색 무광 블록 위에 양각으로 도드라진 상호가 어슷한 그림자를 드리우고 있었다. 희태는 입속으로 그 아래에 적힌 문자열을 읽어 보았다. 숙성등심 전문점.

옆의 패널에는 세트 메뉴가 나열되어 있었다. 22만 8천 원에 꽃등심 600g과 스텔라 아르투아 3잔을 준다고 했다. 그 가격이 로또 5등에 당첨되는 초능력만큼이나 비현실적으로 보였다. 나윤처럼 돈에 골머리를 앓아 본 적은 없지만 자신도 지갑이 두둑한 삶을 살아온 것은 아니었다. 그 돈이면 국밥이 마흔다섯 그릇인데. 그는 이만 생각을 접고 카운터로 가서 섰다. 직원이 모니터를 확인하고 있었다.

"예약하셨어요?"

"네, 아마 정나윤 이름으로 되어 있을 텐데…."

명부를 확인한 직원은 둘을 5번 룸으로 안내했다. 3인분 상차림이 준비된 상태였다. 나윤이 벽을 등지고 앉아 있었다. 휴대폰을 내려다보던 그녀는 문이 열리는 소리에 고개를 들어 올렸다. 얼굴에는 가벼운 흥분과 불안이, 그리고 긴장이 뒤섞인 채였다. 이윽고 성욱도 이상한 기류를 알아차렸다. 무슨 일이냐는 성욱의 질문에 나윤은 오래도록 침묵을 지켰다. 그녀의 입이 다시 열린 건, 이글거리는 숯과 꽃등심이 도착하고도 첫 번째 고기가 반쯤 익은 뒤였다. 갈색 살점 위로 붉은 기운이 할퀸 흉터처럼 남아 있었다.

"있지, 어릴 때도 그렇고 나가서 소고기를 먹어 본 적이 없어. 집에서 목살이나 구워 먹었지. 그래서 나중에 돈을 많이 벌면 한우 전문점에 한 번쯤은 와 봐야겠다고 생각했거든…."

"뭐, 로또라도 당첨됐어?"

성욱이 물었다. 뭔가를 알고 던진 질문은 아니겠지만 반쯤은 맞았다.

"비슷한 거야."

나윤은 주머니에서 종이 뭉치를 꺼내 부채를 쥐듯 펼쳤다. 줄마다 똑같은 번호가 적혀 있었다. 1 - 5 - 22 - 23 - 42 - 45. "모두 5등이야. 총 100장."

"250만 원."

재빨리 계산을 마친 희태는 신음하듯이 내뱉었다. 성욱의 눈이 휘둥그레졌다. 그는 한 장을 건네받은 뒤 휴대폰을 열어 오늘 자 당첨 번호를 확인했다. 복권 용지를 수십 번은 살핀 뒤에야 그는 멈춰 있던 숨을 내뱉었다. 나윤이 막연한 확률에 50만 원을 태울 몽상가는 아니라는 걸 성욱도 알고 있었다.

"조작이야? 어디 유출 번호 떴어?"

"아니."

고기는 이제 말라비틀어지고 있었다. 한 조각을 입에 넣은 나윤은 희태에게 눈짓했다. 희태도 해야 할 일을 알고 있었다. 그는 주머니에 넣었던 로또 용지를 모두 꺼낸 다음 자신도 똑같은 번호를 골랐다는 사실을 성욱에게 확인시켰다. 몇 주 전부터 처음으로 긁는 로또가 무조건 5등에 당첨되기 시작했다고, 게다가 나윤과 똑같은 번호가 나온다고 했다. 자동인데도. 방탈출 카페 이야기까지 모두 들은 성욱은 멍하니 눈을 끔벅이다가, 희태에게 물었다. "왜?"

답할 말이 없었다. 자신도 그 이유를 알기 위해 여기에 온 참이었다. 그는 몸을 정자세로 틀고는 나윤을 똑바로 바라보았다. 나윤의 입술이 천천히 위아래로 벌어졌.

"박희태."

"어."

"너도 뭔가 이상하다는 걸 알았으니까 같은 숫자로 한 장을 꽉 채운 거겠지."

"이번 주가 처음이야. 왜 이렇게 됐는지는 잘 모르겠어. 네가 그때 한 이야기 때문인 것 같은데…."

"아마 그렇겠지. 이유가 중요한 건 아니니까."

"중요하지 않으면?"

"2주 전부터 실험을 시작했어. 수동으로 번호를 조작해 보려고도 했고 반자동도 해 봤지. 처음으로 사는 게임이 무조건 5등에 당첨된다면, 나머지 게임은 어떻게 될까도 궁금했고."

나윤의 설명에 따르면 이 초능력에는 세 가지

814만의 1

법칙이 있었다. 첫째, 그 주에 처음으로 사는 자동 번호가 5등 당첨 번호가 된다. 수동이나 반자동은 해당되지 않는다. 둘째, 그렇게 5등 당첨 번호가 확정된 뒤에는 반자동과 자동 모두에서 절대 당첨 번호가 나오지 않는다. 셋째, 반자동은 두 개 이하의 숫자를 골라야만 한다. 세 개부터는 수동으로 간주되며 당첨이 되기도 한다.

"5등 번호를 하나 골라 준 다음 나머지는 모두 낙첨이라고?"

성욱이 물었다.

"그렇지."

"시행 횟수는 몇 번인데? 단순히 운이 안 좋아서 낙첨일 가능성도 있잖아."

"다음 학기 등록금을 털었어. 지금까지 쓴 돈이 750만 원이야."

7,500게임 중에서 실제로 낙첨 검증에 이용된 게임은 절반 정도겠지만, 그만큼도 충분히 많은 숫자였다. 희태는 그녀의 지갑 사정을 떠올리고는 물었다.

"남은 돈은?"

"250."

그녀는 보라는 듯이 로또 용지 묶음을 흔들었다. 당첨금이 250만 원이니까 실제로는 50만 원이 남았던 셈이다. 희태는 지난 3주간 나윤에게 일어난 일들을 상상해 보았다. 실험에 쓸 투자금과 지금 당장 벌어들일 수 있는 돈 사이에서 균형을 잡기란 어려운 일이었을 것이다. 아예 5등에 만족하고 확정적으로 다섯 배를 벌어들일 수도 있었다. 하지만 나윤은 그러지 않았다. 750만 원과 그만큼의 시간을 들여서 실험을 마쳤고 그 결과를 다른 둘에게 알려 주고 있었다. 더 큰 계획을 준비한 것이다.

희태는 이어질 말을 예감하고는 침을 꿀꺽 삼켰다.

"5등으로는 부족해. 이번 달 안에 무조건 1등에 당첨된다."

방법은 어렴풋이 감이 잡혔다. 일단 첫 번째 줄 여섯 개 숫자는 무조건 5등이다. 정확히 세 개의 당첨 번호가 들어 있다. 나머지 줄은 모두 낙첨이다. 거기엔 두 개 이하의 당첨 번호만이 있다는 것이다. 따라서 어떤 숫자가 어떤 숫자와 함께 나타나는지, 혹은 어떤 숫자가 서로를 피해 가는지를 알기만 하면 당첨 번호 여섯 자리를 모두 예상할 수 있는 셈이었다. 게다가 첫 번째 줄을 통해 탐색 범위를 미리 좁힐 수 있으니까, 아주 어렵지도 않다. 해 볼 만도 하다.

거기까지 생각을 마친 희태는 고개를 슬쩍 돌려 옆을 보았다. 성욱의 가슴팍은 숨을 한껏 들이마신 듯 부풀어 있었다. 둘의 표정을 훑은 나윤은 뒤틀린 미소를 입가에 그렸고, 결론으로 넘어갔다. 굳이 도해할 필요가 없다고 생각한 것인지, 혹은 너무 흥분한 탓에 설득의 한 단계를 깜빡 잊고 만 것인지 희태는 알 수가 없었다.

"일단 이번 주는 다섯 배로 불리기만 할 거야. 프로그램도 짜야 하고 돈도 부족해."

"1등 도전은 그다음 주에 하고?"

"도전이 아니야. 도전이 아니라… 해야 하는 거야. 해야 돼. 이번 달 안에."

희태는 휴대폰을 켜서 날짜를 확인했다. 2020년 2월 15일 토요일. 2월에 남은 추첨은 이제 두 차례뿐이었다. 22일의 899회. 29일의 900회. 22일 주간을 군자금 마련에 쓴다고 치면 진짜 기회는 고작 1주일이었다. 나윤은 이번 달 안에 1등이 되어야 한다고 했으니까.

순간 불길한 예감이 희태의 뇌리를 스치고 지나갔다. 12월 초에 나윤은 집에 빨간딱지가 붙을지도 모르겠다며 술잔을 기울였다. 그로부터 두 달이 지났다. 악몽이 현실을 휩쓸기에는 충분한 시간이었다.

마땅한 말이 떠오르지 않았다. 아니, 그런 주제를 입에 올릴 필요가 있기나 할까? '네 집이 드디어 망했느냐고?' 추측으로만 남겨 두는 게 좋을 문제였다. 그렇게 판단한 희태는 잠자코 나윤의 목소리를 따라갔다.

"복권 판매점은 총 7천 개야. 한 곳에서 살 수 있는 로또는 10만 원이 끝이고. 희태랑 내가 같이 다니면 한 가게에서 20만 원까지도 되겠네. 일단은 서울에 있는 판매점이 5백 개쯤이니까 서울 안에서 해결이 되긴 해. 그래도 지하철이나 버스로 다니기엔 시간이 부족하지. 그러니까, 내가 아는 사람 중에서, 차가 있고 믿을 수 있는 사람은 성욱이 하나뿐이니까…."

"반자동이 수동 취급을 받으려면 2개까지만 골라야 한다고 했지?"

희태는 질문을 던졌다. 석연찮은 부분이 하나 있었다.

"맞아."

"첫 번째 줄에서 2개 번호씩을 고른다고. 그거로 반자동을 사서 패턴을 파악한다고."

"6C2. 15개 조합."

"하지만 로또 숫자는 45개야. 그중에서 나머지 4개 번호를 고르는 경우의 수는 10만 개가 넘고. 데이터를 제대로 얻어 내려면 조합별로 몇천 번은 해야 할걸? 그걸 분석하는 시간도 따져야 할 테고…."

"해야지. 고작해야 7만 게임이야."

나윤의 눈에 조용한 불꽃이 튀었다.

*

814만의 1

"아, 엄마! 내가 돈 벌어 온다잖아! 이 집 경매로 넘어가는 거 그냥 보고 있을 거야?"

"정나윤!"

없는 살림에 친구 보증을 섰다가 집을 아예 말아먹은 부모님이었다. '자기들은 하고 싶은 거 다 하고 살면서 딸이 며칠 외박한다고 호들갑을 떨어.' 나윤은 운동화에 두 발을 대충 쑤셔 넣고는 집을 뛰쳐나왔다. 짐이라고는 교통카드와 노트북 하나뿐이었다.

나윤의 부모는 대부분 한국 사람들이 그런 것처럼 딸아이의 외박을 쉽게 허락하지 않았다. 지금까지는 큰 불만이 없었다. 애초에 외박할

일 자체가 없었다. 그녀는 2점대 학점을 제외하면 모범적인 딸이었다. 학비와 생활비는 모두 제 손으로 벌어온 데다가 남자 문제로 속을 썩인 적도, 아니, 애초에 남자가 없었다. 나윤에게 연애는 호텔신라의 제주산 애플망고 빙수와 비슷한 사치였다. 달콤하고 맛있다고 듣긴 했지만 5만 원이나 써서 먹고 싶지는 않은 그런 것 말이다.

그런 만큼 2주일쯤 집에 들어오지 않을 것이며 무엇을 하는지도 말할 수 없다는 선언은 부모에게 충격으로 다가왔을 것이다. 집이 망하느니 안 망하느니를 따지고 있는 지금은 더. 나윤은 그 모든 것을 이해했다. 하지만 둘러댈 말도 없거니와 솔직히 털어놓기란 더더욱 불가능했다. 뭐라고 설명해야 한단 말인가? 처음으로 산 번호가 5등에 당첨되는 초능력이 생겼고, 그걸 역산해서 로또 1등을 노려볼 거라고? 1주일은 남자인 친구의 원룸에서 잘 것이며 나머지 1주일은 그 남자인 친구들과 서울 곳곳을 돌아다닐 거라고?

물론 5등 당첨 용지 다발을 보여 주면 믿을지도 몰랐다. 믿을 것이다. 성욱도 결국에는 믿었으니까. 운전사 노릇을 맡기로 했으니까. 하지만 어떤 종류의 행운은 더 큰 불행을 가져오기 마련이었다. 로또 1등에 당첨되었다가 도리어 집안이 풍비박산 나는 경우도 있잖은가. 게다가 지금 나윤의 부모는 절박한 상태였다. 무슨 일이 일어날지 몰랐다. 그런 위험 부담을 감수할 바엔 자신 선에서 모든 일을 끝마치자는 게 나윤의 판단이었다. 아파트 단지를 나와 지하철역에 도착할 때쯤 주머니에서 진동이 쾅쾅 울리기 시작했다. 그녀는 선불폰을 알아봐야겠다고 생각하면서 휴대폰을 껐다.

일요일이었다. 이번 주 5등 번호는 이미 받아 둔 상태였다. 13 - 14 - 23 - 27 - 33 - 45. 나머지 일들은 월요일이 되어서야 할 수 있었다. 우선 대출을 알아볼 생각이었다. 희태의 지적대로 43개의 숫자 중에서 네 개 숫자 조합을 만드는 경우의 수는 12만 개에 달했다. 어떤 조합에서 단 한 번도 나오지 않는 번호가 무엇인지, 어떤 번호가 서로를 비켜 나가는지, 하는 문제들에 답하려면 돈이 필요했다.

나윤은 기차가 오기를 기다리며 벤치에 걸터앉았다. 그녀는 노트에 몇 번이고 썼던 숫자들을 다시 머릿속에서 짜 맞춰 보았다. 15개의 예상번호 조합을 반자동에 넣고 5천 번씩 돌린다. 총 7만 5천 게임이다. 투자 비용은 7,500만 원. 7,500만 원을 만들기 위해 필요한 돈 1,500만 원. 이번 주 토요일 일곱 시 삼십 분 전까지, 1,500만 원.

희태는 집에서 보내 주는 용돈으로 살았다. 2월 중순이었으므로 반도 넘게 쓰고 이젠 30만 원 정도가 남은 참이었다. 성욱도 용돈을 받기는 마찬가지였다. 아반떼야 아버지가 사 준 것이고 자취 중인 오피스텔도 어머니가 구해 준 것이지 쓸 수 있는 돈이 많은 건 아니라고 했다. 그나마 통장에 160만 원이 있었다. 결국 셋 중에서 현금이 가장 많은 사람은 250만 원을 가진 나윤이었다. 30. 160. 250. 도합 440만 원. 턱없이 부족했다.

성욱은 어머니에게서 백만 원쯤은 우려낼 수 있을 것 같다고 대답했다. 하지만 무리해서 돈을 끌어모을 바에는 1주일만 뒤로 미루면 안 되겠느냐고도 물었다. 물론 그럴 수도 있겠지. 그러면 440만 원은 1,600만 원이 되었다가 다시 8천만 원으로 늘어날 터였다. 돈이 실제로 들어오는 건 집이 한 차례 뒤엎어진 다음이겠지만, 괜찮다. 당첨금만 있으면, 몇십억 원이면 허허벌판에 빌딩도 한 채 올릴 수 있는 걸. 제2금융권에 손을 벌리지 않더라도, 준비 기간에 1주일을 더하면….

하지만 갑자기, 이유도 모르게 생긴 초능력이었다. 언제 사라질지 모른다. 이왕이면 빠르게 마무리를 지어야 한다는 게 나윤의 입장이었다. 논의 끝에 어떻게든 1,500만 원을 모으자는 쪽으로 가닥이 잡혔다. 정 부담스러우면 각자 250만 원만 만들어 오라고. 나머지는 자신이 모두 책임지겠다고. 어차피 정말로 급한 사람은 자신뿐이었다. 다른 둘에게 1등 당첨금이란 있으면 좋고 없으면 마는 것이었다. 최악의 결과라 봐야 일상으로 돌아가 똑같은 매일을 사는 수준이 아닌가.

그녀는 생각을 멈추고 일어섰다. 몇 분이 지나 소요산행 열차가 으르렁거리는 소리와 함께 플랫폼에 밀어닥쳤다. 몇몇 사람이 내렸고 그보다 적은 사람이 탔다. 나윤의 등 뒤에서 문이 닫혔다. 맞은편의 창에 해가 있었다. 검지를 꺾어 엄지와 검지 사이의 살가죽을 문지르다가 손을 눈가로 올렸다. 빛을 등진 손가락들이 이상하게도 하얬다. 하얗기만 했다. 도장의 푸른빛은 어디에도 없었다.

갑자기, 하루에도 수십만 명의 사람이, 시속 80km로 움직이는 거대한 쇳덩이에 몸을 내맡긴다는 사실이 거짓말처럼 느껴졌다. 그게 언제고 멀쩡히 달리리라는 보장은 어디에도 없는데. 당장, 이 건널목에서 마주치는 열차가 우리를 들이받을 수도 있는데. 보증을 서 준 사람들이 난데없이 빚더미에 깔리는 것처럼. 나윤은 다시 눈을 감았다. 눈을 감고 어떤 종말을 상상했다. 상행선의 80km/h와 하행선의 80km/h가 서로 만날 때 두 힘은 잦아들어 0이 될 것이며 승객 모두의 속도도 그럴 것이다.

하지만 아직 열차는 주어진 길을 밟고 있었다.

814만의 1

*

월요일이 되자 나윤은 세 가지 사실을 새로 알게 되었다. 첫째, 한국에는 셀 수도 없이 많은 제2금융권 업체가 있다. 둘째, 그 업체들은 비대면 대출 앱 서비스를 제공하고 있으며 이를 통해 내점하지 않더라도 몇백만 원씩을 빌릴 수가 있다.(학생조차도!) 셋째, 이런 대출의 금리는 연 20%가 넘는다.

신용등급은 순식간에 곤두박질쳤지만 일은 잘 풀렸다. 열세 개 업체 중 두 곳에서 승인이 났다. 한도는 각각 300만 원이었다. 다른 둘이 당첨 용지를 바꾸느라 복방을 찾아다니는 동안 나윤은 통장에 600만 원을 더할 수 있었다. 둘이 돌아왔을 때 나윤은 계약서 양식까지 다 써 둔 상태였다. 성욱은 어머니에게 졸라서 용돈을 가불했고 희태는 다음 학기 등록금을 빼돌렸다.

"지금 다 합쳐서 1,600만 원이지. 여기서 유류비랑 경비 100만 원은 내 몫에서 뺄게. 그러면 나 750만 원. 희태 450만 원. 성욱이 300만 원. 투자원금으로 1,500만 원. 서명하고 밑에 주민등록번호 쓰면 돼."

그렇게 말한 나윤은 계약서 복사본을 건네주었다. 성욱의 눈이 조금 커졌다.

"벌써 이런 거도 준비했어?"

"수익은 제대로 나눠야지. 대신 운전을 네가 다 해야 하니까 거기서 추가를 좀 했어. 투자금대로 비율을 뽑으면 20%잖아."

"1항. 로또 1등에 당첨될 시 정나윤. 이하 갑, 박희태. 이하 을, 이성욱. 이하 병은 약정된 비율에 따라 당첨금을 나눈다. 갑 40%, 을 30%, 병 30%…, 2항. 갑, 을, 병은 공공의 목적을 위해 아래와 같은 사항을 충실히 이행한다…." 조항들을 또박또박 읽어 내려가던 성욱이 질렸다는 듯 혀를 내둘렀다.

"와, 넌 사업을 해도 뭐가 되겠다."

"내가 과외를 몇 년을 했는데. 돈 안 주는 학부모가 1년에 한두 번은 나오거든."

"그러고 보니까 과외는 어떻게 됐어?"

희태가 물었다.

"잠깐 쉬기로 했어. 이야기는 주말에 다 해놨고."

나윤은 본론으로 돌아가기에 앞서 다음 주 일정을 복기했다. 서울의 25개 구는 저마다 15개에서 25개 사이의 복권 판매점을 가지고 있다. 데이터 분석에 쓸 시간을 이틀로 잡으면 실제로 로또를 사러 돌아다니는 시간은 5일뿐이다. 한 구의 복방을 순회하고 다음 지역으로 이동하는 데에 두 시간 정도가 걸린다고 치자. 하루에 다섯 개 구를 돌아다니면 시간이 딱 맞는다.

이윽고 서울의 네 끄트머리가 평면의 각 꼭짓점이 되더니 그녀의 눈앞에서 점차 멀어졌다. 강서구에서 강동구까지, 그리고 노원구에서 관악구까지. 막연한 경로가 현실로 한 걸음을 내딛은 순간 나윤은 자신이 무슨 일을 계획하고 있는지 새삼 깨달았다. 하루에 열 시간을 들여서, 7,500만원 어치의 복권을 사고, 그걸 분석용 프로그램에 넣어서 돌린다. 힘들겠지만 못할 일은 아니다. 분석용 프로그램도 반나절이면 짤 수 있다. 1부터 45 사이의 정수 여섯 개를 입력받은 다음 따로 마련된 배열을 통해 그 빈도를 추적하는 것이다.

더 생각할 여지는 없었다. 유일한 불안이 있다면 모든 계획이 분명해서, 이보다 더 분명해질 수가 없다는 사실뿐이었다.

그리고 그건 무시하기에는 너무 큰 두려움이

기도 했다. 지금으로서 떠올릴 수 있는 건 모두 계산에 넣었다. '하지만 혹시라도 놓친 게 있으면 어쩌지…. 최선을 다했는데도 안 되는 부분이 있다면? 그러면 어떻게 해야 할까?' 나윤은 이내 고개를 흔들어 잡상을 떨쳐 냈다. 능력 밖의 일이라면 생각할 필요도 없는 법이었다.

"일단 내가 준 용지 바꿔 온 250만 원 있지. 너희 돈이랑."

"으응."

"일단 내일은 성욱이랑 희태가 서울 돌아다니면서, 보자, 13 - 14 - 23 - 27 - 33 - 45를 사. 이동 경로도 생각해 보고. 미리 익숙해지는 게 좋을 테니까. 그동안 내가 희태 집에서 프로그램을 짤게. 모레부터는 나도 같이 다니고. 어차피 이번 주에는 3,000장만 사면 돼…."

3,000장만? 나윤은 입속에서 그 어절을 다시 굴려 보았다. 거기에 '만'이 붙을 수 있는 게 우습다가도 다음 주를 생각하자니 그럴 수도 있는 것 같았다. 그녀는 실없이 웃고는 돌려받은 계약서에 마지막으로 자신의 이름을 썼다.

*

"그, 뭐야, 학생들… 뭐 이상한 사람 아니지?"

"예?"

"아니, 똑같은 번호를 그렇게 많이 사는 사람은 처음 봐서 그래. 한 장도 아니고 무슨…."

"저희가 사정이 있어서요."

희태가 겸연쩍다는 듯 머리를 긁적였다.

"뭐, 그, 조폭… 같은 거랑은 상관없고?"

"조폭요?"

희태와 성욱은 복방을 돌아다니는 동안 온갖 질문에 시달렸다. 예상했던 일이었다. 수동 용지를 열 장씩 뽑아서 숫자를 적어 내려가는 사람들은 흔치 않다. 그 숫자가 모두 같다면 더더욱. 토토꾼을 제외하면 손님도 별로 없는 평일 낮이었으므로 복방 사장들이 이 신기한 손님들을 그냥 지나칠 리가 없었다. 용지를 건네주면서 기어코 이렇게 묻는 것이다.

"학생들, 이거 혹시… 유출 번호야? 나도 이거로 하나 사면 1등 나오나?"

그러나 조폭 이야기는 처음이었다.

"아니, 두 달쯤 전인가… 남자가 하나 와 가지고 같은 번호로 잔뜩 사는 사람이 있으면 연락을 해 달라고 하더라구. 심부름센터인가 그런 거 있잖어. 남자 분위기가 흥신소. 거기서 나온 것처럼 생겨 가지고, 조폭들이 그런 거 하잖아. 말투도 어디 다른 나라 사람 같고. 그래서 내가 이렇게 물어보는 거지."

순간적으로 두 가지 생각이 희태의 뇌리를 치고 지나갔다. 위험하다, 고. 하지만 이게 1등으로 가는 길인 것 같긴 하다고. 그는 이게 우연의 일치일 가능성은 아예 무시하기로 했다. 두 달

전이라면 12월 초중반일 터였다. 초능력이 막 생긴 시점이었다. 당사자보다도 더 먼저 그 사실을 알아차린 제삼자가 있었던 것이다. '어떻게? 어떻게 알았지? 우릴 찾으려던 이유는 뭐고?'

이윽고 뇌가 기억 이곳저곳에 남은 영화 조각을 그러모으더니 얼치기 초능력자와 동행복권 요원이 등장하는 첩보물을 재생하기 시작했다. 여름철 극장가에 걸릴 법한 코미디다. 평론가들에게는 혹평을 받고, 150만 정도의 성적을 거둔 다음, 곧바로 잊히는 그저 그런 스낵 무비 말이다.

희태가 몽상에 잠긴 동안 성욱이 대화를 이어받았다.

"그 사람이 뭐라고 했어요?"

"아니, 별 말은 안 하더라고. 그냥 보면 연락이라도 해 달라 그러던데. 전화번호를 주고 갔는데, 걸어 보니까 뭐 결번이야. 별 이상한 사람 다 있다 했지."

"번호는 기억 못 하시는 거죠?"

"아유, 휴대폰으로 걸었으면 내가 진작 알려 줬지. 가게 전화로 걸었는데 그게 어디 남아. 메모도 버렸구."

손사래 섞인 웃음을 끝으로 갑작스러운 침묵이 들이닥쳤다. 미리 준비한 재료가 다 떨어져서 급히 문을 닫는 식당 같았다. 로또 기계가 40장을 모두 게워 낸 뒤에야 다시 복방에 소리가 돌아왔다. 희태는 지갑에서 5만 원권 네 장을 꺼내 계산을 마친 다음 자신들이 조폭과는 아무 관련이 없다는 사실을 주지시켰다.

"진짜 괜찮은 거여?"

"예, 예. 저희 그냥 친구끼리 내기하는 거예요. 신경

안 쓰셔도 돼요."

그런 문답이 세 번쯤 오간 뒤에야 사장은 석연찮은 표정으로 고개를 끄덕였다. 흥미진진할 수 있었던 이야기가 시시하게 끝나서 허탈해하는 듯했다. 희태는 2평 남짓한 가게를 나서며 다음 주에 들를 복방의 목록에서 하나를 제외했다. 질문에 또 시달릴 마음은 없었다.

차에 오르자 성욱이 등받이에 팔을 얹고는 희태를 돌아보았다.

"야, 이거 진짜 이상한 거 아니지?"

"아줌마도 그러더니 너까지 그러기냐. 이상한 거로 따지면 초능력부터가 이상하지."

"아니, 그러니까, 이거 하다가 어디 국정원에 끌려가는 거 아니냐고. 영화 있잖아. 그 누구야, 윌 스미스 나오는 거. 〈맨 인 블랙〉인가 그거."

"〈맨 인 블랙〉에서 잡는 건 외계인이고요, 여기는 미국이 아니라 한국이고요."

희태는 그렇게 받아치면서 국정원 요원들에게 끌려가는 자신을 상상했다. 무슨 죄목으로? 똑같은 번호로 20장을 꽉꽉 채워 산 죄?

"애초에 받은 전화로 전화 걸어 보니까 결번이었다면서. 일 제대로 하는 사람이면 그러겠냐고. 내가 보기엔 그거 가지고 무서워할 필요가 없어."

"나 이거 해도 되는지 모르겠다."

성욱의 얼굴은 딱딱하게 굳어 있었다. 희태는

814만의 1

입속에 남은 문장을 벌써 들은 기분이었다. 하기 싫다는 이야기겠지. 이해가 가지 않는 건 아니었다. 합리적이라고 말할 수도 있었다. 성욱은 셋 중에서 제일, 아니, 한국 전체로 따지더라도 돈이 많으니까. 부모님 돈이라지만 그걸 떼어서 볼 수는 없는 법이니까. 정체도 모를 위협을 감수하면서 로또 1등 당첨금에 목을 맬 필요가 없는 것이다.

사실 필요를 따지자면 정말로 그래야 하는 사람은 나윤이 유일했다. 그 돈이 없더라도 다른 둘은 여전히 어제처럼 살아갈 수 있었다. 하지만, 희태는 눈을 질끈 감았다가 다시 떴다. '하지만.' 오래된 전선에서 불꽃이 일듯 그 낱말이 눈꺼풀 바로 밑으로 튀어 올랐다. 하지만 희태는 나윤을 돕고 싶었다. 도와야 한다고 생각했다. 우정 때문은 아니었다. 연애 감정을 느껴 본 적도 없었다. 구태여 이름을 붙이자면 의무감이었다.

희태는 나윤을 도와야 했다.

"너 수학여행 기억나지. 고1 때 갔던 거. 4월."

"기억하고 있지. 기억은 하지…."

말끝이 차츰 흐려지더니 성욱의 미간이 좁아졌다.

"그래서?"

"걔가 우리 살린 거야. 너랑 나, 둘 다 나윤이가 살렸다고. 그러면 이젠 우리 차례지."

"고맙다는 얘기는 충분히 했어. 근데 이건 다른 문제 아니냐?"

"문제가 다르다고? 충분해?"

희태의 반문에 성욱은 한동안 침묵을 지켰다. 자동차

의 두터운 철골을 사이에 두고 도로의 소음이 둔하고 맹렬하게 윙윙거렸다. 희태는 머리끝까지 이불을 뒤집어쓴 소년을, 밤이 깊어 갈수록 시끄러워지는 침묵을 연상했다. 눈꺼풀만으로는 빛을 모두 덮을 수 없었으므로 잠들기 위해서는 이불로 머리를 가려야 했다. 그렇게 웅크려 있으면 모든 어둠이 소리로 이루어졌다는 사실을 알게 되었다. 부스럭거리고 째깍거리고 슥삭거리는 소리들, 왁자지껄하고 매캐한 냄새가 나는.

수학여행 숙소에 불이 났을 때 그는 옷장 속에 웅크려 있었다. 다들 밤을 새우기로 작정한 차였다. 그나마 어둡고 조용한 곳이 옷장밖에는 없었다. 고등학생 한 명쯤은 너끈히 들어가 누울 수 있는 넓이였다. 가까스로 눈을 붙인 희태는 몇 시간이 지나 이상한 열기에 깨어났다. 아이들은 모두 어디론가 가고 없었다. 연기와 암흑 속에서 직선 몇 개가 희미하게 타오를 뿐이었다.

그리고 나윤이 나타났다.

"정나윤이 당첨 안 되면 죽는대? 너한테 직접 그랬어?"

"아니."

희태는 그렇게 말하고는 바로 덧붙였다.

"그런데 죽을지도 몰라."

"뭐가 어떻다는 거야. 똑바로 얘기해."

"똑바로—"

그는 헛기침하듯 성욱의 말을 되풀이했다. 지금껏 한 번도 솔직히 털어놓지 않은 집안 사정을 들먹이면서까지 성욱을 설득해야 한다면, 그 말을 꺼낼 수 있는 유일한 사람은 나윤 자신일 터였다.

"나도 잘은 몰라. 그냥 하자는 거야. 물어볼 거 있으면 가서 직접 물어봐."

긴 한숨이 들려오더니 차에 시동이 걸렸다. 성욱은 나윤에게 갚을 빚이 있는 건 사실이라고, 하지만 그 방탈출 카페는 자신도 한번 가 봐야겠다고 했다. 그것만으로 수긍할 수 있다면 좋은 일이었다.

희태는 내비게이션에 주소를 찍어 준 뒤 침묵 속으로 되돌아갔다. 성욱도 딱히 말을 걸지는 않았다. 도봉구 끄트머리에서 성북구 끄트머리까지는 삼십 분이 조금 넘게 걸렸다. 둘은 학교 후문에서 내려 4층짜리 건물이 나타날 때까지 걸었다. 하지만 수많은 미스터리 영화의 각본들처럼 방탈출 카페는 사라졌고, 희태는 3층을 차지한 스터디룸 앞에서 누군가의 망상 속을 거니는 듯한 기분에 사로잡혔다.

*

"이거 근데, 희태 원룸이 셋이 잘 크기가 되나? 이제 1주일은 계속 같이 다녀야 할 텐데."

"어떻게 쑤셔 넣으면 셋이서는 자지. 근데 로또 용지 넣을 자리가 있을지 모르겠네."

"내 오피스텔 쓰면 되지."

성욱이 말했다. 별걱정을 다 한다는 투였다.

"그래도 돼?"

"충분히 넓으니까 그냥 와서 자라. 담배만 밖에서 피우고."

"나도 금연을 하긴 해야 하는데…."

"너 전자담배잖아. 전담이면 불도 안 붙고 뭐가 문제냐. 그냥 피워."

그러고는 아무 일도 일어나지 않았다. 성욱과 나윤은 평소처럼 지냈다. 희태 역시 말을 얹을 필요가 없다고 생각했다. 셋은 1,500만 원 어치의 복권을 샀고 완성된 프로그램을 노트북 세 대에 옮겨 담았다. 이동 경로도 모두 짰다.

희태가 자신을 찾아다니는 누군가의 존재를 다시 떠올린 건 새로운 주가 시작되고서도 사흘이 더 지난 목요일이었다. 용산구를 끝으로 한강 위쪽을 모두 훑고 강남으로 내려온 차였다. 서초구에서 시작해 강동구까지 올라가면 첫 번째 고비를 넘는 셈이었다. 물론 오피스텔에 돌아가면 한쪽 벽면을 채운 로또 용지 상자를 마주해야겠지만, 내일부터는 가만히 앉아 키보드만 두드리면 된다는 사실은 희태에게 묘한 안도감을 안겨 주곤 했다. 하루에 열 시간이면 충분하리라는 계산과는 달리 아침 아홉 시에 나가 밤 열 시에 들어오는 나날들이 반복되고 있었다.

"지금 얼마 남았지?"

"천 장." 나윤이 기계적으로 대답했다.

"용지 말고 가게 수로."

"천 나누기 40 해 봐."

"강동구 끝내면 되겠네."

이번 주의 5등 번호는 5 - 7 - 8 - 22 - 28 - 42였다. 나머지 조합을 모두 처리한 후 이제 7-22만 남은 상황이었다. 희태는 수동 용지에 7과 22를 마킹한 다음 나머지 칸은 자동에 체크했다. 일요일부터 비슷한 일을 계속해 온 나머지 이제는 번호칸을 보지 않고도 위치를 모두 찾을 수 있을 것만 같았다. 마킹을 마친 희태는 용지 다발을 모아 복방 사장님에게 넘겨주고는 멍하니 뒤를 돌아보았다. 벌써 밤이었다. 외진 곳에 있는 탓인지 간판 몇 점을 제외하면 불빛이 없었다. 옷깃을 턱밑까지 끌어올린 사람들이 런웨이를 걷는 모델처럼 빛줄기를 스쳤다가 어둠 속으로 되돌아갔다.

아직도 저녁을 먹지 못했다는 사실이 떠올랐다.

"이거 하고 밥 먹자. 골목 근처에 국밥집 있더라."

"지금 여덟 시 반쯤 됐나?"

"보자."

희태는 주머니에서 휴대폰을 꺼냈다. 8:43이라는 숫자가 잠시 눈에 들어오더니 성욱에게서 온 메시지가 시선을 사로잡았다. 〈나 천호역에 있음 복방 앞으로 콜택시 불렀으니까 그거 타면 됨〉 굳이 그럴 필요가 있나 싶었다. 희태는 나윤도 볼 수 있도록 화면을 기울였다.

"화장실 간 거 아니야? 천호역이면 바로 옆이니까."

"콜택시를 부를 필요가 없잖아. 걸어가도 오 분이면

될걸."

"시간이 아까웠나 보지."

나윤은 별생각이 없는 모양이었지만 희태는 이상한 느낌을 지워 낼 수가 없었다. 불려 온 택시 기사도 사정을 모르기는 마찬가지였다. 자신은 그냥 콜을 받고 왔을 뿐이라는 것이다. 희태는 답장부터 보내기로 했다. 〈일단 택시 탔는데 왜〉 〈오면 말함 6번 출구임〉 일단 연락이 되는 걸 보면 큰 문제는 아닌 듯했다.

내릴 무렵이 되자 택시 기사는 오 분도 안 걸리는 거리로 콜을 불렀냐며 투덜거렸다. 그것도 그렇다 싶어 희태는 만 원 한 장을 꺼내서는 기사의 손에 얹어 주었다. "학생, 내가 돈 때문에 이러는 게 아니야. 인생을 살아가는 태도라는 게…."

하지만 표정만큼은 만족스러워 보였다. 희태는 냉큼 내리고서는 6번 출구로 향했다. 외환은행 건물을 에둘러가는 차도 저편에 성욱의 아반떼가 서 있었다. 들어가 앉자마자 질문이 운전석 등받이를 넘어왔다.

"오면서 양복 입은 남자 봤냐?"

"양복 입고 돌아다니는 사람이 한둘이게."

나윤이 대답했다.

"아니, 그게 아니라, 키 좀 큰 남자인데. 선글라스 끼고. 검정색 양복에."

성욱은 창문을 내리고는 주위를 두리번거렸다.

"못 봤을 리가 없는데…."

"왜 그러는데."

기다리던 도중 누가 문을 두드리면서 말을 걸어왔다는 게 성욱의 설명이었다. 여기에 주차하면 안 되나 싶어 창문을 내리자 남자가 대뜸 손을 붙잡았다고 했다.

"그러면서 뭐, 이상한 랜턴 같은 거로 휘적거리다가 이러더라. '아, 맞네, 맞네.' 미친놈인가 싶어서 그냥 보고 있었는데 바로 가더라고. 근데 내가 그 인간 가는 거 쭉 보고 있었거든. 그런데 골목 들어가기 전에 갑자기 사라지는 거야. 갑자기."

"잘못 본 거 아니야?"

"내가 헛것 볼 나이냐."

성욱은 희태에게로 시선을 옮겼다.

"이거 내가 보기엔 그거거든. 저번에 복방 아줌마가 말한 거."

그제야 며칠 전에, 복방 사장에게서 들었던 이야기가 떠올랐다. 조폭 같은 남자가 오더니 똑같은 번호로 여러 장을 사는 사람이 있으면 연락해 달라고 했댔지. 희태는 둘이 동일인이라는 데에 한 표를 던졌다. 선글라스에 정장이라면 조폭 같다, 는 수식에서 크게 벗어나지도 않으니까.

"근데 그냥 랜턴 휘적거리다가 갔다고?"

"어."

"뭐 물어본 것도 없고?"

"창문 내리니까 바로 같이 온 사람 없냐고 그러더라. 없다고 했지. 굳이 설명할 필요도 없으니까…."

나윤이 끼어들었다.

"이거 지금 무슨 이야기야?"

희태는 잠깐 고민하다가 그때 겪은 일을 털어놓았다. 나윤의 언성이 조금 높아졌다.

"아니, 그걸 지금까지 하나도 말을 안 했어?"

"어떻게든 될 거라고 생각했지. 그리고 사실 별일도 없었잖아…."

그렇게 말한 희태는 여전히 뭔가가 석연찮다는 사실을 알아차렸다. 복방 사장에게 연락을 받았다고 치자. 구별로 이동하고 있었으므로 근처 가게에 미리 번호를 뿌려 놓았다면 동선은 충분히 추적할 수 있었다. 인상착의와 차량도 함께 전달됐겠지. 하지만 그렇다면 성욱에게만 접근한 의도는 뭐란 말인가? 랜턴을 몇 번 휘적거리다가 그냥 돌아갔다고?

"그러면 우리가 이 아반떼 타고 다니는 걸 알았다는 거잖아."

"확신이 없었나 보지."

성욱이 대꾸했다.

"나는 그게 이상하거든. 아반떼 찾은 거 보면 우리가 근처 복방에 있는 것도 알았단 소리잖아. 천호역 근처 복방이래 봐야 네 개 아니냐. 네 명만 보내면 돼. 그런 사람들이 혼자서 움직이진 않을 테고. 그런데 안 그러고 너한테만 말을 거는 이유가 뭐겠냐, 이거야."

"우릴 직접 만날 필요가 없는 거지."

잠자코 듣고 있던 나윤이 입을 열었다.

"저쪽 목적은 우리를 잡는 게 아니야. 지금은 우리가 어디에서 어디로 움직이는지 파악만 하려는 것 같아. 일단 내가 너희 설명만 듣고 생각하기엔 그래."

"왜? 우리가 당첨 번호 알아내면 그거 뱉으라고 협박하게?"

성욱이 물었다.

"그건 아닐걸. 갑자기 사라졌다고 했잖아. 상대도 평범한 사람은 아니야. 아마 초능력자 모임 비슷한 거겠지…."

나윤은 짧게 덧붙였다.

"5등짜리 초능력도 있는데 뭐가 이상하겠어."

나윤의 주장은 이랬다. 정체도, 의도도 잘은 모르겠지만 위험할 것 같진 않다고. 해를 끼칠 생각이었다면 진작 그랬을 거라고. 지금은 그냥 우리를 지켜보려는 것뿐이 아닌가 싶다고. 고민해 봐야 바뀔 건 아무것도 없다고. 수긍하기엔 찜찜한 이야기였지만 딱히 반론할 말이 없었다.

"계속 가자, 이거지?"

희태가 물었다.

"지금 7천만 원 썼다. 여기서 멈추면 이거 다 종이 되는 거야. 알지?"

순간 희태는 망치로 뒤통수를 얻어맞는 듯한 느낌과 함께 현실로 돌아왔다. 나윤의 말이 옳았다. 자신은 다음 학기 등록금을 털었고 나윤은 연이율 21.3%짜리 대출을 끼고 있었다. 오피스텔에는 하나를 제외하면 모두 짱일 게 분명한 복권 종이가 만 사천 장 쌓인 채였다. 그는 자신들을 뒤쫓는 상대가 누구인지를 재차 알아차렸다. 그건 정체도 모를 초능력자 집단 따위가 아니었다. 돈이었다. 명확하고 형체가 있는 돈 말이다. 특히 나윤에게는….

그는 익숙한 문장을 다시 뇌리에 새겼다. 자신은 나윤을 도와야 했다.

희태는 고개를 끄덕여 동의를 표했다. 성욱도 더는 묻지 않았다. 근처 국밥집에서 저녁을 먹고 강동구의 복방을 한 번씩 훑자 열한 시가 되어 있었다. 셋은 새로 사 온 복권 용지들을 7-22라 쓰인 박스에 붓고, 내일 일정을 재검토한 뒤, 그대로 잤다.

814만의 1

*

고등학교 1학년 담임은 유쾌한 사람이었다. 중요한 안내문을 나눠 줄 때마다 너스레를 떨곤 했다.

"야, 얘들아. 수학여행을 보통 4월에 가는 이유가 뭔지 아냐? 니들 덜 친할 때 수학여행 빨리 해치우려는 거야. 5월이나 6월에 가 봐. 다들 친해져 가지고 시끄럽고 사고나 치고 말도 안 듣고."

수학여행이 끝나고 몇 달이 지났을 때, 그 농담은 이런 말로 변했다.

"얘들아. 나는 너희가 지금 수학여행을 갔으면 어떻게 됐을지 무섭다."

이번에는 진심이 가득 담겨 있었다.

다 떼어 놓고 보면 별것도 아닌 일이었다. 공교롭게도 같은 중학교에서 올라온 아이들이 한 반에 모여 있었다. 남자애 몇은 새벽에 친한 여자애들과 만나 놀기로 계획을 짰다. 모일 장소는 여자 숙소였다. 용케도 아버지 위스키를 숨겨 온 아이가 있었다. 술게임을 한답시고 큰 대접에 가득 부었다. 누가 그걸 옆 사람에게 넘기다가 그만 이불에 모두 쏟았다. 축축한 걸 계속 덮고 있을 수도 없는 노릇이었으므로 뭉쳐서 한구석에 놓아두었다. 이불 더미가 있는데 기대 눕지 못할 이유가 없다. 누워서 새로 산 뒤퐁 라이터 자랑을 하지 못할 이유도 없다. 담배 피우는 고등학생이 세상에 한둘인가? 그리고 펑.

그 모든 사실을 한 문장으로 줄이면 여자 숙소에서 남자애들이 불을 낸 다음 방 한 칸을 전소시켰다는 이야기다. 학교 전체가 뒤집어졌다. 뒤퐁 라이터를 꺼낸 아이는 정학을 먹을 뻔하다가 그의 부모가 숙소와 극적인 합의를 끌어내면서 학교는 무사히 다닐 수 있게 되었다. 그렇다. 성욱은 용돈으로 뒤퐁 라이터쯤은 살 수 있는 아이였으며 그의 부모는 낡은 호스텔쯤은 기꺼이 고쳐 줄 수 있는 어른이었다.

한편 희태에게도 제 나름의 면죄부가 있었다. 여자애들 숙소에 놀러 간 시점에서 꾸중은 피할 수 없었지만, 피곤하다며 먼저 눈을 붙였던 것이다. 옷장에서 말이다. 일단 눈에 보이지 않으면 머릿속에서도 사라지는 법이었다. 불이 났는데 다른 걸 챙길 겨를이 없기도 했다. 어떻게든 불을 끄려 애쓰던 아이들은 이게 어쩔 수 없는 사태가 되었음을 인정하고 방을 뛰쳐나왔다. 희태는 방 안에 그대로 남겨 둔 채였다.

"야, 안에 희태 있다. 희태 아직 잔다."

"뭐?"

"희태 못 나왔다고. 선생님 와야 되는데. 이거 우리끼리 안 되는데…."

복도에도 이미 연기가 자욱한 상황이었다. 방 안이 어떻게 되어 있을지는 뻔했다. 다른 방 아이들까지 모여들어 일이 분쯤을 웅성거리던 끝에 여자애 하나가 앞으로 나섰다. 옆방의 정나윤이었다. 물에 적신 수건을 목에 두르고 그대로 들어갔다고 했다. 다행히 둘 다 큰 화상은 입지 않았다. 하지만 정말로 불타 죽었을 수도 있다는 가능성만큼은 언제나 악몽이 되어 희태를, 그리고 성욱을 덮쳐 오곤 했다.

호스텔에는 잔디가 깔렸고 성욱은 담배를 아예 끊었다. 희태는 매일 꿈을 꿨다. 연기와 암흑 속에서 콜록거리면서 나윤을 기다리는 꿈이었다. 꿈은 언제나 가느다란 빛줄기가 넓게 벌어지면서 끝났다. 그 빛줄기 뒤편에서 누가 나타날지는 미정으로 남겨 둔 채. 그건 칠 년이 지난 지금도 마찬가지였다.

하지만 이번에 꾼 꿈은 어딘가 달랐다. 희태

는 스스로 옷장을 빠져나왔다. 뺨이 쓰리고 아팠다. 나윤이 아이들의 가방을 뒤지고 있었다. 꿈은 수학여행 숙소에서 끝나는 대신 학교로, 집으로까지 이어졌다. 나윤이 불을 내고 그 틈을 타 성욱의 가방을 털었다고 했다. 옆방이 아니라 바로 그 방에 배정을 받았다는 거였다. 하지만 그럴 리가 없는데. 나윤이 그럴 수는 없는데.

희태는 번쩍 눈을 떴다. 아직 새벽 네 시였다. 개꿈이라 치고 다시 자면 될 일이었지만 잠이 오질 않았다. 그럴 리가 없는데. 그 문장을 사슬처럼 엮다가 끝내 성욱을 깨웠다. 바로 옆 매트리스에서 자고 있었다.

"아, 뭔데."

"수학여행에서 불낸 거 너 맞지? 라이터 자랑하다가."

"왜 깨우고 지랄이야. 그게 이 새벽에 물어볼 일이냐? 어?"

"니가 수학여행에서 불낸 거 맞냐고."

"그냥 해가 뜨겁냐고 해라."

"너 맞지?"

"나 맞는데,─맞으면 어쩔 건데. 알면서 왜 물어보냐고."

성욱은 짜증스레 대꾸했다. 희태는 그제야 성욱을 붙잡은 손에서 힘을 풀었다.

"북한이 남침한 거 아니면 깨우지 마라. 다시 잔다."

고개를 설레설레 젓던 성욱은 갑작스레 희태의 얼굴에 시선을 고정했다. 눈이 몇 번 끔벅였다.

"야, 너 뺨에 그거 뭐야?"

"뺨에 뭐?"

손등으로 눈가를 문지른 희태는 살갗에 뭔가가 울룩불룩하게 튀어나왔다는 사실을 깨달았다. 그는 일어나 화장실로 향했다. 녹은 듯한 흉터가 얼굴 한쪽을 뒤덮고 있었다. 꿈에서 쓰리고 아팠던 곳과 같은 위치였다. 이윽고 성욱이 따라 들어오더니 거울을 보고는 놀란 표정을 지었다.

"어제 뭐 잘못 먹었냐? 알레르기 있어?"

"아니…."

평소와는 다른 꿈이 마음에 걸렸다. 알레르기보다는 화상에 더 가깝게 보이는 탓도 있었다. 희태는 짚고 있던 세면대에서 손을 떼고는 등을 돌려 성욱을 바라보았다.

"너 라이터 자랑하다가 이불에 불붙었다면서. 맞지?"

"어, 맞아. 그거 때문에 엄마가 그 호스텔에 잔디 깔아 줬다. 근데 왜 계속 그 이야기 하는데?"

희태는 대답하는 대신 휴대폰을 열어 고등학생 때 쓰던 페이스북 계정에 접속했다. 지우지 않았다면 그때 받은 메시지가 남아 있을 터였다. 이윽고 희태는 메신저 끄트머리에서 이렇게 될 줄 몰랐다며 사과하는 성욱을 발견했다. 자신이 알던 과거가 맞았다. 아무도 거짓말을 하지 않았다. 성욱이 구태여 나윤을 감쌀 이유도 없다.

"야, 설명을 하라니까. 사람 깨워 놓고 이게 뭔 지랄이냐."

성욱이 다그쳐 물었다.

희태는 이런 꿈을 꾸었다고, 그래서 얼굴에 흉이 진 것 같다고 털어놓았다. 스스로 생각하기에도 우습게 들리는 추론이었지만 달리 할 말이 없었다. 게다가 이상한 일은 실컷 겪었지 않나. 사람도, 방탈출 카페도 갑자기 사라지는 판에 꿈을 꾸고 흉터가 생기는 것쯤은 놀랍지도 않았다.

"혹시 저녁에, 내가 그 인간 만난 거 때문에 그런 거면… 너 그거 어쩌냐?"

"어떻게 할 게 있나?"

희태는 그 말을 반복했다. 반쯤은 자신에게 던지는 물음이었다.

"어떻게 할 게 있어…?"

왜 이런 일이 일어나는지는 아무도 몰랐다. 멈출 수도 없다. 이미 모든 게 끝났으니까. 이제부터 살 복권은 수동뿐이다. 초능력의 범위에서는 벗어난 것이다. 하지만 초능력 바깥의 문제들은 여전히 미결로 남아 있었다. 나윤의 집안 사정이 그랬고 지금껏 쓴 몇천만 원이 그랬다. 결국엔 돈이었다. 희태는 불을 끄며 공연한 걱정을 입속에 남겼다. '얼굴이 계속 이 꼴이라면 피부과를 찾아봐야 할 텐데. 많아 봐야 몇천만 원이면 해결이 되겠지.'

희태는 다시 잠자리로 돌아갔다. 성욱은 병원이라도 가 봐야 하는 게 아니냐고, 그냥 가서 눕는 게 말이나 되냐고 몇 마디를 얹다가 이내 그만두었다.

"야, 됐다. 내 입만 아프지."

이윽고 잠에 빠진 듯 고른 숨소리가 들려오기 시작했다. 희태는 천장까지 차오른 어둠을 가만히 노려보았다. 전등의 둥근 테가 홍채 한가운데의 검은 원처럼 번들거렸고 커튼 너머에는 어디서 오는지 모를 빛이 스멀거리고 있었다.

희태는 눈을 감았다 뜨면서 그 빛이 창을 넘어와 방을 집어삼키는 장면을 상상했다. 한 차례 녹았다가 다시 세운 건물에는 켜켜이 쌓인 물때도 불탄 흔적도 없을 것이었다. 기억도 그렇게 부쉈다가 다시 짜 맞출 수 있는 것이었더라면 얼마나 좋을까. 심지어 그 기억 속의 사건들이 애초에 일어나지조차 않았던 것이라면.

그는 자신이 아는 나윤을, 그리고 성욱의 가방을 뒤지던 나윤을 생각했다. 서로 모르는 사이로 평생을 살아갈 여자아이를 생각했고 자신을 불구덩이에서 빼낸 친구를 생각했다. 해묵은 꿈의 마지막 장면을, 점차 넓어지는 빛줄기를 생각했다. 수많은 밤을 거쳐 오는 동안 그 빛줄기는 나윤이 되었으며 나윤은 다시 구원의 동의어가 되었다. 괴로운 일이 있을 때마다 나윤을 떠올리면 마음이 조금은 편해졌다. 얼굴만 아는 동급생을 위해 불구덩이에 들어서는 여자애도 있는데 그보다 덜한 문제는 어떻게든 해결되지 않겠나 싶었다.

뺨을 매만지자 살갗이라기보다는 도마뱀 비

814만의 1

늘 같은 게 손끝에 잡혔다. 그는 꿈속의 세계를 좀 더 멀리 뻗어 보았다. 어딘가에는 자신의 뺨에 화상 흉터가 남고 나윤은 학교를 떠나는 세계가 있을 터였다. 희태는 자신의 세계가 그렇지 않다는 점에 안도하기로, 그리고 이 세계의 나윤에게 더욱더 고마워하기로 했다. 희태에게 열일곱 이후의 삶을 안겨 준 건 오로지 나윤이었다. 그렇다면 그 삶의 원래 주인은 나윤일 것이며 그것을 돌려받을 사람도 나윤일 터였다. 희태는 그렇게 믿고 싶었다.

희태는 그렇게 믿었다. 그는 이윽고 자신이 언제나 그렇게 생각해 왔음을 깨달았다. 지금까지는 구태여 그 문장만을 꺼내 곱씹을 필요가 없었을 뿐이다. 생각이 그 지점에 이르자 마음이 놓였다. 그는 다시 눈을 붙이고 칠 년 전으로, 옷장 안의 어둠으로 되돌아갔다. 꿈을 헤매는 동안 희태는 더 많은 세계를 만났다. 수백만 개의 세계가 있었고 수백만 명의 나윤이 있었다. 꿈의 막바지에서 그 모든 나윤은 하나로 뭉쳐 희태가 아는 나윤이 되었다.

희태는 아주 긴 잠에서 벗어난 듯한 느낌과 함께 눈을 떴다. 방탈출 카페가 그랬고 정장을 입은 남자가 그랬던 것처럼 뺨의 상처 역시 사라져 있었다. 새벽에 깨어난 것마저도 꿈이었나 싶었지만 성욱의 반응을 보면 그건 또 아닌 듯했다.

"너 진짜 괜찮겠냐?"

"얼굴도 멀쩡한데 뭐가 문제야."

"멀쩡해진 게 문제지. 이상하잖아."

"이상한 건 처음부터 이상했던 거고. 너 그래서 안 할 거야? 관둘래?"

"그러고 싶다."

"화상 입은 건 난데 니가 왜 그만두는데."

"야, 그런 식으로 따지면 돈 필요한 게 정나윤이지 나냐? 내가 이거 한다고 뭐 크게 바뀔 거 같아?"

"이성욱."

이름을 부른 희태는 목소리가 딱딱하게 굳는 것을 느꼈다.

"나윤이 아니었으면 너 사람 하나 죽인 거야. 알지? 니가 나 죽이는 거라고."

잠깐의 침묵을 사이에 두고 대답이 기어 나왔다.

"알아, 씨발아…. 내가 그걸 모르겠냐고…."

희태는 고개를 끄덕였다.

*

한 사람당 다섯 박스를 맡았다. 5천 장이었고 숫자로 따지면 십만 개를 입력해야 했다. 수동으로 마킹한 번호 두 개는 일단 제외할 수 있는 게 다행이었다. 다른 숫자들이 모두, 충분히 많이 나타난 상황에서 빈도가 0인 숫자가 4개라면 그 조합에 대해서는 집계를 멈춘다는 거였다. 쉬운 논리였다. 일단 숫자 두 개는 고정되어 있다. 만약 그 두 개가 모두 당첨 번호라면 다른 네 자리는 모두 당첨되지 않는 번호여야 한다. 당첨 숫자가 하나라도 섞이는 순간 5등이 되고 마니까.

그럼에도 불구하고 지겨운 시간이 이어졌다. 거실 한가운데에 블루투스 스피커를 놓고, 테크노 음악을 틀어놓은 다음, 온종일 숫자를 입력하다가, 자는 것이다. 처음에는 몇 마디가 오가기도 했지만 이내 모두 입을 다물고 말았다. 번호를 헷갈려서 일을 처음부터 다시 시작할 바에는 그편이 훨씬 나았다. 식사 시간에만 조금 숨을 돌릴 수 있었다. 그마저도 배달 음식을 허겁지겁 입안에 쑤셔 넣고 다시 노트북 앞으로 돌아가는 수준이었지만 말이다.

다 그만두고 눕고 싶다가도 지금껏 쏟은 노력을 생각하면 정신을 차려야겠다 싶었다. 다들 비슷한 생각인지 말없이 키보드만 두드리고 있었다. 성욱이 때때로 아, 씨, 하고 투덜거릴 뿐이었다.

"이럴 줄 알았으면 한다고 안 했지. 내가 돈이 없어서 이러겠냐? 어? 내가 돈이 필요해서 이러겠냐고…."

하지만 어쨌건 성욱은 끝까지 자리를 지켰다.

*

토요일 여섯 시가 되어서야 분석 작업이 모두 끝났다. 5 - 7 - 8 - 22 - 28 - 42중에서 몇몇 숫자가 전혀 나타나지 않는 조합은 셋이었다. 7 - 8, 7 - 22, 8 - 22. 그러니까 첫째 줄에서는 7, 8, 그리고 22가 적중수였던 셈이다. 나머지 적중수는 그 조합들에서 전혀 나타나지 않은 숫자들이었다. 35, 37, 41. 그러면 1등 번호는 7 - 8 - 22 - 35 - 37 - 41이 된다. 문제는 해당 조합이 작업 대기열 가장 끄트머리에 놓여 있었다는 점이었다. 처음부터 그 박스들로 시작했더라면 일을 훨씬 줄일 수 있었겠지만….

"너희들이나 다녀와라. 나 졸려서 못 움직이겠다."

"야, 우리가 로또 사서 잠수 타면 어쩌게. 너도 가야지."

"몰라, 임마. 잠수를 타든지 말든지…. 니들은 뒷좌석에 앉아 있었지. 나는 운전을 했다니까…."

"그러지 말고 인터넷으로라도 한 장 사라. 요즘 5천 원까지는 인터넷 결제된다더라."

"내가 돈이 없어서 이걸 했겠냐고."

성욱은 로또고 자시고 간에 잠만 자면 그만이라는 듯 이불을 머리끝까지 올렸다. 희태는 포기하고 외투를 걸쳤다. 주머니에 현금 3만 원이 남아 있었다. 1등 당첨금 총액은 정해져 있으니까, 너무 많이 사면 의심을 받을 게 뻔하니까 딱 열 게임만 긁자고 이야기가 된 상태였다. 마침 오피스텔에서 오 분 거리에 편의점이 있었다. 복방을 겸하는 곳이었다.

오피스텔 건물을 나서고서야 희태는 1주일 동안 제대로 된 이야기를 나눈 적이 없다는 사실을 깨달았다. 기껏해야 성욱과 말다툼을 몇 번 벌였을 뿐이지 나윤과는 사담 자체가 오가지 않았다. 그럴 겨를도 없게 바쁘긴 했다.

"돈 생기면 뭐부터 할 거야?"

희태는 질문을 던졌다.

"왜?"

"아니, 그냥. 말하기 싫으면 얘기 안 해도 되고."

"말하기 싫을 게 뭐 있어. 아빠가 보증 섰다가 말아먹은 거 처리해야 돼. 집에 빨간딱지 붙는다니까."

나연은 그렇게 답하고서는 소리 내어 웃었다. 숨결이 하얀 덩어리가 되었다가 이내 허공으로 흩어졌다. 희태는 그렇구나, 하고 고개를 끄덕였다. 지금까지 겪은 일들에 비하면 보증을 섰다가 집이 망하는 상황은 너무 일상적이라 놀랄 가치조차 없는 듯했다. 나연이 다시 입을 열었다.

"이거 안 되면 나 진짜 망한다. 나 대출 끼고 시작한 거 알지?"

"그러면 내가 책임지면 되지."

희태는 분위기가 이상해지는 것을 깨닫고 급히 덧붙였다.

"따지고 보면 예전에, 고등학생 때 네가 내 목숨 살려 준 거니까… 거기에 비하면, 600만 원이면 공장 몇 달 뛰면 충분히 모이는 돈이고…."

"야, 야. 갑자기 오글거리게 무슨 소리야. 말이 망하는 거지. 나도 알아서 살 수 있어. 휴학하고 과외 뛰고 그러면 돼."

"그래도. 고마우니까 하는 얘기야."

"내가 고맙지. 너도 그렇고 성욱이도 그렇고. 말도 안 되는 얘긴데 믿어 주고, 같이 고생도 하고…."

기분 좋게 흥얼거리던 나윤의 표정이 조금 진지해졌다.

"그런데 있잖아, 내가 궁금한 게 있거든. 너 물리학과니까."

"어."

"이 초능력이 5등에 당첨된 다음 나머지는 다 틀리는 거잖아. 그러면 이게 원리가 어떻게 되는 거야? 미래를 미리 알아서 그걸 맞추는 거야, 아니면 미래가 여러 개 있는데 안 이루어지는 미래가 없어지고 맞아떨어지는 미래만 남는 거야?"

갑작스러운 질문에 희태는 짧게 숨을 들이켰다. 생각해 본 적은 딱히 없었지만 듣고 보니 궁금하긴 했다. 그는 일단 복권부터 사고 얘기하자며 대답을 미뤘다. 용지에 번호를 적어 내려갈 때마다 교수들이 농담 삼아 던지던 이야기가 머리 뒤편에서 휙휙 돌았다.

'양자 역학 할 때 비슷한 얘기를 들었던 것 같은데. 다세계 해석이었나?'

희태는 결국 구매를 마치고 편의점에서 두 블록은 멀어진 다음에야 자신이 아무것도 모른다는 사실을 인정했다.

"학부생이 양자 역학을 알겠냐? 차라리 이런 걸 물어봐라. 찬드라세카르 한계. 르장드르 다항식. 정역학 평형…."

"아, 강의 내용 읊지 말고."

나윤은 팔꿈치로 희태의 옆구리를 가볍게 찔렀다. 대화 주제는 곧바로 다른 곳으로 옮겨 갔지만 희태는 계속 그 질문을 곱씹고 있었다. 정해진 미래가 있고 자신들은 그걸 따라갈 뿐인지, 혹은 직접, 여러 갈래의 세계 중 하나를 선택하는 것인지. 만약 후자라면 금요일 새벽에 꿨던 꿈과는 무슨 관련이 있는지. 그 수백만 명의 나윤은 정말로 있었는지, 아니면 꿈이 너무 생생해서 사실로 믿어 버렸을 뿐인지.

답을 듣게 된 건 오피스텔 문을 연 직후였다. 희태는 문 너머에 있는 게 성욱의 자취방이 아니라 낯선 사무실이라는 점에 첫 번째로 놀랐고, 그 사무실 한가운데에 서 있는 사람이 누구인지를 알아보고는 두 번째로 놀랐다. 정장을 차려입은, 건장한 체격의 남자였다.

"자, 너희 나름대로 고민을 하고 있었나 보군. 일단은 후자야. 그리고 그게 바로 내가 여기에 온 이유지."

남자는 절도 있는 동작으로 선글라스를 벗었다.

"안녕, 과거인들?"

숨이 턱 막혀 왔다.

*

"세상사라는 게 결국에는 가능성의 총합이란 말이야."

남자는 이런 문장으로 운을 뗐다.

"누구를 예로 들어야 할까? 좋아, 히틀러는 제1차 세계대전에 연락병으로 참전했지. 그때 포탄에 맞아 죽을 수도 있었을 거야. 혹은 화가의 꿈을 이뤘을 수도 있고. 그랬더라면 너희는 완전히 다른 세계에 살고 있었겠지."

남자는 팔을 뻗어 테이블 한가운데의 지구본 모형을 빙글 돌렸다. 빛으로 이루어진 구체는 점점 빠르게 돌다가 모래알처럼 부서지며 트리 구조의 2차원 평면으로 변했다. 희태와 나윤은 남자가 검지로 각각의 노드(Node)[1]를 짚어 가는 모습을 가만히 지켜보았다. 손가락이 닿을 때마다 노드와 간선(Edge)[2] 둘레에 붉은 테가 더해졌다. 읊는 듯한 목소리가 정적을 밀고 들어왔다.

"사막의 왕은 신도시를 세운다. 이 과정에서 한 무리의 이교도들이 성막을 들고 도망친다. 신성하지도 않고 제국도 아닌 나라의 왕들이 옥좌에 오른다. 시간은 빠르게 흐른다. 두 번의 큰 전쟁이 일어난다. 동양에서는 충직한 관리를 주인공으로 삼은 연극이 무대에 오르고 서양의 광장에서는 공산주의 지도자의 이름이 울려 퍼진

---

[1] 그래프 자료 구조를 이루는 요소 중의 하나로 정점이나 마디라고도 한다.
[2] 두 노드 사이를 잇는 선분이다.

다. 장벽이 무너지고 연방이 해체된다."

이윽고 남자는 트리의 중간 지점에서 손을 휘저어 선택되지 않은 서브트리를 모두 지웠다.

"그리고 900회 로또의 1등 당첨 번호는 7 - 8 - 22 - 35 - 37 - 41이다. 다른 가능성은, 없다."

희태는 일직선으로 이어지는 붉은 노드들을, 그리고 아직 선택되지 않은 채 넓게 뻗어 나가는 하위 서브트리를 내려다보았다. 그러면서 남자의 말을 이해하려 애썼다. 좋다. 세계가 가능성의 총합이라고 치자. 자신들이 로또를 사면서 다른 번호가 당첨되는 세계를 모두 지워 버렸다고 치자. 그래서 900회 로또에 대해서는 단 하나의 가능성만이 남게 되었다고 치자. 하지만 그게 중요한 일인가?

이집트의 아케나텐 왕은 신도시 아케타텐을 세웠다. 혹사당한 유대인들이 노역에서 도망쳤다. 로마는 그들의 믿음을 받아들였다. 이후의 신성로마제국은 천 년간 존속했다. 세계대전은 두 번 있었다. 상하이에서 공연된 연극은 문화대혁명을 일으켰다. 프랑스의 68혁명은 샤를 드골 정권을 붕괴시켰다. 베를린 장벽은 무너졌고 소비에트 연방도 뿔뿔이 흩어졌다. 그 모든 사건에 비하면 로또 당첨 번호는 지극히 사소했다.

"로또 번호가 그렇게나 중요한 문제라고요."

"히틀러가 만약 복권에 당첨될 수 있었더라면, 그래서 화가의 꿈을 이뤘더라면 제2차 세계대전도 일어나지 않았겠지…. 응?"

남자는 그렇게 되묻고는 작게 웃었다.

"자, 보란 말이야. 사소한 순간이 모여 거대한 사건을 만드는 거야. 아주 작은 차이만으로도 모든 게 뒤바뀔 수 있지. 게다가 너희들은 너희가 친구가 아니었던 세계까지 모두 없애 버렸다고."

"무슨 일인지 설명해 주셨으면 좋겠는데요."

나윤이 입을 열었다.

"글쎄, 어디서부터 시작해야 할까?"

남자는 자기소개로 서두를 열었다. 이름은 구하(龜何)고, 한때는 평범한 사람이었지만, 지금은 가능성의 세계를 관리하고 있다는 거였다. 지금은 아니지만 언젠가는 시간 여행을 하는 방법이 밝혀지게 된다고 했다.

구하는 최초의 시간 여행 회사에서 일했다. 그리고 모든 게 망가졌다.

"우리는 스스로 자신이 무슨 짓을 저지르고 있는지 몰랐던 거지. 라파엘로의 그림 하나를 찾는 동안 수억 개의 세계가 사라졌다. 정신을 차린 건 거의 모든 노드가 박살 난 뒤였고 말이야. 과거가 뒤바뀌고 미래도 뒤틀렸지. 다행히 그 회사의 사원들은 이 세계 바깥에서 일했기 때문에 세계의 전체적인 모습을 볼 수 있었다. 그렇다면 고칠 수도 있겠지."

"3차원 구를 자르면 2차원의 원이 되는 것처럼요?"

나윤이 말했다.

"비슷해. 차이가 있다면 이 각각의 순간은 면도, 선도 아니라 그저 점이라는 거지. 그런 점들이 연속적으로 이어지면서 선을, 그러니까 사건을 만든다. 이 사건은 다시 이어지면서 면을, 즉 세계를 만들지. 이 세계의 총합은 시공연속체라고 불리고, 우리는 시공연속체 바깥에 있어. 점과 선과 면과 입체 도형의 바깥에…."

회사의 임직원은, 그리고 계열사의 안내원은 총 칠천 명이었다. 허가 받은 연구자들까지 합하면 이만 명에 가까웠다. 시공연속체를 완전히 벗어난 사람의 수기도 했다. 수많은 사건을 일일이 살피기에는 턱없이 부족했다. 그들은 자신이 아는 역사를 재건할 방법을 찾아내다가 가장 쉽고 간편한 결론에 도달했다. 문명의 첫 장면으로 되돌아가서, 그 지점부터 시작하는 것이다. 인간들이 티그리스와 인더스 유역에 자리를 잡고 도시를 짓기 시작한 그 순간부터.

그들은 세계가 마음껏 자라도록 내버려 두었다. 적당히 많은 가능성이 뻗어 나가면 그때부터 작업을 시작했다. 원래 역사에 부합하는 세계만 남기고 나머지는 모두 없애는 것이다. 문자나 직물처럼 중요한 소도구들은 직접 퍼뜨리기도 했다. 그걸 까마득한 시간에 걸쳐 반복했다. 역사에 부합하는 일 년을 만들기 위해서는 수천만 년이, 가끔은 수억 년이 필요했다. 이제 그들은 20세기에 남은 가능성들을 살피며 22세기로 나아갈 수 있는 21세기를 고르고 있었다. 지금 당장은 비슷해 보일지라도 백 년이 지나고 보면 모든 게 달라지기 마련이었다.

"필요한 사건을 찾아낼 때마다 우리는 그 세계를 유

망한 세계선으로 표시한다. 그런 다음 다른 세계들이 그 세계와 동기화되도록 하지. 동기화시킬 수 없을 만큼 차이가 심한 경우는 아예 지우고. 그런 작업에는 특별한 물질이 쓰인다. 우리가 시간 입자라고 부르는 거야. 시간 입자는 인간한테 흡수될 경우 특수한 종류의 부작용을 일으키고,"

"그 도장이…."

거기까지 말한 희태는 숨을 급히 들이켰다. 구하가 씩 웃었다.

"자, 봐라. 덕분에 지금의 시공연속체는 너희를 기준으로 동기화되고 있단 말이야. 심지어 너희가 만나지 않은 세계는 모두 사라졌어. 거기에서부터 시작되는 갈래들도 당연히 없지."

"도장을 찍은 것도 결국엔 그쪽 아닌가요? 찍어 놓고 갑자기 책임을 져라, 이건 불합리한 처사 같은데요."

나윤이 항의했다.

"그건 우리가 아니야."

구하는 딱 잘라 말했다. 회사 내부에 배신자가 있다는 거였다. 세계를 다시 만들어야 하는 건 맞지만 그걸 기존의 역사대로 짜 맞추는 것 또한 오만이라고 주장하는 쪽이었다. 항의 조로 아무 곳에나 시간 입자를 뿌리고 다닌다는 것이었다. 역사를 완전히 망가뜨리진 않지만 구하쪽의 사람들을 괴롭히기에는 충분할 정도로. 나윤과 희태도 그 경우였다.

"그러면 우리가 처음 도장이 찍혔을 때 잡아가면 됐 잖아요. 처음부터 알고 있었으니까요. 그러면 복권을 살 일도, 다른 세계가 사라질 일도 없었겠죠."

"시간을 내려다보는 법을 우선 배워야겠군. 선 안의 점들은 다른 점이 내 뒤에 있다, 앞에 있다 하는 걸 중요하게 생각하지만 바깥에서 보면 그건 그냥 선일 뿐이지. 세계도 똑같아. 미래도 현재도 바깥에서 보면 동시에 존재해. 너희한테 마커가 찍히는 순간 트리 전체가 다시 짜이게 되니까. 우리는 그냥 정확히 어디에서 문제가 발생했는지 확인하려고 너희를 찾아다녔을 뿐이야."

구하의 설명에 희태는 새로고침 한 번마다 무작위로 모습을 바꾸는 미로 웹사이트를 상상했다. 모니터 바깥에서는 미로의 시작과 끝을, 그 경로를 동시에 알 수 있겠지만 미로를 헤매는 점에게는 지나온 길과 지나갈 길이 따로 있을 것이다. 시공연속체도 그런 원리로 돌아가는 거라면 조금이나마 이해가 갔다. 하지만 그래서 자신들이 어째야 하는지는 모를 일이었다.

"저희가 책임질 수 있는 문제는 아닌 것 같은데요."

"아니, 아니지. 쉬워. 너희는 지금 시공연속체에서 벗어나고 있는 거야. 그러면서 세계를 조금이나마 조작할 수 있는 힘을 얻게 될 거고. 흔한 부작용이지."

"구하… 씨…처럼요?"

나윤이 물었다.

"사장님이라고 불러. 어쨌건, 너희는 첫 번째 자동 복권을 사는 순간 당첨 번호 중 세 개를 확정하게 된다.

맞지?"

"예."

"23일 아침으로 돌아가서, 너희가 첫 복권을 사기 전에, 그 전에 자동을 한 장 산다. 그러면 시공연속체는 너희의 사본이 있는 다른 세계를 만들 거야. 각각의 트리에 대해, 그 지점에서 서브트리가 따로 분기하는 거지."

구하는 생각에 잠긴 듯 턱을 매만지다가, 활기찬 표정으로 결론 내렸다.

"당첨 번호 가짓수가 814만 개니까, 어림잡아서 그만큼만 하면 돼. 그 정도만 하면 가능성이 모두 복구되는 거야. 쉽다고. 일을 마치면 너희는 우리 직원이 될 거야. 7세기 동안의 진보를 머릿속에 욱여넣어야 하니까 교육은 좀 어렵겠지만, 다들 신입을 기다리고 있어…."

"싫다면요?"

나윤이 물었다. 그걸 정말로 원한다기보다는 가능성을 검토하는 것처럼 보였다.

"너희는 결국 우리처럼 될 거야. 선택지가 있을 것 같나?"

곧이어 드넓고 아득한 비전이 희태를 휩쓸었다. 그는 구하가 늘어놓은 이야기가 모두 사실인가? 아니, 애초에 지금 들려오는 언어가 한국어가 맞기나 한가? 하는 의심에 사로잡혔다. 충격에서 먼저 빠져나온 건 나윤이었다. 그녀가 구하와 협상을 시도하는 동안 희태는 멍하니 앉아만 있었다. 이윽고 둘은 복권 두 장을, 즉 열 게임을 사서 한 장은 성욱을 위해 남기고 다른 한 장은 나윤의 부모에게 전해 주는 것으로 합의했다.

*

모든 일을 마친 뒤 나윤과 희태는 잠시 원래의 세계에 발을 디딜 기회를 얻었다. 나윤의 부모와 성욱에게 당첨 용지를 안겨 주기 위해서였다. 직접 만나진 않고, 자는 곁에 편지와 당첨 용지만을 남기기로 했다. 이 세계의 당첨 번호는 여전히 7 - 8 - 22 - 35 - 37 - 41이었으므로 일이 꼬일 걱정은 하지 않아도 좋았다.

집에 들렀다 나온 나윤은 희태에게 먼저 돌아가라고 말한 뒤 지하철 역사로 들어가 선로를 밟기 시작했다. 한밤중이었다. 그녀는 선로를 따라가다가 그게 두 갈래로 꺾어지는 지점에 멈춰 섰다. 표지판을 등지고 앞을 바라보았다. 길은 하찮은 적막 속으로 뻗어 있었다. 그 궤적을 따라 삶의 전체였던 숫자들이 길게 늘어졌다. 2점대의 학점과 다섯 개의 과외. 아버지가 선 몇억 원의 보증. 대출금 600만 원. 군자금 7,500만 원. 복권 1등 당첨금액…. 모두 사소하기만 했다.

나윤은 내일 당장 여기에서 충돌 사고가 일어나더라도 구하의 손짓 한 번에 그 모든 소란이 사라질 것을 알았다. 수천 톤의 쇳덩이도, 주어진 선로도 대단할 게 없음을 알았다. 두 갈래 길이 나윤의 뒤편에 놓여 있었다. 그녀는 하나를 택해 더 걸어 나가는 대신 그 자리에 머물렀다. 몇 분이 지나 흔들거리는 어둠 속에서 눈동자 같은 불빛 두 쌍이 나타났다. 화물열차였다.

열차가 나윤을 향해 돌진했다. 그녀는 비좁은 세계 너머로 도약했다.

*

시공연속체에는 2020년 2월에서부터 갈라져 나가는 세계가 814만 개만큼 존재했다. 대부분은 7 - 8 - 22 - 35 - 37 - 41이 무의미한 숫자열이 되는 세계였다.

814만의 1

희태는 814만 개의 서로 다른 당첨 번호를, 자신과 나윤과 성욱을, 그리고 모든 세계에서 동일할 600만 원의 대출원금과 21.3%의 이율을 생각했다. 약속된 실패를 생각했다. 영화라면 주인공의 파멸과 함께 올라가는 스태프 롤을 볼 수 있었겠지만 그들은 거대한 시간의 부속품에 불과했다. 29일의 당첨 방송이 끝난 뒤에도 세계는 계속 가지를 뻗을 터였다.

거기에서 나윤은 어떻게 살아갈까? 성욱은? 자신은? 한참을 물었지만 나오는 답은 없었다. 희태는 자신의 사본들이 여전히 충성스럽기만을 빌었고, 남겨진 친구를 위해서도 기도했다. 그 모든 삶이 언제든 사라질 수 있다는 사실은 잠시 잊은 채였다.

기나긴 묵상을 마쳤을 때 희태는 나윤의 곁에 선 자신을 발견했다.

희태는 그것으로 충분하다고 생각했다.

과학 스토리 단편선
우수상

눈 내리는 사막에서
웃는 방법

이지은

2021 〈강원일보〉〈부산일보〉 신춘문예에 소설이 당선되었고, 한낙원과학소설상, 한국과학문학상 가작, KB창작동화제 최우수상을 받았다.
SF동화집 『고조를 찾아서』와 SF앤솔러지 『당첨되셨습니다』에 글을 실었다. 울타리를 뛰어넘는 검은 양의 마음으로 글을 쓴다.

이호는 고개를 뒤로 젖히다가 휘청거렸다. 무게가 쏠린 발목이 시큰했다. 스물두 살에 이런 통증을 느끼게 될 줄은 몰랐다. 하지만 지금 그게 중요한 게 아니다. 그녀의 등을 한 손으로 급히 받쳐 주던 K가 슬그머니 손을 떼더니 입을 가리고 말했다.

"FETUS CENTER에 압도당했습니까? 벌써 그렇게 촌티를 내면 안 되지요."

이호는 침을 삼키고 싶었지만 입안이 바짝 말라 있었다.

"앞으로 놀랄 일이 더 많습니다. 기억하세요."

K가 차분한 목소리로 덧붙였다.

"교토의 강물 위를 떠가는 두부 한 점처럼……."

여름의 강 위를 무심히 떠가는 두부같이 아무렇지 않게, 평정심을 유지하라.

"…두부처럼."

이호는 그 말을 되뇌었다.

그러나 조금도 담담해지지 않았다.

총괄 매니저인 미스터 윤이 앞장서서 문을 열어 준 뒤 걱정스러운 눈으로 그들을 바라보았다. 윤의 눈에 두 사람은 사모님과 운전기사로 보일 것이다. 이호는 우아하고 기품 있게 미소를 지었다. 수백 번 연습했던 표정이었다. 그럼에도 그 미소는 좀처럼 자신의 것 같지 않았다. 웃을 때 잇몸이 보여서는 안 된다. 콧등에 주름이 잡혀서도 안 된다. 귓등으로 머리카락을 넘기는 것도 금지다. K는 그걸 품위 없는 인간의 표식이라고 했다.

V등급에는 어울리지 않는 포즈.

'알 게 뭐야.'

이호는 한 손으로 부푼 배를 끌어안으며 가슴 깊은 곳에서 올라오는 거부감을 떨치려고 애썼다.

"사모님, 일정 끝나시면 연락 주십시오! 바로 모시러 오겠습니다."

K가 두 걸음 뒤로 물러서서 90도로 허리를 굽혀 인사했다. 그는 몸을 약간 틀고, 저만치 앞에서 아직도 문손잡이를 잡고 있는 윤에게는 고개만 까딱하는 걸로 인사를 대신했다. 윤은 한쪽 입꼬리를 살짝 올려 인사를 받았다.

눈 내리는 사막에서 웃는 방법

K는 이곳에 서류를 넣을 때 윤이 꽤 까탈을 부렸다고 했다. 요구하는 뒷돈이 컸다.

"원래 자리가 애매한 사람일수록 자기 권력을 과시하는 법입니다. 안 그러면 자기 존재 이유를 자기도 알 수가 없어서 그렇겠죠."

조바심을 들키지 않으려고, K는 그 까탈에 느긋하게 대처했다. 그 탓에 서류 심사가 한 달이나 미뤄졌다. 그 사이 배 속의 아기는 무럭무럭 자라서, 표피를 뚫어 버릴 것처럼 활발하게 발길질을 하곤 했다.

이호는 윤과 함께 건물 안으로 들어섰다. 천장에서 서늘한 바람이 느개처럼 내려와 몸을 감쌌다. 이호는 그 바람을 만질 수 있을 것만 같아 피부에 손을 대 보았다. 부드러운 바람을 고아 만든 강물에 온몸을 잠깐 담갔다 뺀 것처럼, 순식간에 몸이 산뜻해졌다.

그들이 도착하기도 전에 엘리베이터 문은 이미 열린 채 멈춰 있었다. 그런 상태의 문은 오직 V등급 전용 라인뿐이었다. 이호는 맞은편에서 다른 엘리베이터를 기다리느라 길게 줄을 선 사람들을 바라보았다. 이런저런 검사를 받기 위해 기다리는 임신부들이 저마다 불룩한 배를 안고 있었다. 그중 6층부터 8층까지인 A라인 엘리베이터를 타기 위한 줄은 건물 밖까지 이어졌다. 바깥은 38도가 넘는 한여름의 열기로 끓어오르는 중이었다.

이호가 엘리베이터에 오르자 그녀를 훑어보는 여자들의 시선이 따갑게 닿았다. 하지만 이호와 윤, 단 두 사람만 태운 채 거대한 엘리베이터의 문은 부드럽고도 무심하게 닫혔다. 단절된 벽 너머, 절박한 마음으로 서 있을 여자들을 생각하며 이호는 몸을 움츠렸다.

"이 엘리베이터는 85층에만 서며 임신부인 고객님을 배려해서 특별히 천천히 상승한다는 점 양해해 주시기 바랍니다."

상냥한 목소리로 나오는 안내 방송을 들으며 이호는 한쪽 벽에 놓인 고객용 의자에 앉았다. 몸을 녹여 버릴 듯이 부드러우면서도 체중을 알맞게 분산시키는 의자였다. 이호의 체형에 맞게 의자 다리 높이와 등받이 각도가 자동으로 조정된 뒤 척추 마사지가 시작되었다.

"사모님, 저희 프로그램도 미리 체험해 보시겠습니까?"

윤이 차분하게 말을 건넸다. 그는 콩알만 한 크기의 소음 방지 스펀지처럼 생긴 것을 이호의 손바닥 위에 올렸다. 당연한 듯이 더는 설명이 없었다. 한여름의 식당에서 건네는 찬물 한 잔처럼, 상식에 속하는 행위일 것이다. 이호는 이 세계에서 무엇이 당연하고 무엇이 그 반대인지 빨리 파악해야 했다.

이호는 약간 망설이다가 그걸 왼쪽 귀에 꽂았다. 윤은 미소를 띠며, 엘리베이터 상단의 수납장에서 부드러운 담요를 꺼내 이호의 무릎에 덮어 주었다. 무게라고는 전혀 느껴지지 않는 기묘한 재질의 담요였다.

V라인 전용 엘리베이터 안은 온통 푸르게 일렁이는 바다 사진으로 도배되어 있었다. 이호는 예전에 자주 가던 목욕탕 통유리에 붙어 있던 싸구려 시트를 떠올렸다. 파랗고 고요한 바다에 흰 돛단배 하나가 떠 있고 그 위에 파란 원피스를 입은 여자가 누워 있는 사진을 인쇄한 것이었다. 바람이 불지 않아 파도도 없는 바다였다. 이호는 그걸 볼 때마다 여자가 바다에 버려진 것 같다고 생각했다.

이 엘리베이터의 사방에 붙은 선명한 빛깔의 바다는 실제로 일렁이는 것처럼 보일 만큼 아름다웠다. 밤이면 바다에서 육지로 비린내라고는 없는 바람이 불어오는 곳. K는 그런 바다가 있는 나라로 이민을 약속했었다.

그러니, 잘 해내야만 한다.

"불편한 점 있으십니까?"

윤이 이호의 안색을 살피며 물었다. 이호는 자기도 모르게 인상을 찌푸리고 있었다는 걸 깨달았다. 졸부들이나 인상을 쓴다, 표정이야말로 부(富)의 기표다. K가 몇 번이나 주의를 주었는데도 잊어버렸다. 이호는 품위 있는 미소를 지으며 고개를 저었다.

엘리베이터는 아무 진동 없이 사뿐히, 그러나 느긋하게 85층을 향해 올라가는 중이었다. 이호는 자신이 무진동 탑차에 실린 그랜드피아노 같다는 생각이 들었다.

"마녀가 공주를 어떻게 구별하는지 압니까? 침대 위에 거위 털 이불 일곱 개를 겹겹이 깔아 놓고 그 맨 아래에 콩 한 알을 두는 거죠. 그럼 공주는 몸이 배겨서 잠자리가 불편해지는 겁니다. 다음날 눈이 가장 벌건 여자를 찾으면, 그 사람이 바로 공주입니다. V룸엔 그런 계층만 모이죠. 그 콩 한 알을 인지할 만큼 곱게만 자란 인간들이. 그러면서도 그걸 드러내지 않는 교육을 받은 강적들이 말입니다."

긴장해서인지 K의 말이 자꾸 맴돌았다. 지긋지긋한 교육이었는데, 옆에 있는 윤이 신경 쓰인 탓에 K가 등을 받쳐 줄 때의 그 손바닥의 온기마저 그리워졌다.

숫자판 위에 달린 화면에서는 FETUS CONTENTS 회사에서 지원하는 각종 혜택과 교육 일정이 소개되었다. 이호는 그런 것을 신기하게 바라보는 인상을 주지 않으려고 애쓰면서 자연스럽게 화면을 힐끔거렸다.

이 센터의 교육을 수료한 아기들이 가는 명문 영유아 스쿨이 화면에 나왔다. 푸릇푸릇한 잔디 위에서 아기들이 햇볕을 쬐며 놀고 있었다. 아기는 모두 빛나는 눈을 가졌다. 누군가가 엉덩방아를 찧으면 다른 아기들이 다가와 넘어진 아기를 쓰다듬어 주었는데, 그 눈길에는 걱정하는 마음이 고스란히 담겼다. 공감 능력과 지적 수준이 대여섯 살은 되어 보일 정도였다. '스포츠 활동-수영' 자막이 뜨고 화면이 페이드인 되자, 보호 장구 하나 없이 수면에 떠 있는 아기들이 나타났다. 아기들은 자유롭게 잠영을 하다가 가볍게 물 위로 입술을 내밀고 뻐끔거렸다. '두려움'이라는 감정 자체를 경험한 적이 없는 존재들 같았다.

이호는 동영상을 반복해서 볼수록 마음이 착잡해졌다. 신기루 같은 세계를 동경해서는 안 된다. 그녀는 토퍼 밑에 날 선 돌멩이들을 넣어 놓아도 그걸 인지하지 못할 만큼 무딘 수준의 세계에서 살아왔다.

이호는 무료해져 이것저것 만져 보다가 마사지 의자의 팔걸이 아래 버튼들이 있는 걸 발견했다. 이호는 그중 가운데 있는 것을 눌러 봤다. 그러자, 갑자기 이물감이 들면서 터널로 빨려 들어가는 듯 시야 주변이 어두워졌다가 서서히 밝아졌다. 엘리베이터 안에 새파란 물이 차오르기 시작했다. 이호가 발을 들어올리기도 전에 물은 금세 발목을 적셨고 무릎까지 올라왔다.

'음모가 발각된 걸까.'

이호는 위급할 때만 연락하라고 했던 K의 비상용 디바이스를 떠올렸다. 간부들을 제외하고는 센터 안에 어떤 전자기기도 반입할 수 없었다. 전파의 충돌이나 전자기장이 형성되는 걸 막기 위해서라고 했지만 K는 그저 기술 유출을 방지할 목적일 거라고 못박았다. 만약 어떤 식으로든 일이 뒤틀리면, 이호는 결혼반지로 위장한 디바이스에 쌀알 크기로 돌출된 녹색 비상 버튼을 손톱으로 힘주어 눌러야 한다. 그것은 누구의 주의도 끌지 않고 단 2초간만 K에게 신호를 전송할 것이다. K는 모든 흔적을 지운 뒤 성공 사례비를 뺀 착수금만 이호의 통장에 남긴 채 사라질 계획이었다. 모리셔스의 바다도, 따뜻한 바람과 소금을 올린 칵테일도 그 신호와 함께 무효가 된다. 그럴 수는 없다.

그러나 물은 무릎까지만 차오른 채 더 늘지도 줄지도 않았다. 양수처럼 따뜻하고 부드러운 질감의 물이었다. 현재의 층수를 알려 주는 안내판에서 아주 작은 갈매기 두 마리가 나타나 날갯짓을 했다. 마치 스크린을 보듯 약간 먼 감이 느껴지는 곳에 뭉게구름이 피어올랐다. 이호는 바닥에 하얗게 깔린 모래를 보았다. 소금을 한 포대 부어 놓은 듯 희고 맑은 모래였다. 그 위로 열대어들이 평화롭게 헤엄쳤다. 온통 몸이 노란 물고기 하나가 이호에게 다가와 종아리 주변을 맴돌면서 톡, 톡, 입술로 두드렸다. 이호는 자신도 모르게 아, 하고 행복한 신음을 흘렸다. 퉁퉁 부은 발에서 샌들을 벗겼다. 발가락 사이로 모래가 쓸려 오는 간지러운 느낌.

입술을 깨무는 순간, 갑자기 모든 감각이 사라졌다. 순식간이었다. 파도도, 바람도, 갈매기도, 모래와 열대어들도 환영처럼 소멸했다. 이호는 얼떨떨하게 빈 곳을 바라보았다.

"역시 이 버전을 다들 가장 좋아하시네요. 엘리베이터 안 MR(mixed reality)은 30초만 설정되어 있어서 아쉽다고, 시간 좀 늘려 달라고 하시는 분들이 많습니다. 사모님은 어떠셨습니까?"

이호는 아까 눌렀던 버튼의 위치를 손가락으로 가늠해 보았다. 그제야 K가 MR에 관해 말해 준 것들이 기억났다. 마이스너, 메르켈, 파치니,

루피니 소체와 같은 피부 감각 수용기들이 어떤 식으로 과학과 접목했는지를.

긴장해서는 안 돼. 이호는 침을 삼켰다. 하지만 이 정도일 줄이야…….

윤은 이호의 눈을 지그시 바라보며 대답을 기다리고 있었다.

"…와이키키에 다시 온 기분이 들어서 좋았어요. 태교 여행으로 갔었거든요."

"역시 그러셨군요."

윤은 다정한 목소리로 답했다. 드디어 85층에 엘리베이터가 멈췄다. 귀한 문서 위에 문진을 내려놓듯 조심스러운 속도로 문이 열렸다. 두 사람은 황금색 카펫을 밟으며 V룸으로 입장했다.

*

다섯 달 전.

이호는 호놀룰루 공항에서 울고 있었다. 웨딩드레스를 입은 채 한 손에는 산호와 조개껍데기를 반얀트리 가지로 묶어서 만든 부케를 들었다. 샌프란시스코에서 출발해 아침 10시에 하와이에 도착하기로 한 약혼자는 오후 3시가 되어도 끝내 오지 않았다. 공항 보안 요원들이 몇 번이고 이호에게 안부를 물으러 왔다. 추락한 비행기 소식은 없어요, 걱정하지 말아요. 울지 말아요. 오, 가엾은 신부.

- 난 나의 가족을 이길 수 없을 거야. 미안해.

루틴은 뒤늦게야 문자 한 통을 보냈을 뿐이었다.

이호는 약혼자 루틴과 함께 와이키키 해변에서 셀프 웨딩 사진을 찍을 예정이었다. 이호가 먼저 하와이행 표를 끊었다. 그녀는 공항 근처 호텔에서 하루를 보냈다. 따뜻한 물에 몸을 담그고 나른하게 회상에 빠졌다.

그동안은 나쁜 남자들을 만나고 가진 것을 서로 잃었다. 괴팍한 이상주의자들을 만나 설득당하고 구원하며 시간을 낭비했다. 그 남자들에게도 이호는 이상주의자였을 것이다. 나무를 숭배하는 남자와 공동체에서 생활한 적도 있었다. 그들은 연필도, 종이도, 휴지도 쓰지 않았다. 오직 돌로 집을 지었고 열매를 먹지 않았다. 과테말라에서 바다거북을 잡아 밀매하는 남자를 사귄 적도 있었다. 그 남자는 쉬는 날이면 오두막에서 마리화나를 피웠다. 머리카락에서 쑥뜸 냄새가 났고 목덜미엔 언제나 소금이 말라 있었다. 이호는 그런 이들이 풍기는 냄새를 자유의 향기라고 착각했다. 마음대로 살면서도 자신에게 집중하는 삶이라고 오해했다. 루틴은 그들과 달랐다. 그에겐 소금기도, 쑥뜸 냄새도, 몽상과 숭배도 없었다. 그는 합리적이고 이성적인 남자였다.

그녀는 일부러 해변에 가지 않고 기다렸다. 그런 아름다운 바다는, 루틴과 함께 봐야 했다.

파도를 타는 사람들의 역동적인 몸짓과 새파란 하늘을 배경으로, 두 사람은 인생에서 가장 환한 순간을 사진에 담을 생각이었다. 사각의 프레임 속에 그 풍경을 넣고 셔터를 누르는 순간부터 새로운 삶을 살 수 있을 것 같았다. 그러나 루틴은 끝내 오지 않았다.

루틴. 그는 스탠퍼드 대학 응축 물질 물리학과를 졸업하고 포닥(Postdoctoral researcher)으로 일하는 중이었다. 이호는 대학 정문의 엘카미노레알에 있는 커피숍에서 일했다. 미국 제약 기업에 스카우트된 이모부 덕분에 이호는 불법이나마 한국인 사장이 운영하는 곳의 이런저런 일자리를 소개받아 용돈벌이를 할 수 있었다. 이모는 정식 취업 비자나 학업 비자를 받을 수 있게 알선해 주려 했지만 이호는 그 제안을 거절했다. 그녀는 그렇게 모은 돈으로 훌쩍 어디론가 떠나 바람처럼 살았다.

이호는 피부색이나 억양 차이보다는 커피숍에 모인 수많은 석사, 박사 과정 학생들이 나누는 이야기를 들을 때 오히려 자신을 이방인처럼 느꼈다. 스캐닝 터널링이 어쩌고, 레이저 간섭계가 저쩌고, 푸리에 적외선이 블라블라. 이호는 그 대화들의 20퍼센트만 이해했고, 그마저 용어 자체만 들리는 수준이었다. 컵을 컵이라고 부르는 건 알겠지만 컵이 가진 속성은 알 수 없는 것과 같았다.

이호는 미시적이든 거시적이든 세상이 움직이는 이치 따위엔 관심이 없었다. 삶은 그저 살아지는 것이지 응용하는 것이 아니었다. 그러나 올해 노벨상 후보에 대한 토론이 벌어질 때는 흥미를 느꼈다. 그들 중 누군가는 꼭 자리를 박차고 뛰쳐나갔기 때문이었다. 이호는 매니저와 함께 이번엔 누가 먼저 씩씩거리며 카페 밖으로 나갈지 내기를 걸곤 했다.

그날, 루틴은 카페의 유리문을 때리듯이 밀치고 나간 사람이었다. 내가 이겼어. 매니저가 이호에게 손바닥을 내밀며 씩 웃었다. 이호가 랩 주머니에 손을 넣어 1달러를 꺼내는 순간, 매니저의 등 너머로 유리문이 열리고 루틴이 성큼성큼 걸어오는 게 보였다. 그는 여전히 분이 안 풀려 벌겋게 달아오른 뺨을 하고도 지갑에서 차분하게 잔돈을 찾은 뒤, "팁을 잊었어요. 미안합니다."하고 말했다. 좀생이 같은 너드(nerd) 포닥들 중에 저런 녀석이 있다니, 하며 매니저는 어깨를 으쓱 올렸다. 이호는 루틴의 지푸라기색 머리와 연녹색 눈을 바라보며 기묘하게 흔들렸다. 또다시, 내면에 바람이 불고 있다는 징조였다.

홀로 루틴을 기다리던 그 날, 이호는 결국 여권을 바다에 던져 버렸다. 더 무너지고 더 파괴되고 싶은 욕구와 끊임없이 사랑을 주고 싶다는 욕구가 동시에 치밀어 올랐다.

루틴의 집안은 워싱턴 정가와 뿌리 깊은 연관을 맺고 있었다. 할아버지가 상원 출신이었고 아버지는 연방 대법관으로 재직 중이었다. 막내 아들인 루틴이 보수적인 집안 분위기를 이기고 이호를 선택했을 때의 기회비용은 사랑만으로 상쇄할 수 있는 것이 아니었다. 루틴의 누나가 루마니아의 무용수와 사랑에 빠졌다가 어떤 결말을 맞았는지 이호 역시 잘 알고 있었다.

이호는 루틴과 연애하는 동안 그 가문이 권력을 유지하는 방식에 관해 많은 걸 알게 되었다. 루틴의 부모가 했던 인종차별적 발언은 PC운동(political correctness)이 한창 이슈가 되고 있는 시기에 꽤 타격을 줄 만한 것이었다. 토크쇼에 나가 물어뜯을 것은 얼마든지 있었고 가십거리를 기다리는 기자들의 연락처도 넘쳐 났다. 하지만 이호는 와이키키 해변에 가서 웨딩드레스를 입은 자신을 비추는 모든 유리창을 깨부수는 길을 택했다. 눈에 띄는 풍경마다 빗금을 그었다. 너무 상투적인 드라마의 결말이라서 자신마저 뻔해진 것 같았다. 숨결도 피부도 사상도 양식도 자유로웠던 젊은 날이 지나갔음을, 이제 주변에는 아무도 남지 않았음을, 이호는 뼈저리게 깨달았다.

그녀가 흰 드레스에 온통 핏자국을 남긴 채 이민국에 연행되었을 때, 그녀를 빼 준 브로커가 바로 K였다. 이모부는 어떤 루트로 K를 알게 되었는지는 말해 주지 않고, 다시는 미국 땅을 밟지 말라는 조건으로 그를 보내 이호를 도왔다. 앞으로 자신들에게 접근하지도 말라고 했다. 이모부는 이호가 풀려난 직후 이사를 갔고 연락처도 바꾸었다. '우리 사이엔 어떤 과거도 어떤 미래도 없다'라는 게 이호가 마지막으로 들은 말이었다. 은퇴 후 주지사 선거에 출마할 계획이었던 공화당원 이모부에게, 루틴과 헤어진 이호는 계륵보다 못한 존재였을 것이다. 이모부에게는 이모부만의 목표와 삶이 있었고, 그 나름대로 깨부수어야 할 장벽이 많았다. 장벽을 넘은 자는 장벽 너머의 이웃을 돌아보지 않는 법이었다.

이호가 루틴에게 깜짝 선물로 주기 위해 간직한 8주짜리 태아 사진으로 K는 이호를 변호했다. 임신 여부를 확인하지도 않고 강제로 이호를 연행한 주 정부를 상대로 소송과 언론 플레이를 시작할 것이라 엄포를 놓았다. K는 의료분쟁과 기업들의 특허권 소송을 주로 담당하는 대형 로펌 출신이었다. 그 일을 그만둔 뒤 공동 투자로 벤처기업을 세웠다가 동업자의 배신으로 지분을 모조리 잃은 사람이라는 건 나중에 알았다. 그러나 그 과거와 이호가 연결되는 접점이 어딘지는 더 시간이 흐른 후에야 깨달았다.

K는 이호가 오갈 데 없는 처지라는 정보를 이미 입수한 상태였다. K는 이호를 오피스텔의 사무실로 데려갔다. 이호는 아무 계산도 하고 싶지 않았다. 잃을 것과 얻을 것을 따지는 것도 미래지향적인 사람이나 할 수 있는 일이었다. 그녀는 그럴 의욕조차 없었다. 눈물이 마르면 이호는 지칠 때까지 창밖을 바라보았다. 도심의 풍경은 그저 무심하기만 했다. 짙은 회색 건물들과 흰 구름을 반영하는 유리창들, 멀리서 보면 천천히 움직이고 있는 것 같은 자동차들이 매 시각 비슷비슷하게 시야에 들어왔다. 아무것도

눈 내리는 사막에서 웃는 방법

파괴되지 않고, 어떤 걱정도 표면으로 드러나지 않는 일관된 풍경이었다.

그녀의 상태가 좋아졌을 때, K는 기다렸다는 듯 제안을 했다. 성공하면, 아이와 함께 안전하게 살 수 있는 계획이 있다고 말했다. 지금 상황에서는 아이를 낳아도 루틴의 집안에 양육권을 빼앗길 우려가 있다는 말도 덧붙였다. 이호는 실종된 뒤 숲에서 발견된 루마니아 무용수의 모습을 떠올렸다.

K의 설명을 듣는 동안, 이호는 다시 그 대학 거리 앞 카페에서 앞치마 주머니에 손을 넣은 채 1달러를 찾고 있는 것만 같았다. 노벨상 후보들에 관한 토론이 사라진 것만 빼면 기시감이 들었다.

"인간은 무엇으로 존재를 느낄까요? 우리가 봤을 땐 시각보다 우선하는 게 촉각입니다."

K는 '우리'가 누구인지 말해 주지도 않고 마치 강의를 하듯 말문을 열었다. 이호는 어린양의 가죽으로 만든 고급 소파에 몸을 기대고 그의 말을 들었다.

"영화 볼 때를 생각해 보세요. 주인공들이 히말라야에 오를 때 뼛속까지 스며드는 바람의 느낌이나 콧구멍 속으로 얼음이 넘어가는 선뜩함 같은 건 리얼하게 알 수 없죠. 바다에서 헤엄치는 두 연인을 화면으로 보고 있을 때도 말입니다. 바닷물에 반쯤 잠긴 몸 위로 구름이 만든 그늘이 천천히 지나갈 때의 느낌, 그런 건 오직 상상의 영역에 존재하는 겁니다. 진짜 욕구는 보는 것만으로는 충족되지 않아요. MR시장은 시각을 뛰어넘어야 하죠."

K는 이호의 표정을 살피며 말을 이었다.

"우리가 바로 그걸 해냈습니다. 인간의 피부에 밀착해서 신경망과 컨택하는 순간 눈앞에 보이는 것을 몸으로 경험할 수 있는 신세계를 열었단 거죠."

이호는 만약 루틴을 다시 보게 된다면, 그 기묘한 연녹색 눈동자를 또 마주하게 된다면, 시각적 감각만으로도 충분히 고통을 느낄 수 있을 거라는 생각이 들 뿐이었다. 루틴이 가진, 폐와 호수처럼 고요하고 차분한 목소리를 듣게 된다면 역시 그것만으로도 심장이 아플 것 같았다. 소유의 욕망은 감각을 초월하는 거라고 말하고 싶었다. 그러나 K의 눈빛에 문득 뭔가가 타올랐기 때문에 이호는 입을 다물었다. 쉰셋의 나이치고 눈동자는 너무나 검고 깊은 대신, 머리카락은 일흔의 나이라고 해도 믿을 만큼 색이 바랬다. 그래서 그가 모자를 쓰고 있으면, 이호는 K의 나이를 금세 잊어버리곤 했다.

"우린 매직 리프보다 앞서가는 기술을 갖고 있었습니다. HMD(Head mounted Display) 단계를 뛰어넘은 수준이었죠. 시신경과 연결될 수 있는 디바이스와 촉각 섬유를 개발했습니다. 몸을 매개로 아톰의 세계와 비트의 세계가 통합되는 겁니다."

"그게 어떤 건데요?"

"이 혼합 현실 공간이 상용화되면, 우린 프라

하 골목을 거닐면서 데이트를 한 뒤 코타키나발루로 가서 탄중아루의 노을을 볼 수 있어요. 서늘함과 따뜻함을 몸으로 감각하면서. 공짜로 랍스터를 먹고 언제든 롤러코스터를 탈 수 있다는 거죠. 하지만⋯."

K는 이호가 MR이 뭔지, HMD가 무엇의 약자인지 전혀 모른다는 걸 인지하지 못한 채 빠른 속도로 말을 이어 갔다. K에게는 그런 개념들이 너무나 당연한 상식에 속한 것이었기 때문에, 이호의 머릿속이 뒤죽박죽된 줄도 알지 못했다.

"기자회견을 잡으려는 찰나, 동업자 놈이 사라졌습니다."

K는 그를 찾기 위해 주식 동향과 학술대회까지 섭렵하면서 기술의 행방을 좇아왔다. 그러다 마침내, 그 동업자의 세 번째 아내가 바로 데레사라는 걸 알아냈다. 데레사가 아이를 가졌다는 것도. 그리고 그 데레사가 웅장한 건물 안으로 매일 사라진다는 것도.

*

"영국 귀족들은 '똥머리'를 하지 않는다는 거 압니까?"

K가 그랬다.

"이게 어때서요?"

이호는 대충 뭉친 털실 덩어리 같은 머리를 만지며 되물었다. 머리카락이 흘러내리지 않아 실용적인 스타일이었다. 거울 속의 이호는 눈초리가 더욱 팽팽하게 당겨진 탓에 병마용의 무사들 같아 보이기도 했다.

"중요한 건 상류층 눈에는 그게 어딘가 '부족한' 느낌을 준다는 겁니다. 혹은 '낮은' 느낌이겠죠? 그렇다면 굳이 그런 스타일을 고집할 필요가 없습니다."

이호는 둥글게 말아 올린 머리에 감았던 머리끈을 풀고 머리카락 사이에 손을 넣어 헝클면서, "여기는 영국이 아니라 한국이에요. 내가 살아온 삶은 자유로 충만했고요." 하고 짐짓 반항하며 대답했다. 그러나 K는 못 들은 척 다가와 이호의 얼굴을 가만히 응시했다.

"이호."

K가 나이답지 않게 서리태같이 새까만 눈을 반득이며 말했다.

"당신 과거 따위는 궁금하지 않아요. 지금부터 다른 존재가 될 거니까. 우리가 알아야 할 존재는 오직 V룸의 그 귀족들뿐입니다. 그중에서도 데레사, 데레사 몸속의 태아, 그 태아의 그것⋯⋯."

"이호 씨, 태몽은 어떤 거 꿨는지 물어봐도 될까요?"

발목까지 오는 핑크색 선드레스를 입은 여자가 말라사나 자세로 바꾸며 속삭였다. 그 덕에 이호는 K가 한 말이 이명처럼 들리는 기억에서 벗어났다. 암막 커튼이 내려온 앞쪽 벽에는 아그라의 타지마할이 새하얀 대리석에 서늘한 달빛을 반사하며 우뚝 서 있고, 인도 요기니가 그 거대한 무덤을 배경으로 요가 자세를 바꾸는 중이었다. 그녀가 움직일 때마다 금색 발찌가 짤랑짤랑 흔들리는 소리가 들려왔고 레몬그라스 향이 은은하게 번졌다.

"이호 씨?"

여자가 재촉했다.

이호는 고개를 돌려 그녀를 부드러운 시선으로 바라보려고 노력하며 말했다.

"사막에 함박눈이 펑펑 쏟아지고 있는 꿈이었어요."

여자가 무릎을 굽혀도 선드레스는 팽팽해지지 않고 부드럽게 몸의 곡선을 따라 모양을 바꾸었다. 이호도 같은 재질의 푸른색 옷을 받았지만, 타인이 그 옷을 입고 움직이는 모습을 보고 있어야만 옷을 입고 있다는 게 비로소 실감이 났다. 깃털 하나를 피부에 올린 것처럼 가벼운 재질이다. 이호는 혹시 자신만 벌거벗고 있는 게 아닐까 싶어 급히 옷을 만져 본 뒤 안심하기를 반복했다. 이건 옷이라기보다 피부에 가까웠다.

"처음 들어 보는 태몽이네요. 사막이라면, 낙타를 타고 있었나요?"

다른 여자가 물었다. 그녀는 보라색 선드레스를 입고 있었다.

"흰 당나귀를 타고 어디론가 가는 중이었어요."

이호가 요가 자세를 바꾸며 낮은 목소리로 말했다. 요가와 수영, 심리와 유아 교육 등의 수업에 대비해 미리 많은 지식을 쌓아 온 터였다. 자연스러운 자세로 몸짓을 바꾸었지만, 여전히 이호의 일부분은 다른 세계에 가 있는 것 같았다. 그녀는 그런 괴리감을 떨치기 위해 애써 미소를 지었다.

"그럼, 당신이 바로 나타샤군요."

핑크색 옷의 여자가 말하자, 앞줄에서 요가를 하던 두 여자가 웃음을 터뜨렸다. 같이 따라 웃지 않으면 무지한 사람으로 분류되는 종류의 웃음이라는 걸 이호는 며칠 동안 이들과 어울리면서 눈치챘다. 이호가 요가 자세에 집중하느라 생각을 놓친 척하며 미소를 띠는 동안 보라색 드레스를 입은 여자가 말했다.

"백석의 시에 나오는 그 나타샤요?"

이호는 그런 시인에 대해선 들어 본 적이 없었다.

"가난한 내가 아름다운 나타샤를 사랑해서 오늘 밤은 푹푹 눈이 나린다[1]……. 그 시에 흰 당나귀가 나오죠."

타지마할 너머로 달이 지고 구름이 몰려들었다. 주변이 순식간에 어두워지면서 먼 데서 천둥이 나지막이 울렸다. 백색소음이 깔리는 건 요가가 끝나기 십 분 전이라는 신호였다.

"그런가요."

이호는 요기니를 바라보며 말했다. 가상 요기니는 매끄럽게 빛나는 눈으로 여자들 너머 어딘

---

[1] 백석, 〈나와 나타샤와 흰 당나귀〉에서 인용.

가를 응시하고 있었다.

"우리 중 가장 개성 있는 태몽이네요."

뒤에 있던 누군가가 말했다. 여자들의 목소리는 모두 한결같이 부드러웠다. 한 번도 가진 것을 빼앗기거나 억울해 본 적 없는 사람들 같았다. 그녀들의 남편도 마찬가지였다. 우아하고 아름다웠다.

이호는 고개를 끄덕인 뒤 말을 이었다.

"제 머리 위로는 함박눈이 펑펑 쏟아지는데, 저 앞에는 샛노란 빛의 사막이 있었어요. 햇빛에 눈부시게 빛나는 모래와 눈 내리는 새하얀 세상이 딱 절반씩. 이쪽은 서늘하게 바람이 불고, 몸이 촉촉하고, 흰 달이 떠 있는데 저쪽은 밝은 볕이 가득하고, 붉은 태양이 타오르고, 심장이 따뜻해질 것 같았죠. 계속 여기 있을까 아니면 저쪽으로 갈까 고민하다가 결국 당나귀를 타고 사막으로 갔어요."

"사막에서 누굴 만났어요? 호랑이? 용? 아님 갑자기 밭이 나타나서 복숭아나 가지를 따 먹었나요?"

"그게 끝이었어요. 끝없이, 끝없이…… 사막을 걷기만 했어요. 당나귀가 꼬리를 흔들 때마다 목덜미가 시원해지던 게 기억나요. 뒤를 보면 하염없이 눈이 펄펄 내리고 있었고요. 그쪽 세계에서 시원한 바람이 불어왔어요. 가끔 눈송이가 날아와서 등에 닿았는데, 그 눈송이 하나하나가 녹는 감각이 아직 선명해요."

여섯 명의 여자들이 동작을 멈추고 이호의 이야기에 빠져들었다.

"눈 내리는 버전, 우리한테 있을 텐데……"

보라색 선드레스를 입은 여자가 중얼거렸다. 누군가가 손가락을 부딪쳐 신호를 보냈다.

"눈 내리는 버전이요?"

말이 끝나기 무섭게 이호는 등에 눈송이가 닿은 것 같다고 느꼈다. 사방에서 함박눈이 흩날리고 있었다. 희고 부드럽게 덩어리진 눈이, 함께 요가를 하고 있던 여자들 머리 위로 골고루 쌓였다가 녹았다. 그럼에도 몸은 조금도 서늘해지지 않았다. 타지마할과 인도 여자의 홀로그램은 어느새 사라졌다. 이호는 어둠 속에서 천둥소리를 들었다.

"너무 아름다운 태몽이에요. 신화 같아요. 이호 씨는 아마, 엄청난 아이를 낳을지도 몰라요."

이호는 조금 전의 목소리가 들려오는 위치를 가늠하며, 자연스럽게 데레사에게 다가갔다. 이 그룹에서 이십 대는 이호와 데레사뿐이라는 게 그녀와 친밀한 분위기를 만드는 데 큰 역할을 했다. K는 데레사가 어린 시절부터 홀로 외국생활을 했던 탓에, 외로움을 많이 타는 성격이라고 알려 주었다. 데레사는 코스메틱 사업으로 미국 시장을 손에 넣은 뒤 방준성을 만나 둘만의 결혼식을 올렸다.

"발목은 좀 어때요? 일어날 때마다 무게가 쏠려 통증이 있다고 그랬잖아요."

이호가 데레사의 몸을 받쳐 주며 물었다.

"좋아졌어요. 신경 써 줘서 고마워요."

"앞으론 일어날 때 제 손을 빌려요. 이런 사소한 일로 버틀러들을 호출하긴 미안할 때가 있더라고요."

이호의 말에 데레사가 웃었다. 저렇게 악의 없이 맑게 웃으려면 도대체 어떤 배경에서 자라야 하는 걸까. 이호는 그 웃음을 보며 생각했다. 마음 한구석에서 맹렬하게 열기가 솟아올랐다.

"그러네요. 아직도 내 몸에 익숙해지지 않아요. 어떻게 두 사람이 한 몸을 같이 쓸 수 있는지 모르겠어요. 컴퓨터처럼 파티션을 나누어 쓰는 거라면 편할 텐데."

"임신이 처음이라 그렇죠. 저도 그래요. 제 몸을 볼 때마다 깜짝깜짝 놀란다니까요."

이호는 데레사의 옷매무새를 괜히 매만져 준 뒤 제자리로 돌아왔다. 암막 커튼이 걷히고 채도와 명도가 조절된 햇볕이 창을 통해 스며들었다.

이호는 여자들을 따라 긴 복도를 걸었다. 이곳에 온 뒤 처음으로, 베일에 싸인 교육장인 'V-FETUS MRS'룸에 가는 길이었다. 불편 사항을 즉각적으로 해결해 주는 다섯 명의 버틀러들이 뒤따라 걸었다. 버틀러들은 여자들이 무언가를 요구하기 전까지는 언제나 무표정한 얼굴로 바닥을 바라보며 있었기 때문에, 이호는 그들이 인공지능 로봇인 줄 알았지만 아니었다.

"드디어 이호 씨가 저 방에 들어가는군요!"

"기대해도 좋아요."

"이호 씨의 첫 경험, 응원할게요."

"어떤 모습으로 나타날지, 우리도 너무 궁금하다니까요."

여자들은 이호의 어깨에 차례대로 손을 올리며 수수께끼처럼 말했다. 하지만 이호가 그 교육장에 대해 넌지시 물어보면 누구도 대답해 주지 않았다.

"직접 경험하기 전엔, 감히 상상도 하지 말아요. 그럼 첫 경험의 감동이 사라지니까."

데레사가 이호의 등을 부드럽게 쓰다듬으며 말했다.

긴 복도의 양옆 벽에는 현생 인류의 진화 단계가 벽화로 그려져 있었다. 그들이 걸어가면 그림 속의 인류도 함께 걸었다. 털이 수북한 그것은 너클 보행을 하다가 서서히 몸을 일으켜 팔을 휘저으며 앞으로 갔다. 두상이 점점 작아지고 턱이 들어가고 구부정한 척추가 곧아진 뒤 지금의 인간과 비슷한 그림이 등장하는 순간 복도 끝에 교육장이 나타났다. 마치 그곳에서 인류의 최종적인 진화가 이루어지기라도 할 것처럼.

여자들은 움직이는 그림을 따라 앞서거니 뒤서거니 하며 오스트랄로피테쿠스에서 호모에렉투스를 거쳐 호모사피엔스가 나올 때까지 보폭을 맞추었다. 돌도끼나 돌낫은 나뭇잎과 꽃가지로 순화되었다. 몸을 일으켜 세운 그것은 꽤 덩치가 컸기 때문에 설인처럼 보이기도 했다. 이호가 힐끔 쳐다보자 벽화 속의 그것이 눈을 마주치고 누런 이를 드러내며 씩 웃었다. 여자들이 모두 교육장 앞에 도착하자마자 그것은 다시 뒤로 돌아, 출발했던 곳으로 갔다. 허리가 구부정해지고 털이 솟고 턱이 튀어나오고 머리가 굵어졌다. 무릎을 꺾으며 걷다가 네 발로 바닥을 기었다.

어디서부터 인간이라고 할 수 있을까. 이호는 '그것'을 물끄러미 바라보다가 문 앞에 섰다.

"여기, 손바닥을 대시면 됩니다, 사모님."

윤이 말했다. 그녀는 윤이 가리키는 곳, 금빛의 거대한 문에 손바닥을 댔다. 손을 떼자, 손바닥 모양대로 금빛이 사그라지면서 검게 변했다. 이호의 지문 하나하나가 선명하게 나타났다. 문은 꿈쩍도 하지 않았다. 여자들은 아무 말도 하지 않고 가만히 서 있기만 했다. 버틀러들도 두 손을 앞으로 모아 쥔 채 고개를 숙이고 있을 뿐이었다.

이곳 V라인 그룹에 가입하기 전에 이호는 K가 정밀하게 위변조한 서류 수십 가지를 이미 냈고 통과한 상태였다. 그중 임신 상태에 대한 정보, 태아 DNA와 태아의 아버지 가문에 관한 정보만큼은 사실이었다. 이호의 이모부에 대한 서류들도 마찬가지였다. 학력과 해외 재산 서류의 공증은 모두 K가 로펌 인맥을 통해 처리했다. K는 아무 문제없을 거라고 말했다. 데이터의 한계는 데이터를 너무 믿는다는 것이지. 시스템이 어느 정도 안정되고 나면, 누구도 그 바깥에 뭐가 있는지 보려고 하지 않아. K는 그들을 비웃었다.

하지만 이호에게 주어진 시간은 짧았다. 이들의 수준에 맞게 생활을 유지하기 위해서는 최고급 차량을 빌려야 했고, 온갖 명품들을 구비해야 했다. 교육비, 식비, 검진비 등에 드는 비용은 한 달마다 소도시의 집 한 채를 새로 살 수 있을 만큼 높았다. 게다가 정기적으로 남편과의 상담이 이루어졌는데, 이호는 루틴이 해외 일정으로 바쁘다는 이유로 한 회차 상담을 예약하지 않은 상태였다. 그러나 그런 이유로 오래 버틸 수 있을 리 없었다. 여자들은 단순한 호기심에서든, 비즈니스상의 관계를 확장하기 위해서든, 루틴을 볼 날을 고대하고 있었으니까.

이호가 침을 두 번 삼켰을 때, '윤이호'라는 글자가 먹물 방울을 뿌린 것처럼 검은색으로 나타나서 깜빡거렸다.

여자들도 차례대로 손바닥을 댔다.

마침내, V-FETUS MRS룸의 문이 열렸다.

V룸 안에서 일어나는 구체적인 일들은 광고 목적의 동영상 이외에는 어떤 식으로든 외부에 노출되지 않았다. V룸 자체가 거대한 MRS(mixed reality space)라는 것과 미국 제약업계 큰손인 FETUS 기업의 투자를 받아 고위층 임신부들을 대상으로 어떤 교육이 이루어진다는 것 외엔 대외적으로 알려진 바가 없었다. 톱스타들이나 대기업 며느리들이 주로 애용하던 1억짜리 산전산후조리원보다 급이 높은 곳이라는 소문만이 무성했다. K는, 이 건물의 85층만은 그 층 전체가 '미국의 영토'로 인정받았기 때

문에 여기서 출산을 하면 속지주의 원칙에 따라 미국 국적을 자동으로 취득하게 된다고 알려주었다.

"요즘 원정출산 인기가 시들해진 건 다 이것 때문이죠. 85층은 사실상 치외법권 영역이나 다름없습니다. 하지만 도대체 그 안에서 무슨 일이 일어나고 있는 건지, 내 기술이 얼마나 놀라운 세계를 창조했을지 정작 나는 확인할 수 없어요. 내가 가질 수 없는 유일한 것이 바로 '태아'니까."

K의 쓸쓸한 목소리가 귓속에 남아 있었다.

여자들의 시선은 이호의 불룩한 배보다 앞선 지점에 고정된 채였다. K를 통해 미리 학습할 수 없는 것이 바로 이 교육장에서 일어날 실재적인 일들이었다. 위험 부담은 불확실성에 비례한다. 하지만 계약서에 서명한 건 이호 자신이었다. 그녀는 모든 일이 끝난 뒤에 아름다운 해변이 있는 나라에 가서 아이를 낳을 생각이었다. 이호처럼 외롭게 살며 방황하지 않도록, 모든 아름다운 것들을 경험하게 해 줄 계획이었다. 내 아이는 나와 다른 삶을 살아야 해. 이호는 주문처럼 그 말을 되뇌었다.

이호를 포함해 일곱 명의 여자들은 따뜻한 바닥에 둥그렇게 모여 앉았다. 선드레스는 앉는 자세에 맞춰 여자들의 몸을 감쌌다. 이호는 바닥에 손바닥을 대 부드러운 풀들을 스치며 만져 보았다. 몽골 초원에서 통째로 퍼 오기라도 한 듯 풀들은 푸릇푸릇했고, 온기를 품고 있었다. 버틀러들이 다가와 불편한 점이 없는지 확인한 뒤 물러났다. 여자들은 모두 부드러운 미소를 띤 채

양반다리를 하고 앉아 이호를 응시했다. 이호는 채식주의자들의 명상 모임에 온 것 같다는 생각이 들었다.

윤이 나타나 귀에 디바이스가 잘 꽂혀 있는지 확인했다.

"이건 특수 4D 초음파 장치입니다. MRS 기술과 결합한 신기술 장치예요."

윤은 미니멀한 초음파 기계를 이호 옆으로 가져왔다. 선은 하나도 없었다. 젤도 보이지 않았다. 윤이 그 기계를 작동하자, 공연에 쓰이는 레이저 빛처럼 날카롭고 푸른빛의 선이 수백 개 나타나 이호의 둥그런 배를 비추었다. 배가 점점 따뜻해지는 것 같았다.

"아."

이호는 자신도 모르게 짧은 비명을 질렀.

배 속의 태아가 두 발로 힘껏 배를 차고 있었다. 평소와 달리 마치 눈앞에 놓인 공을 뻥 뻥 차는 듯한 세기였다.

'샌즈야, 그만해. 엄마 힘들어.'

이호는 '모래'라는 뜻의 태명을 부르며 태아를 달래려고 했지만 소용없었다. 7개월 차 태아는 대개 37~39cm의 몸에 1kg이 넘는 무게의 존재였다. 결코 작지도, 가볍지도 않았다. 게다가 샌즈는 루틴의 형질을 닮아 체격이 더 좋은 남자아이였다. 샌즈는 낮과 밤을 구별하고 엄마 목소리도 알아들을 수 있었다. 이호가 나지막하게 노래를 불러 주면 발길질을 멈추고 귀 기울이곤 했다. 그러나 지금은 배 속에서 요동을 치며 마치 이호의 피부를 뚫고 나갈 것처럼 버둥거리고 있었다. 푸른 빛 때문에 오히려 주변 시야가 어두워져 여자들의 표정을 볼 수 없었다.

'어떤 반응을 보여야 하는 거야. 대체 어떻게 행동해야 이 세계에서 정상적인 거야!'

이호는 피부가 찢기는 듯한 고통 속에서 몸을 비틀었다. 그때였다.

"이호 씨, 아기도 이 경험이 처음이라 그런 거예요. 우리도 다 겪었어요. 조금만 기다려 봐요. 놀라운 일이 생길 테니."

오른편에 앉은 데레사의 목소리가 들려왔다. 강요나 비아냥거림이 담기지 않은 상냥한 말투였다. 이호는 숨을 깊이 들이마셨다.

그 순간,

"샌즈!"

이호가 소리를 지르자 여자들이 소리 내어 웃었다. 이호는 그 순간 샌즈를 조산한 줄 알았다. 공격적인 초음파 기계 때문에 태아가 스트레스를 받아 몸 밖으로 나와 버린 거라고 생각했다. 양수가 터진 것도 통증이 시작된 것도 아닌데 그랬다. 이호의 심장 박동수가 높아지자 가슴과 팔뚝 부분의 섬유가 느슨해졌다.

하지만 이호는 눈앞에서 벌어진 일을 믿을 수가 없었다.

샌즈였다.

샌즈가 분명했다.

풀밭 위에 쪼그리고 앉아 발길질하는 것은 분명, 그녀의 태아였다. 7개월 된, 아직 세상 빛을 본 적 없는, 루틴과 그녀가 창조해 낸 아들이 발길질을 멈추고 엄지를 입에 가져갔다. 쪼글쪼글한 온몸이 금방 오일을 바른 것처럼 촉촉해 보였다. 샌즈가 눈을 끔벅이며 천천히 떴다. 연녹색 눈동자였다. 빛과 어둠을 분간하는 수준의 감각만을 가진 샌즈가 엄마의 얼굴을 구별할 수 있을 리는 없었다. 그런데도 이호는 샌즈가 자신을 분명히 알아보는 듯한 경이로운 감각에서 벗어날 수 없었다.

루틴을 빼닮은 아이였다. 기묘한 색의 눈동자와 둥그렇고 순한 눈매, 결연해 보이기까지 하는 얇은 입술, 콧방울까지 모두 루틴 그 자체였다. 가슴 속으로 고통이 밀려왔다. 샌즈가 몸을 뒤집었다.

이호는 입을 다물지 못했다. 배는 여전히 부풀어 오른 채였고, 그 안에서 샌즈가 움직이는 것도 하나하나 다 느껴졌다. 그러나 또한 샌즈는 바로 눈앞에 있기도 했다. 눈물방울이 이호의 턱 끝에 매달려 있다가 톡톡 떨어졌다. 어떤 황홀한 대자연을 마주한다고 해도, 이 느낌 같지는 못할 것이었다. 루틴을 사랑하는 것과는 완전히 다른 감각과 정서였다. 살아서 넘어 볼 수 있는 모든 경계를 넘어 계(界) 자체가 무(無)

로 변해 버린 것 같았다. 전혀 다른 존재가 되어 처음 보는 행성에 갓 도착한 순간처럼 막막하면서도 흥분되고 놀라워서 눈물이 멈추지 않았다.

"유명한 가문의 아이답게 정말 품위 있어 보이네요."

"어쩜, 저렇게 몸이 단단하고 건강해 보일까요. 아빠 쪽을 닮아 그런지 체격이 남다르네요."

"맑은 얼굴빛과 고상한 몸짓은 엄마를 닮았어요."

여자들이 한 마디씩 덕담을 건넸지만 이호의 귀에는 아무것도 들리지 않았다.

"계속 그러고만 있을 거예요?"

데레사가 이호의 등을 살짝 밀면서 말했다.

"가서 안아 줘요. 얼른. 당신의 사랑스러운 아가가 기다리고 있잖아요."

이호는 여전히 얼떨떨한 표정을 감추지 못한 채 무릎걸음으로 다가갔다. 샌즈는 풀밭의 정중앙에 몸을 웅크린 채 왼손 엄지를 입에 넣고 오물거렸다. 따뜻한 풀들이 사락사락 소리를 내며 누웠다. 익숙한 엄마 목소리를 들은 샌즈가 문득 동작을 멈추었다. 고요와 환희가 가득한 공간에서 오직 사락사락 소리만이 번졌다. 샌즈가 온몸으로 이호에게 집중하려고 한다는 것을 그녀는 알 수 있었다.

이호가 샌즈를 끌어안아 가슴에 대자 아기가 빙긋 웃었다. 아. 세상에. 이호는 더 말을 이을 수가 없었다. 갓 구운 마들렌처럼 보드랍고 말랑말랑한 볼에 뺨을 댔다. 아기의 온도가 그대로 전해져 왔다. 하나하나 신비스러울 정도로 완벽하게 생긴 손가락에는 벌써 지문이 나타났다. 이호는 살아 있다는 게 뭔지 이제야 비로소 알 것 같은 기분이 들었다. 횡격막이 터질 듯 팽팽해지는 것만 같았다. 초음파 사진을 통해 볼 때와는 전혀 달랐다. 이건, 상상도 해 본 적 없는 방식의 교감이었다.

"사모님, 평소와 다름없이 계속 말을 걸어 주는 게 좋습니다. 아기가 당황하지 않게요."

윤의 목소리가 들렸지만 아득히 멀게 느껴졌다. 이호의 모든 감각이 샌즈에게 향해 있기 때문이었다.

영원 같은 몇 분이 흐른 뒤, 샌즈 가까이에 여섯 명의 다른 아기들이 나타났다. 모두 6개월은 넘은 태아들이었다. 그 아기들은 익숙한 듯 풀밭에 누워 꼬물거리다가, 손을 뻗어 새로운 존재인 샌즈를 만졌다. 샌즈는 몸을 움츠렸다가 이들이 해로운 존재가 아님을 직감적으로 느꼈는지, 아니면 태아끼리 통하는 어떤 신호라도 있는 건지, 근육을 이완하며 편안한 표정을 지었다. 갓 태어난 아기와 거의 분간이 안 될 만큼 다 큰 태아는 데레사의 아이였다. 촉촉하게 젖은 머리카락이 동그란 두상을 다 덮을 만큼 풍성했다. 눈을 뜨면 한쪽 쌍꺼풀만 굵게 나타났다.

"우리 봄비, 이리 오렴."

데레사의 목소리가 들리는 쪽을 향해, '봄비'라는 태명으로 불린 그 여자 아기가 고개를 들었다. 마치 스스로 목을 가눌 수 있는 것처럼 보였다.

"태아 교육의 힘이랍니다. 여기 모인 아기들은 남들보다 모든 면에서 앞서가죠. 배 속에서 자장가를 듣거나 책 읽어 주는 소리를 듣는 수준과는 차원이 다른 거예요."

입을 다물지 못하고 있는 이호를 보며, 보라색 선드레스를 입은 여자가 자랑스러운 듯 말했다.

"이호 씨도 곧 알게 될 거예요. 샌즈는 어쩌면 운동 신경이 남다를 수도 있고요."

"각자의 유전적 형질과 재능을 미리 알게 되면, 조기 교육을 더 체계적으로 시킬 수 있잖아요."

"다른 사람들은 죽었다 깨어나도 따라올 수 없을 만큼, 격차를 미리 벌려 버리는 거죠."

"감히, 우리를 따라잡을 수 있겠어요?"

여자들은 각자 자신의 아기와 놀아 주며 말했다. 그녀들의 웃음소리는 우아하고 차분했다.

다른 이의 태아를 만지는 것은 엄격히 금지되어 있었다. 그것은 출산 전 엄마와 자녀의 애착 관계를 중시하는 슬로건 탓이기도 했지만, 회원마다 고유한 파장으로 MR 번호를 매기는 기술상의 문제 때문이기도 했다. FETUS는 실물로 존재하는 엄마들의 파장이 겹쳐 혼합 현실로 가시화된 아이가 혼란스럽지 않도록 통제하는 데 익숙했다.

이호는 자신도 모르게 다른 아이들과 샌즈를 비교했다. 샌즈보다 개월 수가 작은 아이도 샌즈만큼 몸을 잘 제어하는 듯 보였다. 태아에게 있어 1개월의 차이란 신경과 근육과 모든 감각의 성장에 간극이 큰 법인데 별 차이가 없거나 오히려 샌즈보다 더 활발하게 움직이고 있었다. 이호는 문득 불안한 마음이 들었다. 봐서는 안 될 세계를 본 것만 같았다.

"4D 초음파 기술과 혼합 현실 기술을 결합한 교육 시스템입니다, 사모님. 저희 회사가 특허권을 사들여 야심차게 진행하고 있습니다. 마음에 드십니까?"

윤이 물었다. 이호는 그가 말한 특허권이 바로 방준성 박사가 가로챈 기술이라는 걸 알아챘지만 이 순간에는 그저 샌즈를 품에 안을 수 있는 것만 해도 좋았다. 그전까지는 태아의 얼굴을 입체적인 컬러 사진으로 보여 주는 3D 방식이 최선이었다. 아기 얼굴의 윤곽은 어느 정도 분명하게 알 수 있는 정도의 기술이었다. 근래에는 프린트 기술로 그 입체적 사진에 나온 태아를 인형으로 만들어 주는 상품도 있었다. 하지만 그 인형은 웃지도 않았고 따뜻한 촉감의 실물 또한 아니었다.

"자, 이제 태아 조기 교육 수업이 시작됩니다. 사모님들은 모두 교육장의 벽 쪽을 향해 움직여 주세요."

윤의 안내에 따라 모두 아이들을 남겨 둔 채 벽을 향했다. 여자들이 의자에 앉자, 풀밭이 사라진 자리에 네 면이 모두 투명한 유리로 된 커다란 수영장이 나타났다. 따뜻하고 부드러운 물로 가득 찬 곳에서 새끼 벨루가 세 마리가 헤엄을 쳤다. 그리고 일곱 명의 태아들이 그 고래들과 함께 움직였다. 샌즈는 어리둥절해했지만 금세 적응하더니 유연하게 몸을 움직이며 물속에서 놀았다. 마치 수영을 배운 적이라도 있는 것처럼. 이호는 샌즈가 헤엄치는 방향에 따라 유리벽을 응시했다.

"물은 무의식을 상징하죠. 따라서 이 수업을 통해 태아의 몸을 둘러싼 세계가 자신을 따스하게 감싸 주고 반겨 주는 긍정적인 기억을 심음으로써, 자신감 있는 아이로 자랄 수 있게 해 줍니다. 또한 활동량이 제한되는 양수 속에서보다 많은 운동량을 제공함으로써, 운동을 담당하는 신경들과 소근육이 빨리 발달할 수 있도록 합니다. 육체적, 정신적 모든 면에서 사모님들의 귀한 자녀분들이 남보다 두드러진 성장을 이룰 수 있게 말이죠."

윤이 자부심을 가득 담은 표정으로 설명했다. 이호는 이곳에 오던 첫날부터 내내 엘리베이터 안에서 나오던 명문 영유아스쿨의 아기들 얼굴을 떠올렸다. 그 표정은 인위적인 게 아니었다. 이렇게 초기 때부터 만들어 준 아름다운 기억들이 그 아기들의 '전생'이 된 셈이나 마찬가지였다. 이호의 온몸에 전율이 일었다.

이곳의 행복한 타인들을 보는 내내 이모의 우울한 표정이 불쑥불쑥 떠올랐다. 이모부가 이모를 어디로 데리고 가 버렸는지 이호는 알 수 없었다. 이모는 언제나 속삭이곤 했다. 네가 내 아이였으면 참 좋았을 텐데. 실패하지 않는 사람으로 키우고 사랑을 듬뿍 줄 텐데. 이모는 이호가 어렸을 때부터 방학만 되면 항공권을 보냈다. 이모는 어린 이호를 데리고 국립공원과 아쿠아리움, 박물관과 쇼핑몰, 놀이공원에 갔다. 좀 더 자랐을 때는 이모부의 심포지엄에 함께 따라가서 주최 측에서 제공한 호텔에 묵으며 대학 탐방을 다녔다. 이호, 네가 원하는 대로 살게 해 줄 수 있어. 난 다른 아이는 원하지 않아. 이호가 떠날 때가 되면 이모는 간절하게 매달리곤 했다.

이모는 테니스장에 수영장까지 모든 걸 갖춘 집에서 살았지만 아무것도 없는 집에서 사는 것이나 마찬가지였다. 이모부는 냉철한 성격에다 출장이 잦았고 이호는 돈이 모이면 어디론가 사라졌다. 가끔 보안업체 직원들이 폐쇄 회로 카메라를 점검하러 들르거나 정원사가 올 때를 빼면, 그곳은 친구라고는 한 사람도 사귀지 못한 어떤 황제의 거대한 무덤 속 같았다. 무덤 안은 내내 쓸쓸하고 고요했다. 바깥에서 보면, 이모와 이모부는 세상 부러울 것 없이 사는 부유한 계층의 표상 같았다. 그들에게 아이가 생겼다면, 분명 그 아이도 조기 태아 교육을 받게 되었을 것이다. 이호는 배를 쓰다듬으며 태아 교육 일정표가 담긴 태블릿을 보았다.

태블릿에는 태아의 뉴런을 늘리는 온갖 뇌 교육들, 태아가 좋아하는 데시벨에 맞춰진 낭독 시간, 태아 요가 및 마사지, 명상, 외국어 수업과 함께 태아의 무의식에 심어 줄 일종의 긍정적 메시지를 읽어 주는 방법까지 세세하게 나와 있었다. 태아의 발달 수준을 고려해 엄격하고 섬세하게 짜인 식단표와 매주 있을 발달 검사까지, 완벽한 스케줄이었다. 임신부를 위한 별도의 수업들도 있었다. 영유아 심리학 수업과 말투 교육, 외국 문화의 이해 등 인문학 수업이 포함되었고 다양한 종류의 운동 수업이 이어졌다. 출산까지 한 달이 남은 기간에는 남편 외 어떤 방문자도 받지 않고, 특별하게 만든 룸에서 최고급 과정의 프로그램을 이수했다.

"이호 씨, 이제 정식으로 우리 V룸 멤버가 되었네요. MRS 태아 교육을 시작했으니 말이에요."

"혹시 우리 안으로 들어오지 못하면 어쩌나, 걱정했거든요."

"어머, 튕겨 나가는 회원도 있나요? 전 정말 몰랐어요."

이호가 미소를 띠며 묻자 여자들이 입을 가리고 웃었다. 여자들이 그동안 이호를 곰곰이 관찰해 오는 걸, 이호 역시 알고 있었다. 우아한 방식으로 여자들은 이호의 교양과 내력을 알아내었다. 그녀가 그룹 안에 들어올 만한 성격인지도 알아냈다. 아마, 그 마지막 단계가 샌즈의 성향을 확인하는 것이었을 거라고, 이호는 확신했다. 태아가 자궁벽에 착상하는 순간부터 모든 것을 계산하여 완성하는 사람들이었으니, 그럴 만도 했다.

"우리는 평생을 함께 가는 그룹이니까요."

"그러니까 이호 씨, 우리 배신하면 안 돼요. 알았죠?"

"서민들은 뭐든 꼭 따라 하잖아요. 골프와 승마가 점점 대중화되듯이요. 분명 3류 업체에서 유사한 프로그램을 짜겠죠."

"하지만 MR 기술 특허는 여기에만 있는 걸요."

여자들이 한 명씩 천천히 다가와 안아 주었다. 그들의 몸에서는 어디서도 맡아 본 적 없는 향이 났다. IT 회사의 CEO 김윤아, 국무총리의 막내딸 은주린, 철강기업 후계자인 정시연, 영화배우 도유진, 300만 신도를 거느린 소원교회 창립 목사의 딸 이사라가 차례대로 이호에게 축복의 말을 건넸다. 마지막으로 데레사가 다가왔다.

"우리 봄비 베이비 샤워에 초대할게요. 제가 출산 관리룸에 들어가면, 우리 그이만 빼고는 이렇게 서로 안아 볼 수도 없으니까요."

데레사는 다음 달에 출산할 예정이었다.

이호가 알아내야 할 것은 데레사 태아의 ID였다. 일종의 평생관리용 닉네임 같은 것이었다. 그 ID만 있으면 태어나기도 전에 영유아스쿨의 대기 명단에 이름을 올릴 수 있었고, 미리 유산을 상속받거나 비밀계좌를 개설하는 것이 가능했다. 그것을 받은 존재는 극소수였으므로, 그 자체만으로 하나의 계급을 형성할 수 있는 셈이었다. 중산층 이하의 사람들은 결코 알 수 없을 정보였다. 하지만 ID는 출산 전 지문 정보를 바탕으로 미리 생성되기 때문에 반드시 봄비의 그것이 필요했다. 태아의 지문이 한번 암호화되면 고유한 가치를 가지기 때문에 출산 이후에는 이미 늦게 된다. 이곳은 모든 상식을 뛰어넘을 만큼 '미리' 아이의 세계를 준비하는 곳이니까.

이호는 K에게서 지문에 숫자 매기는 방법을 배웠다. 모든 지문은 분류 값을 가진다. 고유한 번호를 가진 지문만큼 안전한 건 없다. 지문은 궁상문, 제상문, 와상문에 따라서 지문형이 1차적으로 다르고, 제상문은 다시 5종으로, 와상문은 3종으로 세분화된다. 거기에 1에서 9까지의 지문 값을 매기는데, FETUS에선 오른손을 정표준번호로, 왼손을 부표준번호로 하는 헨리식을 쓴다는 것까지 학습했다. 대부분의 영어권 국가가 인도에서 개발된 헨리식 방식을 채택하기 때문이었다.

K는 방준성의 재산 흐름을 추적하다가, 500억이 넘는 특허권 로얄티가 차명 계좌로 사라진 걸 발견했다. 그런데 그것은 불법도 아니었고, 스위스의 비밀 계좌도 아니었고, 비자금으로 흘러간 것도 역시 아니었기 때문에 혼란스러워했다. 그러다 마지막 퍼즐 한 조각의 존재가 이 건물 안에 있다는 걸 알게 된 것이다.

"태어나지도 않은 아기에게 미리 재산을 넘기기로 예약을 하다니, 새로운 개념의 상속이군. 분명 그 ID 앞으로 생성된 계좌를 바탕으로 명문 스쿨에 기여 입학도 받겠지. 두세 살이면 회사도 하나 차려 줄지도. FETUS의 속셈은 그들의 자산 관리까지 맡아 주는 데 있을 거야. 그러기 위해서는 그들만의 상류층 리그를 계속 만들어야 하지. 방준성의 자식이 그런 삶을 살게 만들 수는 없어. 그 돈은 내 돈이라고."

K는 혼잣말로 주문을 걸듯 분노를 쏟아 내곤 했다.

마지막 열쇠인 봄비의 지문만 가져오면 그 ID와 방준성의 개인정보를 조합해 현금을 빼돌릴 수 있게 된다. K가 유일하게 뚫을 수 없는 방화벽이 바로, 살아 있으나 세상에 나오지 않은 봄비 그 자체였던 것이다.

이 건물에는 FETUS 기업에서 산정하는 A라인부터 G라인까지의 계층이 있고 V라인은 별도로 관리받았다. 그것은 가문과 직업, 학력, 재산, 사회 기여 정도를 합산해서 매기는 등급이었다. A부터 C까지의 라인에 속한 여자들은 임상시험에 기여한 정도에 따라 임신과 출산의 과정에서 무료 혜택을 받았다. 그 위로는 돈을 지불하는 수준에 따라 급이 달라졌다. 하지만 V라인은 돈만으로는 올라갈 수 없는 계층이었다. 태어나지 않은 아이의 미래 가치와 사회적 영향력까지 계산했고 가문의 가치관과 글로벌 인맥을 종합적으로 고려했다. 한마디로, 차세대 글로벌 리더를 미리 선점하는 것에 가까운 사업이었다.

저출산 때문에 전국의 산부인과가 대거 문을 닫으면서 정부가 운영하는 출산 전문 보건소와 민간 영리 기업에서 운영하는 이런 상업적 의료 기업만이 남은 상태였다. 아무도 출산 이력에 보건소를 넣으려고 하지 않았다. FETUS 그룹에서는 FETUS CONTENTS라는 자회사를 세워 상류층 임산부들을 끌어들였다. 수천 명의 중산층 이하 산모를 관리하는 것 이상의 이윤을 단 몇 명의 소수 그룹을 통해 한꺼번에 벌어들일 수 있었다. FETUS는 이런 사업체를 각 나라에 단 하나씩만 만들었다. 그리고 화상 수업으로 전 세계의 V라인 태아들이 정기적으로 만날 수 있도록 주선했다. 영유아 스쿨에서는 태아들이 다 함께 MRS장으로 만든 낙원으로 소풍을 갔다. 요정들이 날고, 새하얀 비둘기들이 말을 걸고, 동화 속의 캐릭터들이 살아 움직이는 곳이었다. 아기들의 눈높이와 요구에 맞춰 모든 것이 이루어졌다. 그 아기들은 자신을 핥아 주는 호랑이를 가질 수 있었고, 구름 위에서 트램펄린을 탈 수도 있었다. 귀족 작위보다 더 희소한 가치를 가지는 것이 바로, 이곳의 태아 ID인 셈이었다.

ID, 그걸 얻기 위해서는 V라인에 들어와야만 했다. 완벽한 공주들이 모여 정보를 나누고 태아 사교육을 함께 시키는 곳. 더 올라갈 곳이 없기 때문에 돈독한 팀. 그 속으로 이호는 머리를 들이밀고, 우아하게 헤엄을 쳤다.

하지만 그 정도로 고귀한 삶은 자신의 것이 아니었다.

드디어 데레사의 베이비 샤워가 열렸다. '봄비'는 직접 선물의 리본들을 풀기로 했다. 집중적인 소근육 운동과 보상 게임으로 출산 직전의 태아들은 벌써 공을 잡거나 굴릴 줄 알았다. 주먹으로 도구를 쥐고 피아노를 두드리면서 스스로 청각을 자극하기도 했다. 특정 버튼을 누르면 따뜻하고 포근한 분위기에서 백색소음을 들을 수 있다는 것도 알았다. 앉거나 서는 것은 홀로그램으로 된 보조 장치들을 이용했지만, 엄마들의 눈에는 아이들이 마치 자기 발로 걷는 것처럼 보였다. 그리고 그렇게 믿고 싶어 했다. 부모들의 욕망을, FETUS는 누구보다 잘 알고 이용하고 있었다.

봄비는 즐거워 보였다. 따뜻한 풀밭 중앙에서 선물을 하나씩 뜯어보고 있었다. 손은 작지만 제법 악력이 높아 리본의 매듭을 잘 당겼다. 데레사는 선물을 하나하나 봄비에게 건네고 말을 걸어 주느라 들떠 있었다. 두 사람의 뒤로, 데레사가 태교 여행으로 갔던 보라보라의 푸른 바다가 펼쳐졌다. 데레사가 미리 윤에게 낸 태교 여행 사진들이 공중을 거대한 액자 삼아 둥둥 떠 있었고 그곳에서 찍은 동영상이 무음으로 반복 재생되었다. 스물아홉의 데레사는 K와 동년배인 남편 방준성에 비해 지나치게 젊고 아름다워 보였다.

특별한 날인 만큼 오늘은 주인공인 태아 주변에만 '봄비'라는 글자의 새하얀 모래성을 쌓아 두었다. 봄비는 파도가 몸을 간질일 때마다 꺄- 소리를 내며 웃었지만 몸은 조금도 젖지 않았다. 야자나무에서 하트표 야자가 풍선으로 달려 있다가 모래밭으로 하나씩 부드럽게 떨어졌다. 그 풍선들은 바닥에 닿자마자 백여 개의 작은 하트로 부서져 퐁퐁 휘날렸다. 소금 냄새를 연하게 품은 바람이 봄비의 머리카락을 쓰다듬으며 지나갔다. 평화롭고 따뜻한 풍경이었다. 이호는 샌즈와 함께 바닷가에서 모래성을 쌓으며 보낼

눈 내리는
사막에서
웃는 방법

미래의 날들을 상상했다.

그러다가, MRS가 아닌 실재하는 공간에서는 샌즈가 이곳에서만큼 몸을 자유롭게 움직이지 못할지도 모른다는 생각이 문득 들었다. 샌즈가 좌절하면 어쩌지. 실패를 겪으면 안 되는데. 자신감을 잃지 말아야 할 텐데. 이곳의 태아들은 이 혼합 현실의 장이 평생 보장되는 환경에서 살아갈 것이었다. 샌즈만이, 다른 삶을 살아야 했다.

이호는 샌즈의 머리카락에 코를 댔다. 태아의 냄새까지 MR로 느끼기 위해서는 더 큰 비용을 지불해야 했다. 이호는 착수금으로 기꺼이 그 감각을 샀다. 샌즈의 머리카락에서는 비릿하고도 고소한 냄새가 났다. 아무리 냄새를 맡아도 질리지 않았다. 주름진 목덜미와 작은 어깨, 발바닥의 냄새마저도 사랑스러웠다. 샌즈가 아직 배 속에서 나오지 않았다는 걸 믿을 수 없을 만큼, 이호는 이미 샌즈에게 취해 있었고 착수금은 점점 바닥을 드러냈다. 강사들은 그게 바로 '애착'이 형성된 것이라고 알려 주며 여자들을 응원했지만 그럴수록 이호는 허공에 발을 딛는 듯 아찔해졌다.

드디어 봄비 앞에 이호의 선물이 놓였다. 이호는 건반이 열 개인 미니 피아노를 선물했다. K가 해외에서 산 뒤 초음파 이미징 센서로 특수 처리를 해 둔 것이었다.

봄비가 그 선물을 싼 반투명한 리본을 두 손으로 톡톡 두드렸다. 유난히 뭔가를 만지고 소리를 듣는 것을 좋아하는 봄비에게 어울리는 선물이었다. 이호는 데레사의 태아에게 다가갔다. 그러나 손끝도 댈 수 없다는 건 알고 있었다. 이호는 파장이 겹치지 않도록 두 걸음 정도 거리를 둔 채 봄비에게 말을 걸었다. 그보다 더 가까이 가면 봄비의 몸이 일그러질 것이었다.

"봄비야, 저기도 한번 눌러 보렴."

봄비가 이호의 손가락이 가리키는 방향에 집중했다. 데레사가 가만히 그 모습을 보며 웃었다.

봄비는 꺄- 꺄- 하는 소리를 내며 리본을 이리저리 만지다가 힘주어 잡아당겼다. 반질반질한 고급 장난감 피아노의 건반이 모두 드러났다. 봄비는 피아노를 둥당거렸다. 특수건반에 봄비의 지문이 흑백사진처럼 찍혔다. 그 찰나, 이호는 봄비의 지문을 읽었다. 오래도록 훈련을 받은 방식이었다.

'3, 1, 5.'

그때, 데레사가 이호의 손목을 탁 붙잡았다.

이호가 놀라서 데레사를 마주 보았다. 데레사의 눈에는 눈물이 고여 있었다.

"우리 아이가 너무 좋아하네요. 고마워요."

봄비는 꺄- 꺄- 소리를 내며 피아노를 연신 두드렸다. 그때마다 아름다운 소리가 흘러나왔다.

"별말씀을요. 앞으로 한동안 못 본다는 게 너무 아쉬워요. 아무리 태아도 이곳의 재산처럼 귀하게 다룬다지만, 너무 엄격하게 관리하는 거 아닌지 몰라요."

이호는 데레사의 손을 마주 잡으며 말했다.

봄비가 자신의 손바닥을 물끄러미 바라보았다. 이호는 데레사를 안아 주며, 등 너머로 봄비의 나머지 지문에 번호를 매겼다.

"관리가 엄격할수록 서민들이 감히 못 올라오는 걸요."

"…그렇죠."

이호는 데레사를 안은 손에 힘을 주어 두드린 뒤 몸을 뗐다.

"봄비는 조리원에서 나오는 대로 FETUS 스쿨에 입학할 예정이에요. 서류를 다 넣어 놨어요. 아무래도 음감에 뛰어난 재능이 있어서 음악을 전공하는 쪽으로 키워 볼 생각인데, 샌즈도 곧 입학할 거죠?"

"당연하죠."

"어떤 쪽으로 키울 생각이에요?"

이호는 잠깐 머뭇거리다가 말했다.

"글쎄요. 응축 물리학이나 시킬까 생각 중이에요."

데레사가 미간을 찌푸렸다. 곰곰이 생각에 잠겨 있던 데레사가 뭔가를 더 물어보려던 그때, 봄비가 모래성에 얼굴을 파묻으며 넘어지는 바람에 모두의 시선이 그쪽으로 쏠렸다. 데레사가 우아하게 다가가 봄비의 몸을 일으켰다.

윤이 데레사에게 귓속말하는 모습을 이호는 주의 깊게 바라보았다. 좋은 생각이에요, 하고 데레사가 고개를 끄덕이며 말하는 것이 들렸다.

그 순간 윤의 웨어러블 장치에 경고음이 짧게 났다. 윤은 장치에 뜬 이름을 확인하고 이호에게 저벅저벅 다가왔다. 이호는 앉은 채 뒷걸음질 쳤다. 윤은 굳은 표정으로 빠르게 걸어와 이호에게 손을 내밀었다.

"무슨 일이죠?"

이호의 말이 끝나기 무섭게 윤이 그녀의 어깨에 손을 올렸다.

"사모님, 잠시만 실례하겠습니다."

윤이 이호의 귀 아래에 손을 댔다.

"조금 전에 사모님 맥박수가 갑자기 치솟았습니다. 지금은 다시 안정권에 들었습니다. 다행입니다."

윤의 웨어러블 장치에 안전을 의미하는 초록색 창이 떴다.

"호흡법을 자꾸 떠올리셔야 합니다."

이호는 고개를 끄덕이고, 숨을 깊이 들이쉬었다.

잠시 후 데레사는 봄비를 끌어안고, 가득 쌓여 있는 선물 상자들을 앞에 둔 채 환하게 웃었다. 윤이 모녀의 사진을 찍었다.

"저는 이제 관리실로 들어갈 거예요. 정말 정말 모두 보고 싶을 거예요. 우리, FETUS 스쿨에서 다시 만나요."

데레사가 작별 인사를 했다. 여자들이 손을 흔들었다. 이호도 어머니의 장례식을 떠올리며 눈물을 흘리려고 노력했지만 눈가만 조금 붉어질 뿐이었다. 봄비의 MR이 끝나고 데레사는 자신의 배를 끌어안은 채, 버틀러를 따라 나갔다. 파도도 모래성도 소금 냄새를 품은 바람도 모두 사라졌다. 태아들도 모두 배 속으로 돌아갔다. 마치 아무 일도 일어나지 않았던 것처럼.

이호는 1층으로 가는 V라인 전용 엘리베이터에 탔다. 온몸에 힘이 빠져 의자에 몸을 파묻듯이 했다. 엘리베이터는 올라갈 때와 마찬가지로 진동 없이 천천히 내려갔다. 화면에 FETUS의 홍보 영상이 떴다. 세상을 산산조각 내 버릴 듯이 빛나는 해변을 배경으로 봄비가 선물 상자의 리본을 풀고 있었다. 베이비 샤워 때 윤이 데레사의 허락을 받고 찍은 영상이었다. 봄비는 즐거운 표정도 학습한 것처럼 보였다. 세상은 모두 내 편이고, 행복은 모두 내 것이라는 듯이. 좌절을 모르는 아이같이. 화면에서는 작은 하트 풍선이 휘날리며 자막이 떴다.
'진짜 행복은 이곳에 있습니다'
윤이 특유의 자부심이 담긴 목소리로 말을 걸었다.
"사모님, 의자 맨 아래쪽 버튼을 한번 눌러 보십시오. 이번에 새롭게 개발한 MRS입니다. 마음에 드셨으면 좋겠습니다."
이호는 의아한 표정을 감추고 마사지 의자 아래에 붙은 수십 개의 버튼 중 맨 아래에 있는 것을 눌렀다.
시야가 잠시 좁아지더니 연극 무대의 장막이 걷히듯 밝아졌다. 눈앞에 흰 커튼이 내려온 줄 알았는데 아니었다. 온통 흰빛으로 쏟아지는 눈송이들이었다. 투더덕 투더덕 하는 소리와 함께 침방울이 팔뚝에 튀었다. 내려다보니 이호는 흰 당나귀를 타고 있었다. 부드러운 갈기를 가진 깨끗한 당나귀였다. 눈이 쏟아지는 풍경 앞에, 마치 세계를 절반으로 가른 듯 샛노란 사막이 펼쳐졌다. 아름다웠다. 꿈속에서 보았던 것보다 더 꿈같은 세계였다. 태양이 환하게 떠 있고, 뜨겁고 건조한 기운이 번졌다.

이호는 노곤하게 꺼져 들어가는 듯한 몸을 일으켰다. 마음속 깊은 곳에서 어떤 덩어리 같은 것이 불쑥 올라왔다. 이제 이곳으로 다시 올 일은 없다. 환상 안으로 들어갈 수 있는 날은 다시 오지 않는다. 작별해야 한다. 아름답지만 공허한 곳일 뿐이었다고, 자신을 설득하면서. 억지로 웃는 방법을 기억하면서.

"다른 세계로, 가는 거야. 샌즈. 감당할 수 있겠지?"

그녀는 자신도 모르게 중얼거렸다.

당나귀가 꼬리를 흔들자 목덜미에 시원한 바람이 닿았다. 사막이 노랗게 빛났다. 흰 당나귀를 타고 갈 수 있는 마지막 사막이었다. 샌즈가 배 속에서 한 바퀴 몸을 굴리는 것이 느껴졌다.

"가자, 샌즈."

엘리베이터 문이 열렸다. A라인 엘리베이터 앞에 길게 줄을 서 있던 여자들이 일제히 고개를 돌려 이호를 바라보았다.

이호는 그 여자들을 보며 쓸쓸한 표정으로 웃었다. 하지만 따라 웃는 이는 아무도 없었다.

과학 스토리 단편선
우수상

지구가
될 순 없어

온정

화학 연구원의 시선으로 세상을 관찰하고, 부지런히 글로 옮긴다. 당연해 보이지만 당연하지 않은 존재들을 찾아내는 작가가 되고자 한다. 쓸 수 있는 종류의 글은 모조리 써 볼 작정이다.

1

이슬이 실종된 건 어느 여름날 밤이었다. 미세구조연구소의 지하에 있는, 캄캄하고 추운 전자 현미경실에서 그녀는 휘파람처럼 사라졌다. 마지막으로 찍힌 이슬의 모습은 작디작은 키로 책상 위에 올라가 CCTV 카메라 위에 실험용 지점토를 펼쳐 바르는 모습이었다. 어찌나 야무지게 꾹꾹 눌렀는지, 실종 신고를 받고 출동한 경찰이 지점토를 떼어 내고 나니 그 찌꺼기들이 투명한 플라스틱 위에 덕지덕지 남았다. 허탈한 표정으로 현장을 지켜보던 도욱은 자신이 그 지점토가 된 기분이었다. 이슬의 손으로 정성스레 뭉쳐진 지점토는 억지로 떼어 내려고 하면 할수록 더 지저분한 흔적을 남겼다.

이슬의 실종 사건은 열흘 만에 수사가 보류되었다. 말

만 보류였지, 사실 종결이나 다름이 없었다. 경찰은 현미경실과 그녀의 집을 수색했지만 범죄의 흔적은 전혀 발견하지 못했다고 말했다. 이슬이 직접 CCTV를 가렸다는 점과, 현미경실 책상 위에서 발견된 그녀의 쪽지까지. 경찰의 말처럼 이슬은 자신의 의지로 사라진 게 분명해 보였다. 이상한 건 그녀가 어디로 갔는지에 대한 단서는 하나도 찾지 못했다는 사실이었다. 휴대폰은 집에 있었고, 관련된 전화나 문자 기록도 없었으며, 실종 후 카드 사용 내역도, 출국 내역도 없었다. 경찰은 시간을 두고 그녀의 동선을 파악해 보겠다고 했다. 이슬에게는 직계 가족이 없었기에 아무도 추가 수사를 요청하거나 그들을 재촉하지 않았다. 이슬의 연인인 도욱은 그저 이 상황을 받아들이지 못해 고장 나 버린 사람처럼 보였다. 그녀가 남긴 쪽지는 간결했다.

"저는 떠납니다. 부디 찾지 말아 주세요."

평소에도 이슬은 종종 갑작스럽게 여행을 가곤 했다. 사람들은 이슬이 이번에도 여행을 떠나 버린 게 아닐까 생각했다. 아무도 모르는 곳으로, 흔적도 없이. 아무리 그렇다 해도 도욱 씨는 무슨 죄야, 엉뚱한 건 알았지만 어쩜 이렇게 사라질 수가 있냐고. 연구소 사람들은 수군거렸다. 연구소장은 도욱에게 3일 동안의 특별 휴가를 주었다. 이슬과 도욱의 사이가 얼마나 각

별했는지는 연구소의 모든 구성원이 알고 있는 사실이었다.

이슬이 남긴 한 장의 쪽지를 볼 때마다 도욱은 울컥했다. 부디 찾지 말아 달라니. 명확한 수신인을 적지 않은 그 쪽지는 견딜 수 없을 만큼 불친절했다. 설마 나까지 고려해서 한 이야기는 아니지? 나를 뺀 다른 사람들에게 한 말이지? 내가 널 어떻게 안 찾아, 그게 말이나 되겠냐고. 사건 이후로 도욱은 깨달았다. 이슬이 언젠가는 떠날 거라는 걸, 자신의 무의식은 이미 알고 있었다는 사실을. 적어도 사랑에 있어서 두 사람은 공평하다고 생각해 왔다. 누가 누굴 덜 사랑한다거나, 그로 인해 한쪽이 갈증을 겪는다거나 하는 일이 별로 없었다. 서로가 그걸 느꼈고 보통의 연애와는 조금 다르다고 자부했다. 그러나 그 마음과는 별개로 이슬은 가끔 도욱을 불안하게 만들기도 했다. 둘이 만나기 한참 전부터 형성된 자아가 이슬을 사로잡는 모습을 도욱은 종종 보았다.

아무리 그래도 이렇게 빨리, 말도 없이, 갑자기? 그럴 순 없는 거잖아. 남겨진 자는 혼란에 빠졌다. 슬퍼해야 할지, 분노해야 할지 알 수 없었다. 슬퍼해도 되는지, 분노해도 되는지도 알 수 없었다. 마음속에 마구잡이로 거미줄을 지었다. 그 감정들은 얽히고, 끊기고, 엉기기를 반복하여 나중에는 구분이 어려워질 지경이 되었다. 그런 와중에도 한 가지 생각만은 그 자리를 굳건히 지켰다. 그녀는 없어진 것이 아니라 분명 어딘가에 있을 거라는 믿음이었다.

2

이슬과 도욱은 미세구조연구소에서 처음 만났다. 이제 막 대학원을 졸업하고 연구소에 들어온 이슬을 처음 봤을 때 도욱은 생각했다.

'작다. 정말 작네.'

도욱이 170센티미터로 큰 키가 아니었음에도 이슬과는 족히 20센티미터 이상 차이가 나 보였다. 도욱은 복도를 걸어가는 이슬의 뒷모습을 보며, 마치 자신의 팔뚝으로 걸어 다니는 것 같다고 생각했다. 까무잡잡한 피부는 안 그래도 작고 마른 그녀를 더욱 왜소해 보이게 만들었다.

미세구조연구소는 4층짜리 건물이었다. 지하 1층과 지상 1층에는 분석실이 모여 있고 2층부터 4층까지는 연구실로 이루어졌다. 그중 이슬과 도욱은 전자 현미경실 소속이었다. 전자 현미경은 시료를 매우 높은 배율로 확대하여 관찰하기 때문에 진동에 민감했다. 따라서 인적이 드문 지하에 설치했고, 현미경 안쪽은 진공 상태를 유지했으며, 분석실의 공기는 365일 차가웠다. 이슬과 도욱은 각자 다른 현미경을 담당하고 있었는데, 특히 이슬은 시중의 현미경 중에서도 가장 높은 배율까지 확대할 수 있는 TEM이라는 장비를 다뤘다. TEM은 나노미터 단위까지도 확대가 가능해서 무려 원자의 배열까지도 관찰할 수 있었다.

    TEM을 잘 관찰하기 위해서는 빛을 최대한 차단해야 했다. 이슬은 분석실 안으로 들어가서 불을 끈 채 블라인드까지 치고 나면 도통 밖으로 나오질 않았다. 다른 직원들은 시간 여유가 생기면 종종 모여서 커피를 마시고 수다를 떨었지만 그 자리에 이슬은 늘 없었다. 도욱은 이슬이 궁금해졌다. 바깥세상의 이야기에는 관심도 미련도 없다는 양, 늘 어둠 속으로 들어가는 그녀의 뒷모습이 신경 쓰이기 시작했다.

    도욱의 우려와 달리 이슬과 친해지는 일은 어렵지 않았다. 도욱이 현미경 분석에 대한 이야기를 꺼낼 때면 이슬의 눈동자에 생기가 돌았다. 평소 조용하던 그녀가 수다쟁이가 되는 건 시간문제였다. 전자 현미경실이 워낙 추웠기에 도욱은 가끔 이슬에게 핫팩이나 담요, 따뜻한 음료 등을 가져다 주었다. 차가워진 손바닥을 부지런히 부비던 이슬은, 도욱이 가져다 준 음료를 들고 분석실 문을 열고 나와 그와 대화를 나눴다. 많은 이의 추측과 달리 알면 알수록 이슬은 밝고 쾌활한 사람이었다. 그녀에겐 단순히 타인과의 관계보다는 연구가 중요했을 뿐이었다.

3

    이슬이 실종된 지 한 달이 지난 뒤에야 도욱은 이슬의 자취방을 찾았다. 연구소 근처의 신축 오피스텔이었는데, 취직한 뒤로 이슬은 4년 동안 쭉 여기서 살았다. 도욱은 이슬과 사귄 뒤로 틈만 나면 그 집에 가서 머물렀다. 난 혼자가 익숙해서 누군가와 함께 있는 건 아무래도 불편해, 라고 말하던 이슬이 변한 건 순식간이었다. 그들만의 공간에서 안온하게 보내는 그 시간을 둘 다 좋아했다.

오랜만에 문손잡이를 잡으니 도욱은 울고 싶은 마음이 되었다. 신발장에 멀뚱히 서서 집을 응시했다. 고요했다. 베이지색 리넨 커튼 사이로 햇빛이 새어 나와 책상 위에 울퉁불퉁한 무늬를 만들었다. 집이 너무 깨끗해서 슬펐다. 이슬의 티셔츠와 속옷들이 의자 손잡이에, 침대 위에, 바닥에 아무렇게나 널브러져 있었던 지난 나날들을 떠올렸다. 으이구, 차이슬. 하면서 옷가지들을 정리해 줬었는데. 치우는 게 세상에서 가장 귀찮다며 철없이 웃던 그녀는 여행을 떠나기 전에만 부지런히 대청소를 하곤 했다. 다녀왔을 때 깨끗한 집이 자신을 반겨야 여독이 금방 풀린다면서.

"아주 작정하고 떠난 거구나. 그럼, 돌아올 생각도 있는 거지?"

도욱은 혼자 중얼거렸다. 책상 옆 바구니에는 알록달록한 과학 잡지가 수북이 쌓여 있었다. 이슬은 침대 위에 각종 잡지를 가져다 놓고 읽는 걸 좋아했다. 매번 도욱의 무릎을 베고 누워서 자신의 얼굴을 다 가리는 큼직한 잡지를 들고, 팔을 주욱 뻗어서 읽었다. 흥미로운 내용을 발견할 때면 이슬의 눈이 동그래졌다. 오빠, 이거 들어 본 적 있어? 도욱은 이슬의 흥분한 목소리를 들으며 짧은 머리카락을 쓰다듬어 주곤 했다. 침대에는 아직 이슬의 냄새가 배어 있었다. 그녀의 진한 피부를 더 돋보이게 만들던 하얀 침대보를 도욱은 몇 차례 쓸어내렸다. 도대체 어딜 간 거야… 무형의 기억들이 눈물의 형태로 생성되어 뚝, 떨어졌다. 그는 여전히 맘껏 울지 못했다. 울어 버리면 그녀가 사라진 걸 인정해 버리는 꼴이 되는 것만 같아서. 도욱은 침대 앞 바닥에 앉아 한참 동안 뿔테 안경을 벗어서 눈물을 닦다가, 다시 썼다가를 반복했다.

주말이 지난 뒤 도욱은 출근을 했다. 연구소 앞 나무에는 매미들이 달라붙어 필사적으로 울부짖고 있었다. 여름은 갈수록 길어졌고, '역대급 뜨거운 여름'이라는 기록도 매년 새롭게 경신되었다. TEM실은 이슬이 실종된 후 잠정적으로 폐쇄되었다. 다시 돌아올지도 모르는 사람을 두고 새로 사람을 뽑는 것도 조심스러울 일이었다. 하지만 분석팀은 슬슬 대책을 마련해야만 했다. TEM은 미세구조 분석에 결정적인 역할을 하는 장비였고, 20억 원이 넘는 고가 장비이기도 했다. 어떻게든 다시 활용할 방법을 찾아야 했고 도욱은 차라리 본인이 TEM을 담당하는 게 어떨지 생각했다.

오랜만에 도욱은 TEM실의 문을 열었다. 충격과 슬픔, 원망의 구름이 조금 거두어지고 나자 모습을 드러낸 그의 이성이 말했다.

'이슬이라면 무언가 남겨 두었을 거야.'

분석실 구석구석을 뒤지던 그는 이슬이 정리해 둔 시료 서랍을 열었다. '임도욱 샘플'이라고 적힌 페트리 디시가 눈에 띄었다. 이게 뭐지?

4

이슬이 입사한 지 2년 정도 지난 어느 날이었다. 도욱의 담당 장비가 갑자기 고장 났다. 엔지니어가 와서 점검한 뒤, 부품 수급에 1주일이 걸린다는 소식을 전했다. 팀장은 이렇게 된 이상 2주간 장비 가동을 멈추고 정기 점검을 받자고 했다. 대신 도욱에게 그 기간 이슬로부터 TEM을 배우라고 했다. 마침 도욱도 TEM에 관심이 많았다. 이슬이 워낙 재미있다는 말을 입에 달고 살았기 때문이기도 했다. 하지만 그동안 그는 막상 배울 엄두를 내지 못했다. 완전히 폐쇄된 암실에서 분석하는 일이 그에게는 쉽지 않았다.

초등학생 때 도욱은 남동생, 부모님과 함께 수영장에 놀러 갔다. 한 유원지에 딸린 수영장이었는데, 꽤 넓어서 수심 별로 다섯 개의 풀이 있었다. 당시 한창 수영을 배우고 있었던 도욱은 자신만만했다. 가장 깊은 풀에서도 자유자재로 둥둥 떠 있을 수 있었고 종종 파란색 바닥을 손으로 짚고 올라오기도 했다. 한창 놀던 도욱은 배가 고파 왔다. '끝에서 끝까지 한 번만 더 가고 컵라면 먹으러 가야지.' 그는 탱글한 면발과 뜨끈한 국물을 떠올리며 자유형을 하고 있었다. 그때, 누군가가 급히 도욱의 위로 올라갔다. 필사적으로 도욱을 눌러 댔다. 살고자 하는 의지가 도욱의 등을 압박하는 손과 발바닥에서 느껴졌다. 도욱은 계속 락스 냄새가 나는 물을 먹으며 버둥댔다. 코가 아려 왔다. 이러다 정말 죽겠다 싶을 때쯤 도욱은 반동을 이용해서 더 깊은 곳으로 내려갔다. 바닥에 발이 닿을 만큼이 되자 도욱을 누르던 발길이 끊겼다. 도욱은 바닥을 차고 다시 수면 위로 올라갔다. 마지막 남은 힘을 쥐어짜서 밖으로 나갔다. 까끌한 바닥에 누우니 해가 까만 점처럼 보였다. 그는 몇 차례 물을 토하다가 그대로 의식을 잃었다.

그날 이후로 도욱에게는 약간의 폐소 공포증이 생겼다. 중학교 때 친구들과 놀이공원에 가서 혜성 특급이라는 놀이기구를 탔다가 느꼈다. 캄캄하고 꽉 막힌 공간을 달리는 롤러코스터 위에서, 도욱은 숨이 막히고 정신이 아득해졌다. 대학생 때는 한 고시원에 방을 얻고 나서야 깨달았다. 그는 창문이 없는 곳에서 오랫동안 머물 수 없었다.

이슬은 걱정 마, 라고 말하며 도욱의 높은 어깨를 툭툭 치고는 불을 켠 채로 설명을 시작했다. 측정할 때도 형광등을 끄는 대신 멀찍이 있는 스탠드를 켜고, 블라인드도 다 내리지 않았다. 자신보다도 키가 큰 TEM을 설명하는 이슬의 눈은 반짝반짝 빛났다. 이슬이 장비를 켜자 기다란 원통형의 현미경 가장 위쪽에서 형광 녹색의 전자빔이 아래로 쭉 뻗어 나왔다. 마치 만화 주인공이 변신할 때, 하늘에서 조명이 고깔 모양으로 내려와 주인공을 비춰 주는 장면 같았다. 전자빔이 바닥 면에 동그랗게 투영되면 입자들을 찾아 나섰다. 동그랗거나 세모나거나 네모난 입자들이 녹색의 전자빔 안에 등장했다. 그 후 조이스틱이 달린 패드를 조작하여 현미경의 렌즈나 조리개, 초점 등을 맞추는 작업을 했다. 양손으로 현란하게 조이스틱을 만지다 말고 이슬은 말했다.

"오빠. 게임하는 것 같지 않아?"

"응. 이슬이 네가 왜 재미있다고 했는지 알겠다. TEM에는 뭔가 신비한 느낌이 있어."

"이래서 내가 분석을 시작하면 못 빠져나와요. 나노의 바다에서 유영하는 나 자신을 자꾸 상상하게 되거든."

2주간 교육을 받으며 도욱은 이슬의 말을 조금 이해할 것 같았다. 작은 세계 속에서 나노 사이즈의 입자들을 찾아내고, 그 입자가 화면에 꽉 찰 때까지 확대하다 보면 느껴지는 쾌감이 분명 있었다. 보이지 않는 것들과 없는 줄 알았던 것들을 "아니야, 그건 분명 존재해. 한번 볼래?"라고 증명하는 것이 TEM 분석자의 일이었다.

5

'임도욱 샘플'이라고 적혀 있는 페트리 디시 안에는 납작한 원기둥 형태의 실리콘이 들어 있었다. 현미경이 달린 가공 장비로 미세하게 가공한 시료처럼 보였다. 도욱은 서둘러 현미경에 시료를 넣고 진공이 잡힐 때까지 기다렸다. 이슬이가 두고 간 게 맞나? 예전에 찍었던 시료인데 내가 기억을 못 하는 건가? 머리는 온갖 가능성을 찾아내느라 바쁘게 굴러갔다. 심장이 목구멍으로 튀어나올 것만 같았다. 진공 값이 범주 안에 들어오자 도욱이 장비를 켜고 빠른 손으로 관찰을 시작했다.

"맙소사."

시료에는 마이크로미터 크기로 두 줄의 영문자가 적혀 있었다.

- Pico*world
- lsdw1109!

11월 9일은 이슬과 도욱이 사귄 날이었다. 누가 보아도 아이디와 패스워드처럼 보일 조합이었다. 뭔가 대단한 단서를 찾은 듯했다. 그 와중에 도욱은 자신도 모르게 피식 웃음이 나왔다. 마이크로 아트를 해 보고 싶다더니. 이런 식으로 한 건가? 참, 너답다. 진짜.

평소 이슬은 구글을 찬양하곤 했다. 연구가 막힐 때마다 그녀는 구글을 샅샅이 뒤졌다. 그러면서 구글이 없었다면 현대 과학이 이렇게까지 발전하지 못했을 거라고도 말했다. 도욱은 곧바로 구글에 들어가서 아이디와 패스워드를 입력했다. 쉽게 로그인에 성공했다. 메일함에 들어가 보니, 이틀 전 메일 하나가 와 있었다. 메일을 클릭하기도 전에 도욱은 자신의 얼굴이 금세 달아오르는 걸 느꼈다. 그는 목놓아 울었다. 그래, 분명 어딘가에 있어. 그제야 맘껏 울 수 있었다.

*

도욱 오빠. 나야, 이슬. 첫 메일을 보내기까지 생각보다 오래 걸렸네. 도착하고 나서 정신이 없었어. 음… 여기는 '피코'라는 곳이야. 어떤 곳인지는 차차 설명하도록 할게. 언제 떠나게 될지 몰라서, 오빠에게 연락할 수 있는 디바이스를 미리 의뢰해서 준비해 두었었어. 슬픈 소식은 이게 발신만 가능하다는 거야. 나는 오빠의 답장을 받지 못해. 여기서 디바이스에 음성 기록을 남기면, 자동으로 문자화되어 지정된 메일로 보내지는 시스템이야. 전송이 잘 되어야 할 텐데. 내가 확인할 수 있는 길이 없어서 아쉽다.

오빠. 미리 오빠에게 얘기하고 싶었어. 함께 떠나자고도 말하고 싶었어. 오빠에게 말하면, 분명 따라오겠다고 할 것 같아서 결국에는 말 못 했어. 오빠에겐 가족이 있잖아. 여기는 오는 길도 위험할뿐더러, 폐소 공포증이 있는 오빠에게는 너무 힘든 곳이야. 게다가 이곳에 한번 와 버리면 다시 돌아갈 방법이 없어. 나는 피코에 있는 연구자들과 함께 돌아가는 방법을 연구하러 온 거야. 돌아가기 위해 왔다니 좀 이상하지. 연구에 성공하여 자유롭게 통행이 가능해지는 것, 그게 우리의 목표야.

사실 전자 현미경실에 취직한 이유도 이것 때문이었어. 4년 동안 매일 늦게까지 퇴근을 못 한 것도 이 연구 때문이었고. 그동안 연구는 진행이 좀 더디게 되었는데, 아직 쌍방향 소통이 안 된다는 게 가장 큰 걸림돌이었어. 피코로 먼저 이주한 사람들이 연구 결과를 보내오면 우린 그걸 토대로 연구를 했어. 하지만 반대로 우리의 연구 결과를 피코로 보낼 방법은 단 한 가지뿐이었어. 인간이 직접 가는 것. 협회 사람들이 주기적으로 한 명씩 데이터 뭉텅이를 들고 피코로 떠났어. 사실 내 순서는 3년 전에 왔었는데, 그때는 도저히 갈 수가 없었어.

3년 전쯤, 기억하지? 서로만이 존재하던 세계에 서로가 들어왔고 우리는 직감했지. 여기서 쉬이 빠져나갈 수 없겠구나. 처음 연구소에 들어갈 때만 해도 나에게는 이어진 끈이라는 게 없었어. 자신만만하게 언제든 떠날 준비가 되어 있다고 말해 왔지. 오빠를 알고 나서는 많은 게 변했어. 그렇게 미루고 미뤄 왔지만 이제는 해야만 하는 일을 해야 하는 순간이 온 거야.

연구에 성공하여 자유롭게 통행이 가능해질 때, 그때 돌아갈게. 내가 꽤 많은 연구 결과를 들고 여기에 왔거든. 나 자신 있어. 아마 금방 돌아갈 수 있을 거야.

오빠, 날 용서해 줄래?

6

이슬은 작은 것들을 사랑했다. 민들레 씨앗, 시계의 부품들, 미니 피규어, 모래알, 클로버, 큐빅 귀걸이, 해바라기 씨 초콜릿… 그녀는 밥을 먹다가도 가끔 젓가락으로 쌀을 한 알씩 집었다. 쌀알의 모양, 색, 찰기와 윤기 등을 관찰하다가 입으로 넣고 오물거렸다. 이슬은 한 알만 먹어도 입안에서 쌀알이 톡 터지는 걸 느낄 수 있다고 했다. 도욱이 몇 번 따라 해 보았지만 아무런 느낌도 나지 않았다.

알게 된 지 일 년, 사귄 지 반년 만에 이슬은 도욱에게 함께 네덜란드로 여행을 가지 않겠냐고 물었다. 이슬이 좋아하는 작가가 네덜란드에서 마이크로 아트 전시를 연다고 했다. 쌀, 콩, 작은 돌 등에 그림을 그리거나 연필심, 얇은 나뭇가지 등을 조각하는 작가였다. 모든 전시품은 돋보기로 관찰할 수 있다고 했다. 도욱은 지금껏 해외여행을 가 본 적이 없었기에, 이슬의 제안에 응한 뒤로 출국일까지 떨리는 마음을 가라앉히기 어려웠다. 도욱은 크게 흔들림 없는 삶을 살아왔다. 학창 시절에는 그저 축구를 즐기는 학생이었고, 공부를 좋아하진 않았지만 곧잘 해서 서울로 대학을 갔다. 남자만 그득한 공대를 다니면서는 술을 마시거나 게임을 하면서 시간을 보냈다. 술과 게임은 중독성이 강했지만 도욱은 그저 필요할 때만 가끔 찾을 뿐이었다. 몇 안 되는 여자 동기가 한 아이돌 그룹에 빠져서 소위 '덕질'이라는 걸 할 때, 도욱은 이해가 되지 않는다고 생각했다. 하지만 이상하게도 부럽다는 감정이 뒤따랐다. 왜 자신이 그걸 부러워하고 있는지 도욱은 잘 몰랐다. 무언가에 몰입하거나 무언가를 열렬히 사랑해 본 적이 그에게는 없었다.

이슬은 다소 충동적이고 모험을 좋아하며, 다양한 경험이나 지식을 쌓는 데에 모든 에너지를 쏟아 온 사람처럼 보였다. 그런 그녀와 만나며 도욱은 무채색이었던 자신의 삶이 드디어 색깔을 찾아간다고 느꼈다. 물을 잔뜩 먹은 하얀 한지처럼 이슬의 컬러는 빠른 속도로 도욱에게 번져 나갔다.

도욱과 이슬은 6월에 휴가를 쓰고 1주일간 네덜란드 여행을 갔다. 숙소는 수도인 암스테르담에 잡았다. 암스테르담은 유럽 여행자들이 비행기를 환승할 때 많이 들르는 작은 도시여서, 길거리가 늘 떠들썩했다. 도욱과 이슬은 비교적 사람이 적은 골목을 찾아다녔다. 도시 전체가 운하로 이루어져 매일 운하를 따라 자전거를 탔다. 운하 근처에는 음식점, 카페, 펍이 즐비했기에 마음에 드는 곳이 보이면 바로 야외에 마련된 테이블에 앉았다.

"낭만적인 도시야. 그치?"

한 카페의 테라스에서 핫초콜릿을 마시며 이슬이 말했다.

"응. 운하도 너무 아름답고, 건물들은 꼭 레고 조립해 둔 것처럼 생겼어."

푸하하, 이슬이 도욱다운 발상이라며 웃었다.

"오빠. 네덜란드라는 이름이 무슨 뜻인지 알아?"

"음, 글쎄…?"

"'낮은 땅'이라는 뜻이래. 네덜란드 국토 3분의 1이 해수면보다 낮대. 심지어 암스테르담의 '담'도 '댐'이라는 뜻이야. 댐을 쌓고 물과 전쟁하며 살아온 나라인 거지. 슬프게도 네덜란드는 곧 물에 잠길 거야. 해수면이 빠르게 상승하고 있으니까."

"그런 뜻이 있었구나. 하긴, 요즘 이쪽에 홍수 나는 거 보면 무섭긴 해."

도욱이 고개를 절레절레 저으며 답했다.

"우리 아까 지나온 골목에서도 봤잖아. 3년 전에 난 홍수인데 아직도 복구를 못 한 거."

"그래도 뭔가 방법이 있지 않을까?"

"몇십 년간 국가 차원에서 다양한 댐 프로젝트에 투자해 왔어. 하지만 자연재해 규모는 계속 커지고만 있고, 아무리 열심히 대비해도 피해는 점점 더 심해지고 있지. 답답해. 왜 기술이 발전할수록 지구는 더 통제하기 어려워지는 걸까. 기술로는 못 하는 게 없을 거라 생각했는데."

이슬은 운하를 응시했다. 그녀의 가지런한 눈썹 사이로 옅게 주름이 잡혔다.

여행하며 그들은 끊임없이 대화했다. 말하느

라 에너지를 많이 써 버려서 온종일 배가 고플 지경이었다. 특히 이슬은 자신의 이야기를 모두 쏟아 버릴 작정으로 여행을 떠나온 사람처럼 보였다. 도욱은 1주일 동안 이슬과 1년 치는 가까워진 기분이 들었다.

귀국 전날 저녁 이슬은 맥주를 마시러 가자고 했다. 지하에 있는 아담한 펍에서 감자튀김에 맥주를 마시며 이슬은 가족 이야기를 꺼냈다. 항상 궁금했지만 도욱이 차마 물어보지 못했던 이야기였다. 이슬에게 지금 가족이 없다는 사실은 알고 있었지만, 이슬은 그런 상처를 가진 사람처럼 보이지 않았다. 부모의 부재가 이토록 티가 나지 않을 수 있을까. 아무리 상상해 보아도 도욱에게는 닿지 않는 세상이었다.

이슬의 엄마와 아빠는 인도네시아를 타깃으로 한 화장품 스타트업의 동업자로 만났다. 정체기를 지나 어느 순간부터 사업은 빠르게 확장되었고, 정신을 차리고 보니 더는 둘만의 문제가 아니었다. 책임져야 할 직원은 불어났고 딸을 낳았을 무렵에는 정말로 24시간이 모자랄 지경이 되었다. 자연스레 이슬은 아기 때부터 할머니와 할아버지의 손에서 자랐다. 부모와는 애착 관계가 형성될 틈이 없었지만 조부모는 그 빈 공간을 채우다 못해 넘쳐흐를 만큼 이슬에게 사랑을 주었다. 게다가 이슬은 워낙 독립심이 강한 유전자를 가지고 태어났다. 부모와 헤어질 때면 으아앙 울다가도 금세 헤실헤실 웃으며 할머니의 품에서 잠들곤 했다.

이슬의 할아버지는 한 반도체 기업의 연구원 출신이

었다. 기업의 연구는 그저 제품을 팔기 위한 수단에 불과했고 그는 틀 안에서 꽉 막힌 연구를 하며 늘 괴로워했다. 이슬이 어려서부터 과학에 관심을 보이는 것을 보고, 할아버지는 툭하면 집에 과학책을 사 왔다. 같이 과학 영상을 보면서 토론을 하기도 했다. 이슬이 유연한 사고를 하도록, 성인이 되어도 그것을 잃지 않도록 할아버지는 도왔다. 손녀가 자신과는 달리 열린 연구자가 되길 바라는 마음 때문이었다. 화가였던 할머니 역시 이슬에게 창의성을 부여하는 데 큰 몫을 했다. 항상 무언가에 몰두해 있느라 이슬은 친구가 없어도 외로움을 잘 느끼지 못했다. 그 배움의 욕망을 할아버지와 할머니는 부지런히 해소해 주었다.

딸에게 시간을 쓰지 못하고 애정을 주지 못한 부모가 얼마나 죄책감에 괴로워했을지 이슬은 잘 알지 못했다. 이슬의 부모는 이슬이 네 살일 때 교통사고로 세상을 떠났고, 그녀가 기억하는 부모와의 시간은 많지 않았다.

7

도욱 오빠. 나야, 이슬. 답장을 받지 못하는 편지를 쓰는 건 생각보다 어려운 일이구나. 오빠의 마음은 오죽할까…. 요즘 종종 오빠의 답장을 상상하곤 해. 그런데 그 내용이 너무 선명하게 그려지는 거 있지. 아마 오빠가 답장을 보낼 수 있었다면, 내가 상상한 그대로 써서 보내지 않았을까. 나는 생각보다도 오빠를 더 잘 알고 있었구나, 그런 생각을 하고 있어. 계속 이렇게 텔레파시를 보내 줄래?

오늘은 피코 협회에 대한 이야기를 해 볼까 해. 작년이었나. 오빠한테 제나라는 미국 친구 얘기하면서 엉엉 울었던 날, 혹시 기억나? 내가 제나가 떠났다는 말만 반복해서 오빠는 갸우뚱했었지. 어차피 멀리 사는 친구인데, 어딜 떠났길래 그리 슬퍼하냐고. 그때 그 친구가 피코로 떠난 거였거든. 막상 협회에서 가장 가까웠던 친구가 떠나는 걸 보니 나의 순서도 얼마 남지 않았다는 걸 온몸으로 느꼈어.

내가 처음 피코 협회를 알게 된 게 바로 제나 때문이었어. 나 대학원 다닐 때 미국으로 전자 현미경 학회를 간 적이 있었다고 했잖아. 제나와 나는 각각 다른 날 포스터 발표를 했는데, 서로의 연구 주제에 워낙 관심이 많아서 질문하고, 답변하다가 급속도로 친해졌어. 우리나라에서는 사실 누군가와 그렇게 열띤 토론을 하기가 쉽지 않잖아. 제나랑 시원하게 서로의 의견을 내다 보니 내가 연구자로서 한층 성장한 기분이 들었어. 머리가 말랑말랑해지는 느낌, 시야가 확 넓어지는 기분이었달까.

학회가 끝난 뒤 혼자 애리조나를 여행할 예정이었는데, 그 여정을 제나와 함께하게 됐어. 우리 둘 다 지겨울 정도로 과학 이야기를 많이 했던 것 같아. 여행이 끝나갈 때쯤 제나가 조심스럽게 피코 협회에 대해 알려 주었어. 현재는 미국 정부에서 운영하는 기밀 단체이고, 국적을 불문하고 이백 명 정도가 가입되어 있고, 제나와 제나의 아버지도 협회 회원이라고 했어. 제나는 나를 스카우트하고 싶어 했어. 협회에 가입하면 딱 한 사람을 추천할 수 있는데, 지금 이 순간을 위해 본인이 그 카드를 아껴 온 것 같다고 했어. 여행의 마지막 날에는 제나가 인터내셔널 피코 센터에 나를 데려가 주었어. 밖에서 구경만 했는데도 심장이 왜 그리 쿵덕거리던지.

그때의 나에게는 황홀한 제안이었어. 왜, 미국에는 UFO를 연구하는 단체도 있잖아. 어려서부터 나는 그런 것들을 동경했거든. 어찌 보면 마음 둘 곳이 필요했던 것 같기도 해. 그로부터 1년 전, 2년 전에 할아버지와 할머니가 돌아가셨으니까. 하루하루가 상상도 못 할 정도로 아팠지. 오래 고민하지 않고 협회에 가입하기 위한 시험을 보고, 서약서에 서명했어. 한국에 돌아와서는 석사 과정을 졸업하고 전자 현미경을 쓸 수 있는 곳을 찾아서 지원했어. 그곳이 우리 연구소였던 거지.

오빠가 이미 추측했을지 모르겠지만 피코라는 이름은 피코미터에서 따 온 거야. 나노미터보다도 작은 단위, 피코미터. 사실 이곳은 거의 나노 규모로 이루어져 있는데, 한 연구자가 전자 현미경으로 이곳을 처음 발견했을 때 피코미터 크기의 시그널을 보았대. 그래서 피코라고 이름을 붙였다고 하더라고. 그러니까, 오빠. 나는 지금 나노미터만큼이나 작은 세계에 와 있어. 내가 오기 전에 이미 백여 명의 연구자들이 피코로 이주해 왔어. 맨 처음 이주한 사람들이 연구자 임시 기지를 지어 두었고, 지금 우리는 그 안에서 지내고 있어. 이곳에 올 때는 특정 파장의 전자빔을 맞게 되어 있는데 그 과정에서 인간은 나노 사이즈로 줄어들게 돼. 오빠, 나는 안 그래도 작은 데 더 작아졌어. 현미경으로도 거의 보이지 않을 만큼 작아졌어.

8

이슬의 메일을 읽을 때면 도욱은 그녀의 목소리가 귀에 들리는 듯한 착각이 들었다. 이슬은 미안한 감정을 서툴게 표현했으나 한편으로는 조금 들떠 있는 듯했다. 도욱은 섭섭한 감정이 들기도 했지만 이슬의 마음을 이해했다. 어쩌면 그녀에게는 평생에 있어 가장 의미 있는 일인지도 몰랐다. 도욱에게 있어 평생의 의미는 이슬이었지만 상대방도 꼭 같을 수는 없는 일이었다. 이슬이 전해 온 피코라는 세상의 존재에 대해서도 도욱은 의심하지 않았다. 이 모든 일이 그녀와 그 사이의 신뢰의 끈으로 이어져 있었다. 도욱은 떠나 버린 이슬을 원망하지 않기로 했다. 그녀가 꼭 돌아올 거라 믿었으니까. 그들이 차근차근 엮어 온 신뢰의 끈은 꽤나 굵고 질겼다. 그 사실을 모두 알고 이슬은 떠나 버린 듯했다.

도욱은 TEM실에 자주 들락날락했다. 온종일은 아니더라도 일과 시간의 일부는 TEM을 분석하는 데 보냈다. 시간이 지나자 분석팀에서는 기존 도욱의 자리에 인원을 충원하기로 결정했고, 도욱도 이에 찬성했다. 암실에 대한 두려움을 이겨 내려 도욱은 노력했다. 30분 정도 분석을 하고 나면 한 번씩 바깥으로 나와야 했지만, 생각보다 할 만했다. 형광 전자빔이 아래로 내려오는 걸 볼 때마다 도욱은 그 안에서 작아진 이슬을 상상했다.

도욱은 한번 분석실에 들어가면 서너 시간씩 밖으로 나오지 않던 그녀가 대단하다고 생각했다. 문 한 칸을 사이에 두고 각자의 일에 열중하고 있으면 시간은 빠르게 흘러가곤 했다. 그러다 그녀가 블라인드를 올리고 밖으로 나오는 모습을 볼 때면, 도욱은 그 찰나의 시간이 느리게 흘러가는 것만 같았다. 그때마다 이슬은 도욱을 보며 웃었다. 이슬의 삐뚤게 자란 덧니와 두 볼에 선명해지는 인디언 보조개를 보면 마음이 편안해졌다. 도욱은 이슬이 어둠 속에서 빛나는 별 같다고 생각했다.

이슬에게 메일을 받은 뒤로 도욱은 구글에서 피코에 대해 찾아보기 시작했다. '일조분의 일'이라는 위키백과의 정의를 제외하고는 주로 엉뚱한 결과만 나왔다. 다른 단어들을 이리저리 조합해서 다시 검색해 보다가 영어로 된 몇 가지 기사와 포스팅을 발견했다. 한 연구자가 '나노 세계가 존재하고, 거기로 이주해 간 사람들이 있다'고 주장했다는 내용, 그 주장을 사이비로 치부하는 반론들, 그 터무니없는 이야기를 우리가 어떻게 믿고, 만약 존재한다고 해도 그곳에 어떻게 가겠냐는 내용 등이 주를 이루었다. UFO 같은 파급력은 없었다. 보이는 것들도 믿지 못할 마당에, 역시 보이지 않는 걸 믿기는 어렵겠지. 도욱은 사람들의 코웃음 소리가 귓가에 들리는 듯했다.

계속 검색해 보던 도욱은 논문 형태의 파일을 하나 발견했다. 저널 이름이 없는 것으로 보아 어디에도 채택되지 않은 글인 것 같았다. 내용을 읽어 보니 그 이유를 짐작할 수 있었는데, 또렷한 과학적 근거가 없이 그저 일어난 현상만을 설명한 논문이었다. 높은 배율로 TEM을 관찰하던 도중 누군가가 의도하여 보내는 듯한 시그널을 발견했다는 내용이었다. 이슬이 피코라는 이름의 유래를 설명할 때 언급했던 그 내용인 듯했다. 시그널의 이름은 '피코포인트 시그널'. 특정 모드에서 결정성이 좋은 시료를 관찰할 때 볼 수 있다고 했다. 도욱이 태어나기도 전, 약 50년 전에 발행된 글이었다. 도욱은 논문을 출력하여 자세히 읽었다.

9

오빠. 나야, 이슬. 밥은 잘 챙겨 먹고 지내는지 궁금하다. 나는 나름대로 잘 챙겨 먹고 있어. 사실 여기엔 먹을 게 다양하지 않아. 유기물, 무기물로 구성된 알약 같은 것들로 필요한 영양을 챙기면서 살거든. 끔찍하지? 아몬드만 먹는 햄스터가 된 기분이야. 하우스를 만들어서 농사를 짓는 연구도 진행하는데, 아직은 규모가 작아서 워낙 귀해. 가끔 옥수수나 감자 등을 수확해서 연구자들에게 나누어 주는데, 그럴 때면 어찌나 행복한지 몰라. 오빠랑 포장마차 가서 떡볶이랑 어묵꼬치 먹고 싶다. 너무너무 먹고 싶어. 오빠가 나 대신이라도 먹어 주라.

오빠. 사람들은 우주를 정복하려고 하잖아. 대기의 이산화탄소 함량이 더 높아지고, 지구의 기온이 상승하고, 북극의 빙하가 다 녹아 버리고, 동물들이 멸종하고… 결국 지구가 인간이 살 수 없을 지경의 상태가 되면 우주의 다른 행성에 가서 살 궁리를 하지. 나 역시 그게 최선이라고 믿어 왔어. 하지만 우주는 인간이 제어하기엔 너무 방대해. 기술이 꾸준히 발전하고 있다고는 해도 지구가 망가지는 속도를 따라잡기 어렵기도 하고.

인간이 나노 사이즈로 피코에 올 수 있다는 사실을 깨달은 이후, 피코 협회가 설립되었고, 협회는 피코 안에 인류가 살 수 있는 기지를 지으면 어떨까 생각했어. 인간을 모두 수용할 수 있을 정도의 크고 튼튼한 기지를 짓는 거야. 지구

안에 있지만 지구의 영향은 받지 않도록, 완전히 폐쇄된 형태로. 기지는 아무리 커 봤자 센티미터 규모 정도 되겠지. 그 안에 작아진 인간들이 살 수 있는 환경을 만드는 거야. 우주를 정복하는 게 아니라, 지구 자체가 피코의 우주가 되는 셈이지.

이러한 피코 협회의 의견은 오래도록 무시되어 왔어. 피코에 직접 들어온 사람들이 이 세계는 실재하는 곳이라고 외쳤지만, 사람들 입장에서는 영화에나 나올 법한 일에 불과했지. 한번 들어가면 나오지도 못한다고 하니 피코는 그저 무서운 미스터리 같은 것으로 여겨졌어. 대부분의 과학자에게는 입에도 담으면 안 될 주제가 되었지. 협회의 연구자들은 쓸쓸하게 연구를 진행했어. 사실 여러 측면에서 보았을 때 미스터리가 맞긴 해. 일단, 우리도 피코가 어디에 있는 건지 정확히 알지 못해. 피코의 위치는 프로그램에서 쓸 수 있는 좌표로만 밝혀져 있거든. 지구 전체가 폭발해 소멸하지 않는 한 안전한 곳에 피코가 있다는 사실만 알아. 피코에 올 때 어떤 원리로 인간이 작아질 수 있는지도 아직 밝혀내지 못했어. 아마 이곳에 사는 생명체가 개입한 건 아닐까, 그렇게 추측만 하지.

아, 이건 오빠가 들으면 조금 놀랄 것 같은데, 피코에도 인간 같은 지적 생명체가 살아. 우린 그들을 '에이콘'이라고 불러. 에이콘은 현미경으로 관찰하던 분말 입자들처럼 동글동글하게 생겼어. 눈사람 같은 형태라고 해야 할까. 솔직히 좀 귀엽기도 해. 몇몇 연구자들은 그들의 언어를 습득하면서 통역사로 일하고 있어. 아직은 아주 기본적인 소통밖에 못 하지만 말이야. 에이콘은 생김새만큼이나 아주 온화해. 경계라는 걸 잘 모르는 것 같달까. 하지만 그 속이 어떨지는 모르지. 그들은 뭔가 많은 걸 알고 있는 듯한 기분이 들거든.

어쨌든, 미국 정부가 피코 협회를 적극적으로 지원해 주기 시작한 게 2030년 즈음부터였대. 그때 지구의 평균 기온이 산업혁명 이후로 1.5℃ 이상 상승해 버렸으니까. 옛날부터 많은 언론이나 단체에서 제발 2℃만은 넘기지 말자고 누누이 이야기해 왔는데, 2℃가 코앞에 와 버리니까 급해져서 뭐라도 해야만 했겠지. 정말 인류가 이곳으로 이주하는 그날이 오게 될까? 이곳이 아니더라도 우주든, 어디에서든 우리는 살아남을 수 있을까? 어찌 보면 내 손에 달린 일이라고 볼 수도 있겠다. 그치?

10

도욱은 TEM실에 있는 이슬의 행정용 컴퓨터를 켰다. 떠나기 전 이슬이 이미 포맷을 해 둔 상태였다.

"정신없이 갔다면서. 할 건 다 하고 갔다니깐."

도욱은 혹시 모를 단서를 다시 찾아보려 애썼지만 분석실에는 남아 있는 게 없었다. 그는 퇴근 후 이슬의 자취방을 찾았다. 책장에서 이슬의 연구 노트를 꺼내어 펼쳤는데, 휘갈겨 쓴 글씨가 알아볼 수 없을 지경이기에 도욱은 웃었다.

"뭔가 열심히 쓰긴 썼네. 이젠 하다 하다 이슬이 문자까지 해석해야 하는 건가."

자세히 들여다보니 대부분 의뢰인과 함께한 연구에 관한 내용이었다. 분석 조건이나 입자 사이즈, 특이 사항들이 나름대로 양식에 맞추어 적혀 있었다. 도욱은 노트 귀퉁이에서 낙서 같은 걸 발견했다. 알 수 없는 알파벳 조합이었는데 페이지를 넘기다 보니 동일한 내용이 또 낙서처럼 몇 군데에 적혀 있었다. 도욱은 내용을 메모하고 이슬의 연구 노트를 몇 개 더 챙겨서는 한밤중에 다시 분석실로 향했다. 도욱이 이슬에게 쏟던 시간들은 그녀가 떠난 이후로 갈 곳을 잃었다. 방황하는 시간들을 붙잡아 도욱은 공부하고 논문을 찾고 나노 입자들을 분석했다. 그는 원래 연구에 별 애정이 없었다. 그저 해야 했기에 했을 뿐이었다. 하지만 지금은 자신이 연구라도 할 줄 안다는 사실이 다행이라고 여겼다.

사실 도욱은 자신이 무엇을 위해 피코를 알아보고 있는지, 그 목적을 명확히 알 수 없었다. 그는 종종 혼자 생각했다. '만약 지금이라도 피코에 갈 기회가 주어진다면 어떨까.' 애초에 이슬이 함께 가자고 제안했다면, 분명 어떻게든 따라갔을 것이다. 하지만 지금 상황에서 혼자 그곳에 가야 한다면, 과연 갈 수 있을까? 도욱은 자신의 질문에 쉽사리 대답할 수 없었다. 가만히 기다리면 될 일인데 굳이 갔다가 엇갈린다면? 어설프게 가다가 무슨 문제가 생긴다면? 그렇다고, 기다리기만 하다가 이슬이가 돌아오지 못한다면? 이슬이를 더는 볼 수 없게 된다면… 그때는 정말 어떻게 해야 할까. 생각의 가지들은 근심의 물을 빨아들여 줄기차게 뻗어 나갔다. 한참 동안 생각에 잠기다 보면 도욱은 이 모든 게 가정일 뿐이라는 사실을 뒤늦게 알아챘다. 자신이 할 수 있는 일은 이슬에게 조금이나마 닿을 방법을 찾는 것뿐이었다. 뭐라도 하고, 뭐라도 알아보아야 이 시간을 버틸 수 있었다.

분석실에 도착한 도욱은 자신의 모니터에 이슬이 붙여 놓은 포스트잇을 발견했다. 오래도록 붙어 있어서 존재 자체를 잊고 지냈는데, 티베트의 속담이라는 그 문구가 새삼 와 닿았다.

"걱정을 해서 걱정이 사라지면 걱정이 없겠네. 도욱 씨, 걱정 그만!"

도욱이 피코포인트 시그널 관찰에 성공한 것은 이슬이 떠난 지 2년이 지난 뒤였다. 자신에게 허락된 시간 대부분을 목적 불명의 연구에 쏟은 결과였다. TEM에서 특정 시료를 높은 배율로 확대하다 보면 격자 구조라는 걸 관찰할 수 있었다. 격자는 원자의 규칙적인 배열 구조인데, 조밀한 간격의 체크무늬같이 생겼다. 혹은 빨래판이나 물결무늬 감자칩처럼 보이기도 했다. 도욱은 코드를 조합하여 시그널 모드에 접속하는 데 성공했고, 어느 날 격자 구조를 관찰하다가 100만 배율쯤에서 격자들 사이의 점들을 발견했다. 점은 사이다 탄산 터지듯, 웅덩이에 소나기 떨어지듯, 밤하늘에 불꽃 터지듯 산발적으로 타다다닥 나타나다가 빠르게 사라졌다.

도욱이 시그널을 관찰했다고 해서 당장 달라진 것은 없었다. 다만, 도욱은 그날 자신이 있는 세상과 이슬이 있는 세상이, 빛으로 이루어진 다리로 연결되는 꿈을 꾸었다.

11

연구에 몰두하기 시작한 뒤로 도욱의 시간은 빠르게 흘러갔다. 그녀가 메일만 꾸준히 보내 준다면 기다림의 시간도 생각보다 버틸 만했다. 그러나 언제부턴가 그는 이메일 속 이슬의 말투가 조금씩 달라지고 있음을 느꼈다. 확신에 차 있던 처음과 달리 그녀는 조금 지쳐 보였고, 의기소침해 보이기도 했다. 괜찮은 척하려 애쓰는 듯했지만 티가 났다. 음성으로 녹음하여 작성되는 메일이다 보니 감정을 모두 숨기기는 어려웠을 것이다. 이슬은 조금이라도 울적한 문장들을 보내온 뒤에는 한동안 메일을 보내지 않았다. 도욱에게 힘든 모습을 보일 순 없다는 일종의 죄책감 때문일 것이었다. 도욱은 몹시 갑갑하고 불안해졌다.

그 무렵 도욱은 미국 포틀랜드에서 열린 전자 현미경

학회에 참석했다. 3년간의 수소문 끝에 드디어 피코 협회의 연구자 중 한 명인 글렌을 학회에서 만날 수 있었다. 도욱은 글렌에게 자신의 상황을 설명한 뒤 협회에 가입할 수 있는지 물었다. 도욱이 피코에 대한 이야기를 할 때 글렌은 인상을 찌푸렸다. 협회 외 사람이 피코에 대해 잘 알고 있다는 사실 때문에 도욱을 경계하는 듯했다. 그는 협회에 문의해 본 뒤 도욱에게 다시 연락을 주겠다고 말했다. 도욱은 제발 도와 달라며, 글렌과 악수를 하다 말고 다른 한 손으로도 그의 손을 꼬옥 잡았다.

한국에 돌아온 뒤 며칠 지나지 않아 도욱은 글렌으로부터 이메일을 받았다. 이슬이 떠나기 전 잠재적 추천인 명단에 도욱을 올려 두었다는 사실과, 그렇기에 시험에만 통과한다면 피코 협회에 가입할 수 있다는 내용이었다. 피코 협회에는 회원 이외의 사람들에게는 피코에 대한 정보를 누설하면 안 되는 규칙이 있다고 했다. 대신 자신이 추천한 한 명에게만 정보를 공유할 수 있는데, 이슬이 도욱을 선택했기에 그동안 그에게 피코 이야기를 할 수 있었던 것이었다. 그 사실을 모르고 도욱을 경계했다며, 글렌은 자신의 무례했던 행동에 대해 사과한다는 말도 덧붙였다.

도욱은 세 번의 도전 끝에 시험에 통과할 수 있었다. 협회에 가입하자 그에게는 피코에서 보내오는 보고서를 확인할 수 있는 권한이 주어졌다. 그날 도욱은 밤새 지난 보고서와 공지를 읽어 보며 피코의 실체를 보았다. 치밀하게 설계한 임시 기지는 피코 안에 제법 그럴싸하게 자리 잡았다. 그동안 피코에서 진행한 수십 가지 프로젝트 중 대부분이 성공하여, 본 기지를 설계할 만한 기술력도 탄탄히 쌓이고 있었다. 미국 정부에서는 피코로 떠난 연구자들이 다시 돌아오면 후한 포상금을 주겠다고 약속했고, 이후에는 본 기지를 지을 수 있도록 경제적 지원을 아끼지 않겠다고도 선언했다.

그러나 최근 보고서에서는 이런 내용이 종종 보였다. 에이콘은 피코를 보호하기 위한 수단으로 피코의 위치 추적을 차단해 놓았다. 피코에 이주했던 1세대 인간들은 에이콘과 공생하기 위한 협약으로써 이에 동의했다. 하지만 비교적 최근에 이주한 연구자 중, 에이콘을 배신하고 어떻게든 위치를 추적해 내자는 움직임이 일고 있다. 그들은 피코의 위치를 알 수 있다면 본래의 인간 크기에서 피코를 쉽게 가공할 수 있고, 많은 사람이 이렇게까지 희생할 필요도, 또 많은 에너지를 쓸 필요도 없을 것이라고 주장한다. 이에 반대하는 연구자들은, 기꺼이 자리를 내준 에이콘과의 의리를 지켜야 한다고, 또 위치가 밝혀질 경우 피코뿐만 아니라 우리 전체가 위험해질 수 있다며 반박한다고 했다. 연구자 간의 분쟁은 갈수록 심해지고 있는 듯했고 이로 인해 불안을 호소하는 연구자도 점점 늘어나고 있었다. 보고서를 읽다가 도욱은 생각했다. 인간이 피코를 마음대로 가공하는 상상. 1,700,000,000나노미터인 본인이 손가락으로 나노 세상을 집어 드는 상상. 피코 안에 있을 이슬이 마치 보이지 않을 만큼 작은 개미처럼 느껴졌다. 순간 도욱은 피코라는 존재가 끔찍하다고 느꼈다.

그곳에 머무는 연구자들의 상태가 나빠져 가는 건 이상한 일이 아닌 듯했다. 제나는 식이 장애가 생긴 탓에 며칠째 아무것도 먹지 못하고 있다고 했다. 최근 긴급하게 피코로 정신과 의사가 투입되었다는 소식도 있었다. 만약 도욱이 협회에 가입하더라도 절대 피코에는 오지 못하게 해 달라고 부탁하는 이슬의 메시지도, 에이콘은 갈 곳 없는 우리를 받아 준 식구라는, 절대 그들을 건드리는 실수를 저지르면 안 된다는 이슬의 주장이 담긴 보고서도 있었다. 도욱은 이슬이 외친 문장들이 마치 절규처럼 느껴졌다.

12

도욱 오빠, 나야. 이슬. 오랜만에 메일을 보내. 요즘… 매우 바빴거든. 그동안 우리가 진행한 연구에 조금씩 답이 보이기 시작하고 있어. 다행이야. 다시 돌아갈 그 날을 기약할 수 있으니까. 그런데, 돌아가면 과연 오빠가 그 자리에 있을까. 보고 싶다. 이런 말을 하면서도 이런 말을 해도 되는 건지 모르겠어. 참 염치없지. 그래도 얘기해야만 할 것 같아. 보고 싶다고.

　오빠에게 메일을 보내다 보면, 이 상황들이 그저 나의 추측으로만 이어지고 있다는 사실에 자꾸 부딪히곤 해. 떠나온 이래로 쌓이고 쌓인 궁금증들은 여전히 해소하지 못한 채 화석처럼 굳어가. 오빠는 이메일에 로그인하긴 했을까? 만약 못했다면 이 모든 걸 모르고 있겠지. 만일 오빠가 이메일을 봤다면, 내가 하는 말들을 믿었을까? 이곳에 대해 부지런히 알아보는 중일까? 혹은 배신감에 여전히 화가 나 있을까?

　사실 떠나온 지 얼마 안 되었을 때는 이 상황들을 추측하지 않았어. 거의 단정 지었었지. 오빠라면 분명히 이럴 거야, 라는 단단한 확신이 있었달까. 시간이 지날수록 그 확신이 흐물흐물해지는 느낌이야. 공이 돌아오지 않는 스쿼시를 치는 것만 같아. 한쪽으로만 닿을 수 있는 마음은 이토록 아픈 거였어. 향할 기회도 없이 꺾어 버린 오빠의 마음은 어쩌지. 그런 생각을 하면 괴로워. 내 욕심으로 떠나와 놓고, 이렇게 일방적으로 내 소식을 전하면서도 약한 모습을 보여 미안해. 오빠가 그리워. 오빠와 손잡고 걷던 연구소 앞 산책로가, 오빠랑 자주 먹던 녹차 아이스크림이, 침대에서 함께 뒹굴거리던 주말이, 우리의 놀이터였던 대성 서점이, 오빠 어깨에 코를 파묻을 때면 나던 푸근한 냄새가. 오빠와의 그 기억이 나를 버티게 할 거야. 끝까지 성공하게 만들 거야.

　오빠. 연구자 모두가 이곳에 인간이 살 수 있는 환경을 만들어 보겠다고 애쓰고 있어. 그런데 사실, 나는 요즘 어딘가가 쿡 막혀 오는 기분이 들어. 기술적인 부분에서는 오히려 걱정이 없어. 연구가 진행되는 속도가 정말 빠르거든. 어찌나 치밀하게 계산해서 지구를 재현해 내고 있는지, 금방이라도 전 인류가 이곳에서 살 수 있을 것 같아. 하지만 모든 게 인공인걸. 얼핏 보면 지구도 치밀한 설계로 지은 행성 같지만, 사실 수많은 절묘한 우연이 겹치고 또 겹쳐서 이루어진 거잖아. 불덩어리 같았던 최초의 지구가 태양과 더욱 가까이 있었다면 표면이 식지 않았겠지. 반대로 너무 멀리 갔다면 꽁꽁 얼었을 테고. 지구가 우연히 적절한 위치에 자리를 잡았어도, 온실 효과가 없었다면 생명이 살 수 있는 온도는 갖춰지지 못했을 거야. 박테리아가 없었다면 생명체가 숨 쉴 수 있는 대기도 만들어지지 않았겠지. 당연히 인류는 탄생하지 못했을 테고.

지구가 될 순 없어

그런 지구를 망쳐 버린 인간이 이렇게까지 살아남아야 할 이유가 있을까. 우리가 지구의 우연을 억지로 구현할 자격이 있긴 한 걸까. 결국 우리는 마땅한 벌을 받아야 하는 게 아닐까? 나도 이곳에 와서 직접 겪어 보기 전에는 몰랐어. 똑똑한 인간은 어떻게든 살길을 마련할 수 있을 거라고 자신했지. 맞아. 인간은 살아남을 거야. 하지만 어떤 식으로든 살아남는다고 해도, 지구에서 살지 못한다는 사실 자체가 인간에게는 가장 큰 벌일 거야.

13

 피코에 머무르는 연구자들의 상태를 고려하여 협회에서는 다음 연구자들을 더욱 신중하게 보내기로 결정했다. 조건을 강화하여 이에 부합하는 사람만을 뽑기로 했고, 주기 역시 석 달에 한 명꼴로 길어졌다. 도욱 역시 곧바로 지원하였으나 조건 미달로 탈락했다. 도욱이 피코에 가고자 하는 이유는 이슬이 유일했고 그 사실은 숨겨 보려 해도 잘 숨겨지지 않았다. 피코의 실태를 알면서도 가려는 희망자가 많다는 사실에 도욱은 그저 놀랄 따름이었다.

 결국, 도욱은 피코로 곧 떠날 연구자에게 부탁하여 3년 동안 써 둔 답장 중 몇 개를 추려 이슬에게 보냈다. 나에 대해 계속 확신해도 괜찮아. 난 여기 계속 있어, 널 기다리고 있어. 의심하지 않아도 돼. 나는 널 믿어. 너도 날 믿잖아. 꺾여 버린 마음일지라도 항상 널 향하고 있어. 미안해하지 마. 마음껏 보고 싶다고 이야기해도 돼. 나도 보고 싶어. 미칠 듯이 보고 싶어.

 편지는 여러 장이었지만 내용은 대부분 비슷했다. 편지를 보내며 도욱은 물에 빠졌던 그 날을 떠올렸다. 숨통이 목구멍 끝까지 막혀 오다가 깊은 바닥을 치고 올라왔던 그때, 온몸이 물로 가득 차서 더는 아무것도 들어가지 않을 것 같았던 그때. 물 밖으로 나온 순간 마신 산소 한 모금에 도욱은 살았다. 그 산소 한 모금이, 도욱을 숨 쉬게 했다. 이슬에게 편지를 보낼 때의 감정은 물에서 빠져나와 산소 한 모금을 마신 그 순간 같았다. 그동안 온몸에 쌓아둔 물을 쏟아 내고 도욱은 살 것 같았다. 정말, 살 것만 같았다.

이후 도욱은 정보를 나노화시키는 연구팀에 합류하여 밤낮없이 연구에 매진했다. 단순히 나노 사이즈로 압축하는 개념이 아니라, 피코로 정보를 보낼 수 있도록 여러 조건이 맞아떨어져야만 했다. 도욱은 그동안 꾸준히 기록해 온 피코포인트 시그널에 대한 분석 보고서를 연구팀에 제출했다. 시그널이 송출되는 방식을 역으로 이용하여 피코로 보낼 수 있는 가능성을 제시한 보고서였다. 그의 연구 내용은 협회에서 기존에 진행하던 연구와 맞물려 시너지를 발휘했다. 연구팀은 인간이 나노 사이즈로 작아지는 원리에 대해서는 여전히 갈피조차 잡지 못했지만, 그와는 별개로 정보를 나노화시켜 피코에 전송하는 데 성공했다. 그 덕에 드디어 피코와의 쌍방향 소통이 가능해졌다. 피코에서 인간 세상으로 다시 돌아오는 연구 역시 비슷한 시기에 성공을 눈앞에 두고 있었다.

이슬은 도욱과 연락이 가능해진 뒤로는 정말이지 버틸 만해졌다는 말과, 한 에이콘과 둘도 없는 친구가 되어 이제는 통역사 없이도 소통이 가능하다는 소식을 도욱에게 전했다. 그래서, 안 올 거야? 도욱은 장난스럽게 물었고 이슬은 대답 대신 피코에서 가장 첫 번째 순서로 돌아왔다. 도욱이 그동안 본 적 없는 긴 머리를 한 채로. 그녀가 현미경실에서 사라진 지 6년 하고 2개월 만이었다.

도욱의 앞에서 철없는 아이처럼 엉엉 울던 이슬은 고백했다. 그곳에 머무는 내내 자신의 교만함을 부끄러워하며 살았다고. 도욱을 두고 떠나며 이슬의 마음은 무거웠다. 하지만 한편으로는 자신이 정의를 구현하기 위해 희생을 자처한, 슈퍼히어로라도 된 듯한 우쭐한 감정을 느꼈다. 인류의 운명이 자신의 손에 달려 있다는 알량한 우월감이나 자부심 같은 것들이 그녀의 눈을 멀게 했다. 그러나 피코에 머물며 이슬은 똑똑히 느꼈다. 기술로는 감히 따라 할 수 없는 지구의 경이로움과, 인간의 추악함과 이기심을. 진짜 중요한 게 무엇인지 알지 못했던 자신의 어리석음을. 유일한 끈인 도욱을 놓칠까 봐 불안해하느라 이슬은 하루도 제대로 자 본 적이 없었다. 도욱뿐만 아니라 지구 역시 마찬가지였다. 당연한 듯 곁에 있던 도욱과 지구는 결코 당연하지 않았다. 볼품없는 인공 별이 붙어 있는 피코의 캄캄한 천장을 보며 이슬은 후회하고 또 후회했다.

돌아온 뒤로 이슬은 오래도록 후유증에 시달렸다. 매일 악몽을 꿨다. 인간보다 억 배는 더 큰 생명체가 지구를 장악하는 꿈, 지구를 완벽하게 재현한 피코의 기지에서 플라스틱 냄새가 진동하는 꿈, 어딘가에 갇혀서 탈출하지 못하는 꿈, 자신이 나노 사이즈로 작아져서는 다시 커지지 않는 꿈, 홍수가 나서 지구가 모두 잠기는 꿈, 도욱과 다시 헤어지는 꿈…. 도욱은 잠자는 와중에도 이슬의 어깨를 토닥여 주는 습관이 생겼다. 그의 따뜻한 손을 매만지고 나서야 이슬은 겨우 다시 얕은 잠에 들 수 있었다.

도욱은 이슬을 기다리는 이천이백오십칠일 내내 그녀가 돌아오는 상상을 했다. 상상 속에 등장한 이슬은 그녀가 떠나기 전의 모습 그대로였다. 호기심이 넘치고, 당차고, 재치 있었다. 도욱을 웃게 만들고, 놀라게 만들었으며, 성장하게 했다. 그러나 막상 돌아온 이슬의 모습은 상상 속의 그녀와는 너무도 달랐다. 6년 내내 인공 햇볕만 쬔 그녀의 얼굴은 푸석해졌고 눈에는 생기가 사라졌다. 숙명이라고 여겼던 연구에 성공하고 왔음에도 성취감을 느끼지 못하는 듯했다. 그토록 그리던 이슬이었으나 도욱은 마치 다른 사람을 보고 있는 것만 같았다.

오빠, 우리 결혼하자. 돌아온 지 세 달이 지났을 때 이슬은 퀭한 눈으로 도욱에게 프러포즈를 했다. 도욱은 그녀의 말이, 오빠, 나 다시 살아가 볼래. 라는 말로 들렸다. 프러포즈에 대한 답으로 도욱은 이슬에게 아프리카의 나미비아로 향하는 비행기 티켓을 선물했다. 그는 10년 동안 다닌 미세구조연구소에 사직서를 내고, 피코 협회에도 한동안 연구에 참여하지 않겠다는 의사를 전했다. 둘은 아프리카에서 시작하여, 아직 훼손이 덜 된 자연 경관을 찾아다니며 몇 년간 세계 여행을 했다. 긴 시간 동안 봉고차를 타고 오프로드를 달리느라 엉덩이와 허리가 쑤셨고, 너무 많이 걷느라 발등과 발바닥 피부가 다 까졌고, 강렬한 햇빛에 오래 노출되어 눈이 시렸고, 각국의 현지 음식을 먹다가 종종 배탈이 났다. 날것의 자연 속에서 고생을 하면 할수록 이슬은 다시 살아났다. 도로 까매진 그녀의 피부만큼이나 예전의 모습을 되찾았다.

"오빠."

마지막 여행지인 호주의 화이트헤븐 비치에 앉아, 쏴 아 들어왔다가 제자리로 돌아가는 파도를 보며 이슬은 말했다.

"그 어떤 곳도, 지구가 될 수는 없어."

과학 스토리 단편선
우수상

잉태 206

송동호

인간에게 과거는 후회와 그리움이고, 미래는 불안과 기대다. SF는 인간이 경험한 적 없는 세계를 그린다. 그래서 SF에는 불안과 기대가 담겨 있다. 유토피아 또는 디스토피아. 어느 쪽이건 우리는 흥분할 수밖에 없다. 그래서 재미있어야 한다. 그게 나의 임무다.

1

한국은 206석을 배정받았다. 각 분야의 전문가가 입회한 가운데 선발 인원을 뽑는 회의가 열렸다. 누가 살아남고 어떤 이가 남겨질 것인가. 멸종을 앞두자 인간의 가치는 건강 상태와 사회적 영향력으로 점수 매기게 되었다. 지구를 탈출할 우주선 좌석을 할당받은 국가들은 배정된 정원에 맞춰 가장 우수한 자국민을 선별하기 시작했다.

본격적인 문제는 유명 칼럼니스트가 SNS를 통해 어린아이와 노인을 구분하지 않고 5천만 국민에게 동등하게 선발의 기회를 줘야 한다고 주장하며 불거졌다. 그의 주장은 기회의 평등을 앞세운 정론이었다. 날을 세운 칼럼은 여론이 들끓는 계기가 되었지만, 그의 주장은 묵살됐다. 정부는 묵비로 일관했다. 사태의 추이를 지켜보던 대중은 느지막이 깨달았다. 평범한 일반인으로 분류되는 대다수에게 탈출석은 단 한 석도 돌아오지 않을 것이란 사실을. 종막을 앞둔 시대. 인간의 합리성이 사회를 규정하지 않고, 사회가 인간의 합리성을 규정하기 시작했다.

더도 덜도 없는 206석의 자리. 인원이 할당되자 출발선에 설 사람을 정하기 시작했다. P교수가 합류한 때가 이 시기였다. 각계 전문가들도 함께였다. 생식능력이 떨어지는 노인들이 가장 먼저 열외 됐다. 인류 재건을 위해 생식능력이 탁월한 사람을 뽑아야 했다. 여성 선발 기준에 충분한 가임기가 포함되었다. 무정자증 남성도 예외 없이 리스트에서 제외됐다. 선발할 이유보다 선발하지 않을 이유를 정하기 쉬웠다. 범죄자, 유전질환자, 정신질환자, 성도착증환자, 전염병 보균자, 알코올 및 약물 중독자. 짧은 언쟁 끝에 저학력자와 동성애자가 추가로 제외되었다. 출발까지 남은 기간은 4개월. 무중력 적응 훈련을 최소 1개월 이상 받아야 했기에 유아기와 소년기 아이들이 제외됐다. 선발 인원의 최소 연령을 두고 의견이 분분했다. 긴 의견 충돌 끝에 15세 이하 아이들을 제외하기로 결정했다. 목에 핏대를 세우고 그 의견에 반대하던 윤리학자는 분을 이기지 못하고 회의장을 떠났다. 그가 소리쳤다. 인류의 존속이 걸린 회의라고? 히틀러 아래서 홀로코스트를 자행한 이들이 뭐라고 했는지 아시오? 명령이라서였소. 단지 명령이었다고. 독일 법정은 그들에게 유죄를 내렸소. 이건 옳지 않아. 절대 동의할 수 없소. 사람을 직접 해쳐야만 살인자가 되는 건 아니오. 여기 앉아 있는 책상머리들은 우리가 살아남을 사람을 선발한다고 생각할지 모르지만, 현실은 죽을 사람을 조건부로 가려내고 있는 거요. 역겨워서 나는 더 못하겠소. 윤리학자가 회의실을 떠나자 선발팀장 P교수가 말했다. 지금은 옳고 그름을 가릴 때가 아닙니다. 우리는 시간이 없어요. 인간이라는 종의 생존이 우선입니다. 선발 과정이 옳은지 그른지 평가하는 일은 살아남을 자들에게 맡겨야 합니다. 윤리적 딜레마를 해결하겠다고 시간을 보내는 것보다 어떤 이를 선발할지 고민하는 게 발전적입니다. 살인마니 히틀러니 부르고 싶은 대로 부르라고 하세요. 이 자리에 있는 모든 이들은 결국 그 소리를 피할 수 없습니다. 분위기가 무거웠다. 선발 회의에서 빠진 윤리학자를 대신하여 공리주의파 윤리학자가 왔다. 정부 호출로 시작된 선발이 끝나기까지 닷새 남은 시점이었다.

하루가 더 지났다. 선발 인원의 최종선정을 나흘 남겨놓고 여전히 회의장은 시끄러웠다. 생존 운영 시뮬레이션 팀장이 찾아와 한국에 할당된 주거지를 운영할 엔지니어와 기계공학자가 부족하다며 증원을 요구했다. 생존을 최우선으로 하는 운영이 걸린 사안인 만큼, 통계 전공 수학자 출신인 P교수가 직접 영국과 일본, 대만 팀과 연락해 선발자의 기능자 비율을 비교했다. 결괏값이 나오자 P교수가 인상을 썼다. 선발 회의에 참석한 전문가들을 보며 P교수가 안경을 고쳐 쓰고 말했다. 한국과 비슷한 정원을 받은 국가와 비교하니, 한국 엔지니어 비율이 다른 국가에 비해 10% 적습니다. UN 권고안과 비교하면 15% 미달이고요. 대만이나 일본과 비교하면 엔지니어보다 기계공학 분야에 정원을 늘려야 합니다. 엔지니어 2명에 기계공학자 3명 증편을 안건으로 상정하고 싶습니다. 옆에서 누군가 손을 들었다. 잠깐만요, 분야별로 추천한 인원수가 정원을 초과했는데 어떻게 5명을 늘립니까? P교수가 말했다. 비필수 인원 다섯을 제외합니다. 선발팀장으로서 문학, 미술, 음악, 무용, 요리 선발자를 제외하기를 권고합니다. 반발이 나왔다. 네? 갑자기 인제 와서 그게 무슨 말입니까. P교수가 설명했다. 필수 선발자 중에도 책을 쓰고 악기를 다룰 수 있는 사람들이 있습니다. 인문학 전문가들의 얼굴이 붉어졌다. P교수님, 이건 그것과 다른 문제 아닙니까? 전문가와 비전문가의 차이를 모르지 않으실 텐데요? 기계공학 전문가와 기계공학 전공자가 같습니까? 다른 영역의 전문 분야를 너무 우습게 보시는 거 아닙니까? P교수와 전문가들의 논쟁이 이어졌다. P교수가 말했다. 비필수 인원이 들어갈 다섯 자리를 필수인권으로 채우는 게 현실적인 선택입니다. 반발이 이어졌다. 현실적이라뇨? 현실이라는 게 뭡니까. 비필수라고 딱지 붙였다고 끝나는 게 아니죠. 춤이나 노래는 인류의 역사가 시작된 이래로 사라진 적도 없고, 사라질 수도 없는 것들입니다. 지구의 다양한 국가들과 한국을 분명하게 구분시켜 주는 문화적 정체성 중 하납니다. 그 정체성이 사라지면 뭡니까. 이건 왜정 시대 문화 말살 정책이나 다름없는 짓이에요. 문화적 자살이라고요. 저는 필수니 비필수니 하는 구분부터 문제라고 봅니다. 여기서 우리는 국가의 정체성을 206명으로 압축하고 있어요. 그런데 이런 결정은 한국 무용과 소리 명맥을 아주 끊어 놓는 일이에요. 전통을 절단내는 일이죠. 선발팀장이라고 권한을 너무 막 쓰시는 거 아닙니까? P교수가 고집을 꺾지 않자, 선발 제외를 권고받은 다섯 분야의 전문가들이 전에 없이 목소리를 높였다.

2

 불 켜진 삼겹살집을 마지막으로 본 게 사흘 전이었다. 고기 굽는 냄새가 사라진 골목. P교수와 Y교수는 셔터를 내린 음식점 사이를 걸었다. 입을 굳게 다물고 눈을 감아 버린 시멘트 빛 피고인들. 소설(小雪)을 코앞에 둔 저녁이었다. 이른 시간인데도 사람들이 자주 찾던 길 위에는 찢어진 전단지가 굴러다닐 뿐. 그 외에는 아무것도 없었다. 형광등 불빛을 찾아 두 사람은 계속 방황했다.

가끔 생각날 때 찾던 초벌구이 가게도 잠겨 있었다. Y교수가 유리문에 얼굴을 대고 가게 내부를 살폈다. 구석에 무언가가 있었다. 문 안쪽에서 슬리퍼를 질질 끄는 소리가 났다. 야구방망이를 든 가게주인이었다. Y교수는 불에 덴 사람처럼 문에서 떨어졌다. 죄를 지은 사람처럼 두 사람은 고개를 숙이고 길로 돌아갔다. 평소에 다니지 않는 좁은 골목의 가게까지 돌아본 후에 두 사람은 큰길로 나왔다. 갈 곳은 편의점뿐이었다. 재고가 떨어져 선반 대부분이 비어 있었다. 물건을 사 가는 사람은 있어도 물건을 가져오는 사람은 없었다. 그런데도 편의점은 열려 있었다. 두 사람은 음료 판매대에 있는 파란색 음료 두 개와 바닥 선반 구석에 찌그러져 있던 봉지 과자를 샀다. 편의점 주인은 현금을 받았다. 카드는 사용할 수 없었다. 형광등 불빛 아래 드러나는 점주의 석횟빛 머리. 두 사람은 외투를 여미고 편의점 앞에 펼친 파라솔 테이블에 앉았다. Y교수가 새삼스레 말했다. 가게들이 장사를 안 하네. P교수가 끄덕였다. 지하철도 몇 시간 뒤엔 멈출지 모르지. Y교수가 혀를 찼다. 그동안 세금을 꼬박꼬박 받아 갔으면 그만큼은 일해야지. P가 핀잔했다. 지금 우리처럼? 두 사람은 소리 내어 웃었다. 뚜껑을 열고 파란 음료를 마시던 Y교수가 얼른 입술에서 병을 뗐다. 아, 이건 별로다. 술 대신 먹기에 영 아니야. 맛이 찝찌

름해. P교수도 입맛을 다시며 파란 페트병을 테이블에 놓았다. 두 사람은 구불거리는 뱀처럼 언덕 너머로 이어진 검은 도로를 돌아보았다. Y교수가 길게 한숨을 쉬며 말을 꺼냈다. 나 알아. 이번에 생존자 선발자로 뽑혔다며? P교수는 긍정도 부정도 하지 않았다. 어색한 침묵 속에서 Y교수가 말했다. 상황이 이렇게 되고 나서 국회에 있는 친구에게 물어봤어. 절박하니까 뭐든 하게 되더라. 저기, 미안한데 부탁 하나만 하자. 말이 끝나기도 전에 P교수가 딱 잘라 거절했다. 안 돼. Y교수가 무엇을 부탁할지 듣지 않아도 알 수 있었다. P교수의 단호한 거부에 Y교수의 말이 빨라졌다. 우리 영채, 의사잖아. 이제 전문의 합격했어. 자네도 옆에서 봤잖아. 성격 착하고, 운동도 꾸준히 해서 몸도 튼튼해. 어디 하나 빠지는 구석도 없고. 내가 언제 너한테 부탁한 적 있었냐? 알지? 나 살면서 한평생 사회 발전에 이바지했다. Y교수가 테이블 반대편에 있는 P교수를 향해 몸을 기울였다. 너도 알지? 나 열심히 노력하고 살았다고. 살면서 한 점 부끄럼 없이. 젊을 때는 피도 흘려 가면서. 그런데 이렇게 끝나는 건 아니야. 영채만이라도 데려가라. 어? 제발 부탁이다. 한 번만! 이렇게 부탁할게. 딱 한 번만! Y교수가 호소하는 동안 P교수는 침묵했다. Y교수는 상경대 출신으로 70년대 대학 시절에는 데모를 주도하는 학생이었다. 조용한 학교 도서관에서 학업에 집중하던 P교수와 달리, 그는 전투 경찰에게 화염병과 보도블록을 던지고 최루탄과 방패에 얻어맞으며 청춘을 보냈다. 그 두려움을 모르는 청년도 지금은 퇴직을 코앞에 둔 교수다. 생의 파도를 뱃전에서 마주하며 살아온 청년. P교수가 기억하기로 Y교수는 단 한 번도 스스로의 지성과 양심에 반하는 일은 해 본 적 없는 인물이었다. 정치적 발언으로 교수직에서 쫓겨나거나 뭇 언론의 집중포화를 맞아도 그는 절대 자신의 소신을 철회하지 않았다. P교수의 머릿속에서 그는 철인(哲人)이었고 언제나 철인(鐵人)이었다. 늦은 시간이라 그런지 편의점 형광등이 곧 꺼졌다. 얇은 점퍼를 입은 점주가 테이블에 남아 있던 두 사람을 곁눈질하고는 아무래도 상관없다는 얼굴로 돌아섰다. 그는 돌아오지 않을 행인처럼 도로를 가로질러 주차장 방향으로 꺾어 사라졌다. 두 사람도 자리에서 일어섰다. Y교수는 그때 말고 영채에 대해 말하지 않았다. 그것으로 끝이었다. 헤어지는 자리에서 Y교수는 면목 없는 얼굴로 미안하다고 말했다. 그 이유를 묻는 사람은 없었고, 부연하는 사람도 없었다. 입술을 다문 채 두 사람은 택시를 찾으러 나갔다. 도로는 활주로처럼 비어 있었다. 화물차 한 대가 새끼를 잃은 어미 코끼리처럼 울부짖으며 사라졌다. 허공에 걸린 신호등은 무엇을 생각하는지 오렌지색 눈동자를 연신 껌뻑이고 있었다. P교수와 Y교수는 길을 따라 계속 걸어 나갔다. 걷지 않고는 다른 도리가 없었다. 선발 회의가 시작되기 전의 일이었다.

며칠이 지나 P교수를 데리러 사람이 왔다. 군

복을 입은 이들이었다. 대위가 말했다. P교수님을 선발한 이유는 정치적이지 않은 분이라는 게 가장 컸죠. 편견이나 색안경을 끼지 않은 중립적인 분이 필요하니까 말입니다. 양쪽 눈으로 좌우를 똑같이 볼 수 있어야 앞으로 제대로 걸어갈 수 있는 것 아닙니까. 대위는 명예와 존경을 담아 말했지만, 지하벙커로 내려가는 P교수는 수치심에 얼굴을 붉혔다. 지하에 마련한 군사용 기지는 개미굴 같았다. 얼룩덜룩한 군복을 입은 비슷한 얼굴들이 분주히 복도를 오가고 있었다. 정해진 숙소에 짐을 풀고 회의실로 내려갔다. 20인이 마주 보고 앉을 수 있는 긴 테이블이 세 개. 정면에는 프로젝터 스크린과 단상. 일찍 도착한 각계 전문가 9명이 군용 마크가 찍힌 노트북을 두드리고 있었다. P교수는 신문으로 낯을 익힌 유명한 공학자와 프로그래머, 유력 학술지에 논문을 기고한 사회학자, 문단의 원로 시인을 알아보았다. 대면은 처음이었다. P교수가 악수하며 간단히 소개하는 동안 속속 사람들이 도착했다. 마지막으로 도착한 남자를 끝으로 59명이 실내를 빼곡하게 채웠다. 빈자리는 요청을 거부한 해외파 교육전문가의 자리였다. 군인끼리 말하기를, 애가 희소병을 앓고 있는 데다 병원이 문을 열지 않아 구호소를 찾아다니다 아이의 병세가 나빠져 도저히 데려올 상황이 아니었다고 했다. 지하벙커로 P교수를 안내한 대위가 노트북을 내밀었다. 대위가 말했다. 교육자 파트는 두 번째 후보자와 통화를 끝냈습니다. 오는데 5시간 정도 걸린다고 합니다. 아. 노트북 최초 비밀번호는 0000입니다. 인터넷 대신 인트라넷에 연결이 가능하고, 보안 프로그램이 깔려 있어서 외부로 정보 반출은 불가능합니다. 바탕화면에 DB 인 적베이스라는 아이콘을 누르면 전산에 등록된 국민 전원의 기록을 볼 수 있습니다. 그리고, 자! 여기 계신 분들 잠시 주목해 주세요! 대위의 목소리가 실내에 쩌렁쩌렁 울렸다. 지금부터 제가 나눠 드릴 서류는 비밀 유지 및 보안 서약 동의서로, 한 분도 빠짐없이 지금 즉시 작성하셔서 주셔야 합니다. 펜과 종이 모두 이쪽에 있으니까 지금 바로 서명해 주시면 됩니다. 사람들이 의자에서 몸을 일으켜 대위 앞으로 몰려갔다.

    60명의 전문가가 모이자 206명의 선발자를 뽑을 기준을 세우기 시작했다. 회의에 출석한 전문가 모두가 비정치적인 인물로, 대위의 말을 빌려 표현하면 중립으로 분류되는 인물들이라 했다. 회의석에서 생존 기회를 박탈당한 시민을 대신해 분노하고 끝내 자리를 박차고 나간 사람은 가장 처음 불려 온 윤리학자뿐이었다. 인간성에 대한 굳건한 믿음. 덕(德), 예(禮), 의(義), 선(善), 애(愛). 영영 지구에 뿌리내릴 수 없을지도 모르는 단어들. 이제는 인간들이 버리고 떠나려 하는 무수한 미래의 형태들. 떠난 윤리학자를 대신해 온 공리주의파 윤리학자는 시대가 변하면 정의도 변한다고 생각하는 사람이었다. 그는 자신이 회의실로 불려 온 과정을 두고 실소했다. 그가 코웃음을 쳤다. 앞으로 4개월 후에 태양계에 존재하는 인간은 75억 명에서 7천 명이 됩니다. 기원 년에 세계 인구가 얼마였는지 아십니까? 로마 시대 전 세계 인구가 2억 명입니다. 2억 명. 더 과거로 가서 BC 4000년 메소포타미아 문명 시절에는 700만 명이었고요. 그런데 이제는 뭐냐? 7천 명이에요. 7천 명. 한 종의 전체 숫자가 7천 명이면 멸종 위기종입니다. 그러니 그 7천 명에게 지금의 질서나 윤리관, 제도를 강요한다고 사회가 제대로 돌아갈 수 있을까요? 어림도 없습니다. 판을 새로 짜야 합니다. 윤리나 도덕, 법률체제도 피해 갈 수 없어요. 우리는 그 판을 잘 짜 올릴 사람을 뽑아야 합니다. 단지 그것뿐이죠. P교수도 동의했다. 자리에 모인 대다수가 그와 생각이 다르지 않았다.

군용 노트북에 담긴 DB 인적베이스에 영채도 있었다. 영채는 국내 유수 의대의 수석으로 입학했다. 졸업도 수석이었다. 외과 수술로 명성이 높은 교수의 추천서, 해외 난민캠프 의료봉사, 공동저자로 이름을 올린 해외 학술지 논문, 국내 언론과의 인터뷰 기록. 취미는 바이올린 연주와 아카펠라 동아리 활동. 영채는 검색한 리스트의 꼭대기에 있었다. 아버지를 닮아 부리부리한 눈과 선명한 인중, 어머니에게 물려받은 볼록한 이마와 둥그스름한 얼굴형. 그 모든 것이 한자리에 조화롭게 자리 잡고 있었다. 부족함이라고는 없었다. 그러나 영채는 부적격자였다. 폭행으로 인한 벌금형. 리스트에는 영채 다음 사람이 적격자로 표시되어 있었다. P교수는 영채의 정보를 끄고 검색 박스에 다른 이름을 적었다. 유준식. 찾은 데이터를 클릭해 열었다. 영채처럼 유준식도 부적격자였다. 적색 테두리를 두른 표에 유준식의 일생이 3,000자로 압축되어 있었다. 연령과 신장, 대졸자, 기혼자, 1남 1녀의 아버지, 주거지, 소유 차량, 병력(病歷), 취미는 영화 감상. 그 외에 아무것도 없었다. 흔하디흔한 5천만 명 중 한 사람이었다. 설령 유준식이 P교수의 영혼을 물려받은 유일한 사람일지라도.

지하의 공기는 텁텁하고 습했다. 다섯 영역의 비필수 인원을 제하자는 주장을 하고 P교수는 원색적인 비난을 들어야 했다. 흥분한 전문가들에게 시간이 필요하다고 생각해 회의를 잠시 중단했다. P교수는 대위를 찾아 바깥 공기를 쐬고 싶다고 말했다. 대위는 주둔지 밖으로 나가거나 외부인과 어떤 접촉도 시도해서는 안 된다고 경고했다. P교수는 알고 있다고 대답했다. 신분증을 가슴에 달고 P교수는 엘리베이터를 타고 지상으로 올라갔다. 지하에 있을 땐 몰랐는데 막상 올라오니 밤공기가 차가웠다. 어깨를 떨며 심호흡을 몇 번 하고 지상 건물로 돌아갔다. 매점에는 물건의 재고가 충분했다. P교수의 머릿속에 의문이 떠올랐다. 제품 생산 공장과 화물 운송 라인이 전부 멈춘 게 아니었나? 그런 게 아니면 창고에 쌓아 둔 물건을 전부 꺼내 온 건가? 선반에 가득한 공산품을 보자 욕심이 생겼다. P교수가 유통기한이 긴 통조림과 믹스커피, 대용량 고추장을 담아 계산대에 놓고 현금을 내밀었다. 그러자 병사가 난색을 보였다. 죄송합니다만 결제는 돈으로 하는 게 아닙니다. P교수가 물었다. 그럼요? 병사는 P교수의 이름을 물으며 계산대 아래서 파일철 하나를 꺼냈다. 종이를 몇 장 넘기자 선발 회의 참석자 명단이 나왔다. 병사가 말했다. 보시면 아시겠지만 여기 적힌 금액만큼 사실 수 있습니다. P교수가 배정받은 금액을 확인해 보니 지금 가져온 물건이 처음이자 마지막 구매가 될 것 같았다. 늘어선 손님들을 보며 병사가 물었다. 계산해 드릴까요? P교수가 끄덕였다. 해 주세요. 구매품을 숙소에 두고 방에서 나오는 길에 원로 시인과 마주쳤다. 시인이 할 말이 있으니 시간을 내 달라고 말했다. 아무래도 P교수를 기다린 것 같았다. 시인의 얼굴에서 회의장에서 보았던 흥분의 기색은 찾아볼 수 없었다. 시인은 매점에서 커피 두 개를 사와 P교수에게 하나를 내밀었다. 시계를 보니 저녁 10시였다. 두 사람은 밖이 내다보이는 유리창 벤치에 나란히 앉았다. 시인이 물었다. 힘드시죠? P교수가 무성의하게 동의했다. 알고 시작한 일인데요. 뭐. 시인이 사과했다. 아까는 화내서 미안합니다. P교수가 별것 아니라며 손사래 쳤다. 회의하다 보면 그럴 수도 있죠. 그리고 이게 마지막도 아닐 건데요. 시인은 고개를 끄덕이더니 커피를 마셨다. 이번에는 P교수가 말을 꺼냈다. 저는 사람과 업적을 분리할 수 있다고 생각합니다. 공개된 정보는 아니지만, 지금 국가별로 자국 문화를 정리하는 팀이 있어요. 역사와 시대를 총망라할 데이터를 구성 중입니다. 청동기 유물 사진을 찍는 일부터 경복궁의 3차원 도면을 그리거나, 전통 악기 제작 방법을 기록하거나, 온갖 무형 유형 문화재를 고화질 카메라로 촬영하거나 하고 있죠. 시나 소설, 판소리도 마찬가집니다. 설령, 사람은 가지 못한다고 해도 그들이 이룬 업적은 데이터화되어 인류를 따라갈 겁니다. 시인이 잠긴 목소리로 물었다. 비필수 인원들은 역시 못 가는 겁니까? P교수님도 알다시피 저희가 추천한 이들은 저희와 전혀 이해득실이 없는 사람들입니다. 혈연이나 학연이 배제됐으니까요. 우리가 남기고 싶은 건 우리가 쌓아 올린 시간이고 영혼입니다. 지구를 떠날 사람들은 이제 낳아 준 부모도, 태어난 땅도, 가족친지와 친구들도 볼 수 없습니다. 그들은 모든 걸 여기에 두고 가야 합니다. 그들에게 우리가 무엇을 줄 수 있을까요? 저 역시 생존이 필요하단 말에는 동의합니다. 죽어선 아무것도 되지 않죠. 하지만 그들이 살아남았을 때를 생각해야 합니다. 또 지구로 다시 돌아왔을 때를요. 떠난 이들에게는 고향을 떠올리고 추억할 것들이 필요합니다. 향수병이라 해도 좋습니다. 누군가가 그들에게 고향의 모습을 말해 주고 거기서 울려 퍼지던 소리와 냄새를 기억하게 해 줘야 합니다. 망망대해와 고독의 시간 끝에 무의미가 있다고 말해선 안 됩니다. 우리가 사라지고 우리가 쌓아 올린 것들마저 사라지면 그들이 무슨 생각을 할까요? 허무와 염세? 빈 공간으로 가득 찬 우주의 참된

진리? 그들을 쏘아 올리는 날, 우리는 우리의 영혼도 같이 쏘아 올려야 합니다. 그래야만 길고 어둡고 추운 시간에 지쳐 그들이 돌아왔을 때, 다시 이 땅에 우리의 형태가 함께 돌아올 수 있습니다. 영혼이란 그런 겁니다. 나는 그걸 이야기하고 싶었습니다. 시인은 말을 마치고 재킷 안주머니에서 손수건을 꺼내 눈가를 훔쳤다. 우리는 영혼을 쏘아 올려야 합니다. 나는 무신론자예요.

 최종 명단 발표를 이틀 앞두고 사고가 터졌다. 회의에 참석한 프로그래머가 부정행위로 체포됐다. 그는 40대 후반 남자로, 회의에 참석한 이들 중에서 가장 젊은 사람이었다. 프로그래머는 비밀리에 반입한 USB를 군용 노트북에 꽂아 해킹을 시도했다. 목적은 부적격자로 분류된 사람을 적격자로 바꾸는 일이었다. 해킹 프로그램은 세 사람을 선발 후보 명단에 포함시켰다. 프로그래머의 아내와 두 자녀였다. 기존 데이터 위에 조작한 데이터를 덮어씌워 세 사람은 완전히 다른 사람이 되어 있었다. 초록 테두리를 두른 표는 거짓된 언어로 가득 차 있었다. 프로그래머는 뛰어난 실력을 지닌 사람이었다. 그는 야심한 새벽에 일어나 불침번을 피해 노트북을 들고 화장실에 들어가 해킹을 시도했다. 밀반입한 USB로 군용 보안 프로그램을 무력화하고 DB 인적베이스 프로그램의 백도어로 침입하여 정보를 강제 수정했다. 그러나 불침번이 그의 빈 침실을 확인하고 화장실을 찾았다. 회의 참석자들에게 알리지 않은 규정대로, 불침번은 불심 검문하듯 프로그래머의 행동을 확인했다. 좁은 칸막이로 둘러싸인 공간에 노트북을 숨길 곳은 없었다. 불침번의 보고를 받은 당직사관의 신고로 프로그래머는 헌병대에 체포됐다. 더불어 조작된 세 사람의 자료는 부적격자 판정으로 되돌아갔다. 다음날 모두가 그 소식을 들었다. 프로그래머의 자리는 비어 있었지만, 대위는 그를 대신하여 다른 사람이 오는 일이 없을 거라고 단언했다. 설령, 새로운 사람이 온다고 해도 달라질 일은 없었다.

프로그래머가 없어도 회의는 정상적으로 진행됐다. 비필수 인원 다섯에 대한 결론을 내리기 힘들었다. P교수는 UN에서 보낸 사고 매뉴얼을 토대로 각 분야 인원 변수에 따른 생존 지속성을 계산했다. 비필수 인원을 선발해도 출발에는 지장은 없었으나, 같은 공간에서 작업하는 엔지니어 특성상 한 번이라도 우주 공간에서 사고가 발생하면 그들을 대신할 사람이 없었다. P교수가 세운 공식에 비필수 인원을 포함하면 생존 지속성 값이 현저히 급락했다. 그 결과를 보고 누군가 물었다. 그러면 비필수 인원에게 엔지니어 교육을 하면 되지 않습니까? 어차피 무중력 적응 훈련과 더불어 다른 훈련도 실시한다던데요. 그 질문에 여러 사람이 의견을 제시했다. 글쎄요, 지난번에 전문 지식의 중요성을 말씀하셨던 분이 그런 말씀을 하는 건 좀 아닌가 싶습니다만. 그런데 애초에 사고가 나면 다 죽는 거 아니에요? 한 번 사고가 나나 두 번 나나 치명적인 사고가 나면 달라질 것도 없잖아요. 똑같이 운에 맡기는 거라면 비필수 인원이나 필수 인원이나 차이가 없죠. 그건 아닙니다. 합리적으로 생각해 보세요. 사고에 대응할 수 있는 인원이 늘면 팀을 나눠서 작업할 수 있지요? 사고가 날 거라고 생각하는 게 오히려 비합리적인 거 아닌가요? 그런 합리성이라면 모든 구성원을 기술자로 뽑았겠죠. 적재물은 식량과 부품으로만 채워야 하고요. 그런데 뭐 하러 동영상이니 책이니 유적 자료니 식물 씨앗이니 하는 걸 싣고 갑니까? 생존에 하등 불필요한 건데요. 그럼 그것부터 버려야죠. 합리성이란 게 원래 의견에 따라 엿가락처럼 휘는 건가요? 아니, 그야 그건 나중을 생각해서. 우리도 충분히 나중을 생각해서 하는 말이에요. 당장 눈앞에 벌어질 사고는 변수로 보이고 먼 미래에 있을 피폐함은 안 보이나 보네요. 수학적이건 합리적이건 이 데이터는 한쪽에 유리한 확증 편향에 지나지 않아요. 이걸 누가 수긍하겠냐는 말이에요, 제 말은. 의견을 양보하는 사람은 없었다. 서로가 타당한 의문을 품고 있었고 또한 타당한 답변을 내놓았다. 평행선이었다. P교수는 수학적 합리성을 강조했지만, 누군가의 지적대로 탈출선 창고에 적재할 인간의 업적들은 P교수의 공식으로는 비합리적이고 생존 지속성을 떨어뜨리는 변수에 지나지 않았다. P교수는 머리가 지끈거려 엄지로 관자놀이를 꾹꾹 눌렀다.

군부대 안에서 아기 울음소리를 들은 것도 그날부터였다. 목구멍이 꽉 막힌 기분이 들어 P교수는 엘리베이터를 타고 지상으로 올라와 철조망 울타리를 따라 걸었다. 해가 막 떨어진 초저녁이었다. 검은 색종이를 바른

산들이 먼 곳부터 군부대에 이르는 협곡까지 몸을 포개고 있었다. 군부대에 도착한 첫날과 달리 철조망 바깥에는 다양한 종류의 차들이 아무렇게나 세워져 있었다. 차에서 내린 부모와 아이들이 철망에 얼굴을 대고 P교수를 바라보고 있었다. 그들은 손을 꼭 잡고 있었다. 마스크를 쓴 경계병들이 훼손된 철망은 없는지 꼼꼼히 확인하며 지나갔다. 바깥에서 사람들이 말을 걸었지만, 경계병들은 말이 없었다. 모두 귀머거리 같았다. 사람들이 철조망에 달라붙었다. 제발요! 아이만이라도 부탁합니다! 아저씨 살려주세요! 어디서 듣고 왔는지 모르나 불청객들은 이곳에서 벌어지고 있는 일을 아는 것 같았다. 최후의 생존자를 뽑는 면접장. 돌아가는 차들보다 새로 도착한 차가 더 많았다. 그날 저녁, 철조망 아래서 핫팩을 넣은 포대기가 발견되었다. 생후 6개월에 접어든 아기였다. 아기 발바닥에 생년월일과 이름이 쓰여 있었다. 아기는 풀밭에서 찬바람을 맞으며 울고 있었다. 그치지 않는 울음소리에 놀란 경계병이 아기를 데리고 부대로 들어왔고, 그 일이 바깥에 모인 사람들 사이에 소문이 났다. 부모는 아이를 살리기 위해 아이를 버려야 한다고 생각한 게 분명했다. 차를 타고 멀리 돌아가는 그들의 눈에서 뜨거운 것이 얼마큼 흘렀을까. P교수는 철조망 밖에서 응시하는 일가족의 눈빛을 도저히 견딜 수 없었다.

가슴 한가운데 박힌 응어리가 더욱 단단해졌다. 숨이 막혔다. 결국, P교수는 철조망에 달라붙은 높고 낮은 시선들을 피해 지상 건물로 도망쳤다. 아기 울음소리는 1층 의무실 복도에 메아리치고 있었다. 의무실에서 두 명의 병사가 아기 셋을 돌보고 있었다. 식량 창고에 용케 분유가 있었는지 회의실에서 올라온 소리꾼이 분유 타는 법을 시연 중이었다. 20대 초반 병사들의 얼굴에는 난감함과 긴장이 서려 있었다. 언제 그들이 아기를 돌봐 봤을까. 소리꾼은 허스키한 목소리로 두 병사에게 거침없이 말했다. 잘 들어봐. 우선 젖병이랑 일회용 기저귀랑 깨끗한 담요를 준비해 와. 이 애기들도 다 너희들 동생들 아니여. 커피포트는 있으니께 됐고. 애기들은 눈 떼지 말고 계속 지켜봐. 좀 큰 애기라도 분유 먹인 다음에는 등을 문질러 주고 트름을 하는지 안 하는지 보고, 젖병 물렸다가도 싫은 기색이면 눈치껏 그만 먹이고. 알아들어? 소리꾼은 막둥이를 돌보는 첫째에게 하듯 병사들에게 스스럼없이 말했다. 소리꾼은 무형문화재로 유명한 예인이었고, 동시에 아들을 군대에 보내고 대학도 졸업시킨 어머니였다. 소리꾼이 탄식했다. 하여간, 무심도 허다. 어찌 될지 알고 애를 두고 가긴 왜 두고 가! P교수를 대신해 소리꾼이 주먹으로 자기 가슴을 쳤다. 소리꾼은 차마 발이 안 떨어지는지 나가다 말고 돌아서서 병사들에게 말했다. 노파심에 내가 말하는데, 혹시 애들이 갑자기 이상타 싶으면 후딱 달려와서 나든 누구든 불러. 애가 애를 보고 있으니 내가 마음이 놓여야? 병사 하나가 품에서 수첩을 꺼내 소리꾼이 해 주는 말들을 조목조

목 받아 적었다. 넘기는 페이지마다 경계수칙과 복무 신조가 삐뚤빼뚤 쓰여 있었다. 소리꾼은 아기를 눕혀 놓을 바구니나 요람으로 쓸 만한 걸 찾아보라고 하고 억지로 발을 뗐다. 소리꾼이 혼잣말했다. 참 못났다. 못났어. 살더라도 지어미 옆에서 살고, 죽더라도 지아비 옆에서 죽어야지, 그게 사람 도리 아니여.

최종 선발 인원을 확정하는 당일 새벽에 사이렌이 울렸다. 방송을 통해 전 병력에게 전투 준비 태세가 발령됐다. 훈련이 아니었다. 당직 사관을 통해 데프콘 3단계가 발령됐다는 방송과 함께 막사 전체가 진동했다. 스피커에서 다부진 음성이 흘러나왔다. 이건 훈련이 아닙니다. 전 병력 현 시간부로 데프콘 3단계 발령. 애애앵. 불시에 터진 사이렌 소리에 깬 회의 참석자들은 복도로 나와 분위기를 살폈다. 팽팽한 긴장감 속에서 선임병들이 소리치고 무리 지은 군홧발이 시멘트 바닥을 요란하게 두들겼다. P교수는 잠옷을 갈아입고 대위를 찾았다. 병사들이 탄약 박스를 들고 복도를 스쳐 갔다. 마주친 군인의 얼굴에는 까맣고 얼룩덜룩한 줄무늬가 칠해져 있었다. 대위 역시 귀와 입술까지 위장 크림을 발라 얼굴을 마주치고도 알아보기 힘들었다. 요행히 대위가 먼저 알은체했다. P교수님, 데프콘 3단계가 발령됐습니다. 대외비지만 영내에 있으니 상황을 전파해 드리겠습니다. 수도방위

사령부에서 206명에 대한 선발 권한을 넘기라 요구하며 반정부 쿠데타를 일으켰습니다. 오늘까지 명단을 확정해서 내일 UN에게 정식으로 제출한다는 걸 알아낸 모양입니다. 정부 권한을 빼앗아서 선발자를 자기들이 뽑을 생각인 것 같습니다. 어쩌면 내전으로 비화될지도 모르겠습니다. 어쨌거나 바로 짐을 챙겨 주십시오. 대위의 지시에 따라 회의 참석자 전원이 짐을 꾸렸다. 농축산학자가 다가와 P교수에게 물었다. 그럼 선발자 뽑는 건 어떻게 되나요? P교수가 고개를 저었다. 저도 모르겠습니다. 농축산학자가 허탈한 기색으로 긴 한숨을 내쉬었다. 참 이게 다 뭣 하는 짓들인지, 밖에선 다들 먹을 게 떨어져서 난린데 전쟁이라니요. P교수가 말했다. 생존자로 뽑히면 살 수 있으니까요. 권력이든 군사력이든 힘 있는 사람은 유혹에 빠지지 않는 게 이상한 일이죠. P교수 자신도 그 위치에 있다면 그러지 않았을 거란 보장이 없었다. 범속한 이들은 범속한 유혹에 빠지는 법이다. 해킹을 시도했던 프로그래머도 다르지 않았다. 특출나서가 아니라 특출나지 않기에 범속한 죄를 저지른다. 참석자 전원이 짐을 챙겨 배정된 차량 짐칸에 올랐다. 거친 시동음과 함께 차량이 서서히 나아가기 시작했다. 정지, 정지! 대위가 차를 멈추고 P교수를 불렀다. 다른 차들은 멈추지 않고 헤드라이트 불빛을 내쏘며 출발했다. 대위가 뛰어왔다. P교수님은 잠시 남아 주셔야 합니다. P교수가 물었다. 왜 그러시죠? 대위가 답했다. 상부에서 명단을 완성해서 올리라는 명령이 내려왔습니다. P교수님이 선발책임자시니까요. 회의 참석자들은 모두 떠났다.

남은 사람은 P교수 혼자였다. 실탄으로 무장한 병사들을 지나 P교수는 회의실로 돌아왔다. 긴 테이블 위에 군용 노트북 한 대가 놓여 있었다. 무전병의 보고를 듣고 대위는 20분 이내로 명단을 완성해야 한다고 말했다. 대위가 설명했다. 제가 말씀드린 시간은 20분이지만, 사실 그렇게 여유가 있진 않습니다. 저쪽에서 주요 도로를 차단하고 전차를 끌고 내려오고 있습니다. 노트북 보시면 알겠지만, 기존에 추려 놓은 300명의 후보 가운데 사건사고로 사망하거나 실종된 이들은 제외했습니다. 저 나름대로 계산을 해 보니 한 자리가 완전 공석이더군요. P교수님께서 생존 지속성을 직접 계산을 하셨으니 최적의 인물 한 사람을 임의로 뽑으셔야 할 것 같습니다. 20분 이내 완성된 명단은 수정이나 검토 없이 바로 UN으로 넘길 예정이랍니다. 자칫하다간 저쪽이 인터셉트해 버릴 테니까요. 대위의 말대로였다. 특수 정원으로 분류해 손댈 수 없었던 정원 하나가 이쪽으로 넘어왔다. 자세한 사정은 알 수 없으나 정치인이나 고위급 관료가 훔친 자리가 본래 자리로 돌아온 것 같았다. P교수 손에 맡겨진 임의의 한 자리. 누구를 명단에 추가할 것인가. 범속한 자는 범속한 죄를 짓는다. P교수는 자신의 영혼을 물려받은 이의 얼굴을 떠올렸다. 잠시 그 얼굴에 생각이 머무는가 싶었으나 이내 그 얼굴은 다른 기억들과 목소리로 환원되기 시작했다. 아이를 살리기 위해 철조망 아래 아이를 버린 어머니, 처자식을 선발자 명단에 넣으려 해킹을 시도한 아버지, 생애 처음으로 부끄러움을 무릅쓰고 부탁하던 Y교수, 중립적 시각만이 바르게 나아갈 수 있다고 말하던 대위, 버려진 아기를 보며 가슴을 치던 소리꾼, 원로 시인은 우리의 영혼을 같이 쏘아 올려야 한다고 말했다. 그 모든 것이 하나의 진실에 지나지 않았다. P교수는 자신이 쏘아 올려야 할 영혼에 대해 생각했다. 그리고 고민 끝에 선발자 명단에 한 사람을 추가했다.

3

치칫. 라디오 건전지가 다 떨어졌다. 마지막으로 나온 곡은 Foo Fighters의 〈Learn To Fly〉였다. 라디오 진행자는 전파 탑의 발전기가 멈출 때까지 방송을 이어 간다고 했지만, P교수의 라디오가 먼저 멈추고 말았다. P교수는 생각했다. 오늘이면 그 소식을 들을 수 있었을지도 모르는데. 달력으로 다가가 오늘 날짜에 그려진 빨간색 동그라미를 확인했다. 2월 중순. 지구에서 선발된 7천 명의 인간들이 떠나는 날이었다. 두꺼운 양말을 두 겹이나 신고 또 슬리퍼까지 신었지만, 바닥에서 올라오는 냉기가 뼈에 스몄다. 가스도 수도도 전기도 모두 끊어졌다. 덜덜 떨면서 옷을 갈아입었다. 거울 너머 영양실조가 할퀴고 간 흔적이 갈빗대에 선명했다. 전 지구적 멸망과 굶주림이 경쟁하고 있었다. 누가 먼저 인간에게 죽음을 불어넣을 것인가. P교수는 악취 나는 내복과 점퍼를 걸치고 옥상으로 올라갔다. 밤사이 내린 눈이 아파트 옥상의 방수페인트를 모두 뒤덮었다. 도시 전체가 조각난 얼음덩어리처럼 보였다. P교수는 손에 입김을 불며 넉가래로 눈을 긁어모아 온갖 양동이와 플라스틱 통에 꾹꾹 눌러 담았다. 일을 마치고 주전자에 눈을 눌러 담아 집으로 돌아왔다. 부탄가스는 여분이 있었다. 가스버너로 주전자의 눈을 끓여 믹스커피 두 개를 타 마셨다. 배고픔은 가시지 않았다. P교수는 이불을 몸에 감고 발코니 앞 의자에 앉아 밖을 내다보았다. 오랫동안 보았지만, 싸락눈만 떨어질 뿐 하늘을 거슬러 올라가는 어떤 것도 찾을 수 없었다. 연락할 방법은 없지만 분명 거기에 있을 것이다. Y교수는 한 달 전 만남을 끝으로 연락이 두절됐다. 라디오에 넣을 건전지를 구해 온 것도 바로 그였다. P교수가 군부대에서 돌아온 후, Y교수는 자전거에 식료품이나 부탄가스를 싣고 몇 번이나 찾아왔다. 고마움의 표시라고 말하지만, 그는 죄인처럼 고개를 들지 못했다. P교수는 그의 호의를 사양하지 않았다. 그가 마지막으로 찾아왔을 때 Y교수는 길거리에 잠복해 있던 젊은이들에게 붙잡혀 식료품과 자전거를 빼앗겼다. Y교수가 저항하자 이유 없는 몰매가 쏟아졌다고 했다. 엉망이 된 몰골로 찾아온 그는 어디를 잘못 맞았는지 계속 배가 아프다고 말했다. P교수가 말했다. 그럼, 병원에 가야지. Y교수가 쓰게 웃었다. 병원이 어디 있기나 한가? 구호소라고 한 번 찾아가니 거기도 약은 하나도 없던데. P교수가 물었다. 그럼 이대로 놔둔다고? Y교수가 손을 저었다. 괜찮아. 하룻밤 푹 쉬면 낫겠지. 그나저나 식료품을 빼앗겼네. P교수가 이마를 붙잡고 말했다. 집에 남겨 놓은 거 있으니까 걱정하지 마. 자전거도 뺏겼다면서? 집에 어떻게 돌아가려고? Y교수가 무릎을 쳤다. 다리로 걸어가야지. 나이 먹었어도 아직 관절은 멀쩡해. 그날 P교수는 조금 남은 쌀과 먹다가 아껴 둔 캔 햄을 꺼내 죽을 끓였다. Y교수가 숟가락을 들고 감탄했다. 맛있네. 아주 맛있어. P교수가 말했다. 천천히 먹어. 이거라도 먹어야 집에 가지. Y교수는 뜨거운 죽을 먹으며 아이처럼 좋아했다. 어, 그런데 이거 정말 맛있다. 진짜 맛있어. 식사를 마친 다음 Y교수가 돌아가려고 현관을 나서자 함박눈이 내리고 있었다. Y교수가 말했다. 다음에 또 올게. 그 모습을 보는 순간, 가슴에서 무언가 치밀어 올랐으나 P교수는 애써 목소리를 억눌렀다. 그래, 다음에 봐. 조심해서 가. 조심해서. 설원을 나아가는 병든 걸음걸이. 그것이 Y교수의 마지막이었다.

언젠가 영채가 길거리에서 술 취한 남자에게 얻어맞는 노인을 도운 일이 있었다. 만취한 남자는 제 발에 걸려 넘어져 손목이 부러졌는데, 그걸 영채가 밀쳐서 그런 거라고 경찰에 신고했다. 영채는 폭력혐의로 경찰에 체포됐다. 학교에서 수업 준비를 하던 Y교수는 연락을 받고 경찰서에 부리나케 달려갔다. 상황은 명확했다. Y교수가 영채에게 밀했다. 우리가 두려워해야 할 일은 오직 하나야. 잘못된 일인 줄 알면서 그걸 묵인하고 바로잡지 않는 것. 네가 자랑스럽다. 잘했어. Y교수의 생각이 어떻든 법정은 영채에게 벌금형을 내렸다. 이 일로 영채가 전과자가 됐지만, Y교수는 그 일을 한 번도 숨기거나 창피하게 여기지 않았다.

눈이 멈추지 않았다. 온종일 창을 지켰지만, 아무것도 볼 수 없었다. 길을 달리는 자동차도, 오토바이도 보이지 않았다. 모든 소식이 차단된 세상. 지구는 그 어느 때보다 조용하고 나직했다. P교수는 이불을 둘둘 감고 의자에 앉아 그 광경을 지켜보았다. 세상은 밝은 회색이었다가 다부진 잿빛으로 변하더니, 이윽고 밤하늘 아래 쌓인 눈들이 형광색으로 빛나기 시작했다. 새벽과 함께 모든 것이 서서히 밝아 오고 있었다.

P교수는 그날 꿈을 꾸었다. 달 표면에 남편과 나란히 서서 지구를 바라보고 있었다. 두 사람은 아무것도 걸치지 않은 알몸이었다. 그녀는 아이를 품고 있었다. 모든 것이 태초의 형상이었다. 두 사람은 손을 잡고 지구를 떠난 로켓이 먼 곳으로 사라지는 것을 지켜보았다. 달 위에 맨발로 선 그녀처럼 로켓도 씨앗을 품고 있었다. 어느 시간, 어느 공간을 초월하여 영혼을 틔우고 자라날 눈물과 용기의 시작을. 우주가 새하얬다.

상실의 이해
과학 스토리 단편선

초판 1쇄 펴낸날 2021년 12월 17일

지은이 전현규 최석규 이지효 양진 이지은 온정 송동호
기획 DiCiA 대전정보문화산업진흥원 (김진규 이정근 인은수)
펴낸이 이용원
펴낸곳 월간토마토
디자인 이송은
인쇄 영진프린팅
등록 2019년 11월 26일 (제2019-000027호)
주소 34625 대전광역시 동구 대전천동로 574, 2층
전화 042.320.7151   팩스 0505.115.7274
이메일 mtomating@gmail.com   홈페이지 www.tomatoin.com
페이스북 월간 토마토   인스타그램 @wolgantomato

- 이 책은 대전정보문화산업진흥원이 수행한 '지역특화스토리 육성 지원사업(문의 042-867-9881)'으로 제작되었습니다.
- 이 책은 대전정보문화산업진흥원, 월간토마토가 공동으로 발행하였습니다.
- 이 책의 전부 또는 일부 내용을 재사용하려면 저작권자와 대전정보문화산업진흥원, 월간토마토의 서면 동의를 받아야 합니다.
- 파본이나 잘못 만들어진 책은 구입하신 곳에서 교환해 드립니다.

ISBN 979-11-91651-05-8 (03810)